Moon Notes

JETTE MENGER

KNOW YOU AGAIN

KIAN & JUNE

MOON NOTES

Für alle die noch nicht aufgegeben haben.

Klimaneutral
Druckprodukt
ClimatePartner.com/53248-2011-1002

Dieses Buch wurde klimaneutral produziert. Dadurch fördern wir anerkannte Nachhaltigkeitsprojekte auf der ganzen Welt. Erfahre mehr über die Projekte, die wir unterstützen, und begleite uns auf unserem Weg unter www.oetinger.de

FSC
www.fsc.org
MIX
Papier aus verantwortungsvollen Quellen
FSC® C014496

Originalausgabe
1. Auflage

Dieses Werk wurde durch die Literaturagentur Beate Riess vermittelt
Satz: Arnold & Domnick GbR, Leipzig
Druck und Bindung: GGP Media GmbH, Karl-Marx-Straße 24, 07381 Pößneck, Deutschland
Printed 2021
ISBN 978-3-96976-011-6

www.moon-notes.de

Früher

Seine Finger tanzten
über die Saiten der Gitarre
Er tauchte in eine andere Welt ein
eine Welt, die ihm allein gehörte
Die Regung seines Gesichts
verriet, was er fühlte
Nur beim Spielen
kehrte er seine Emotionen
nach außen
Er legte seine Seele offen
Die Kraft des Songs war zum Greifen nah
Früher

Kapitel 1

Ein schwerer Körper presste sich auf meinen. Ich hatte keinerlei Erinnerungen an die letzte Nacht oder die Party, auf der ich gewesen war.

Super.

Mit angehaltenem Atem schlug ich die Augen auf.

Erleichtert ließ ich die Luft entweichen. Meine Beine waren mit denen von June verschlungen, und ihr langes Haar lag ausgebreitet auf meiner Brust.

Ich war nicht in Sydney, sondern in Bath. Ich hatte keine Erinnerungen an eine Party, weil es keine gegeben hatte.

Wir waren gestern Abend einfach eingeschlafen. Nackt. Miteinander. Ganz ohne Alkohol.

Ich sollte mich endlich daran gewöhnen.

Langsam malte ich Muster auf ihre Haut, holte sie aus der Welt der Träume zurück in meine Arme. Ein Lächeln schlich sich auf mein Gesicht, als sie aufwachte.

Ich beugte mich vor, um sie zu küssen, doch eine laute Stimme unterbrach uns.

»Hilfe, meine Augen! Ich bin blind!«

Ich hielt in meiner Bewegung inne und sah auf. Theatralisch hielt Pekka sich die Hand vor die Augen. Stöhnend ließ ich meinen Kopf zurück in die Kissen fallen.

Arschloch.

Er versaute uns den perfekten Morgen danach.

»Halt die Klappe«, schnaubte June. Sie streckte sich, um an ihr T-Shirt zu kommen, das wir gestern irgendwo auf dem Wohnzimmerboden zurückgelassen hatten.

Ich war froh darüber, dass wir aneinandergekuschelt waren und so das meiste vor Pekkas Augen verborgen blieb. Sonst hätte ich ihn auf eine noch qualvollere Weise umgebracht, als ich ohnehin vorhatte.

»Leute, das ist widerlich.«

Ich rollte die Augen. Bitte nicht auch noch Simon. Junes beiden Mitbewohner hatten sich den denkbar schlechtesten Zeitpunkt ausgesucht, um das Wohnzimmer benutzen zu wollen.

Simon bückte sich und hob das T-Shirt auf, an das June noch immer nicht herangekommen war.

»Wozu habt ihr ein Schlafzimmer?«

Immerhin benötigten wir keine schalldichten Wände, so wie Pekka.

Junes Kopf war hochrot, als sie das Shirt entgegennahm, ich dagegen schmunzelte nur.

»Der Weg war zu weit.«

Simon verdrehte nur die Augen.

»Ich werde nie wieder ruhig schlafen können.« Pekka fuchtelte mit der freien Hand in der Luft herum, während er Richtung Tür stolperte und die Hand als Stoßdämpfer gegen sämtliche Möbelstücke nutzte. Simon folgte ihm grinsend. »Ich werde nie wieder auf diesem Sofa sitzen können«, konterte er.

June riskierte einen Blick zu mir. Obwohl ich mir große Mühe gab, konnte ich mein Lachen nur schwer unterdrücken.

Ihr Gesicht stand in Flammen, als sie es an meiner Brust vergrub.

»Sehr witzig«, murmelte sie. Ich grinste.

Sie rollte sich von mir herunter und stand auf. »Vielleicht sollten wir das nicht wiederholen«, schlug sie vor und reichte mir die Hand, um mir hochzuhelfen. Schockiert sah ich sie an.

Ihr Haar fiel in langen braunen Wellen um die Schultern. In ihren Augen lag ein Funkeln. Ich musste mir wirklich Mühe geben, mir nicht jeden Zentimeter ihrer nackten, zarten Haut anzusehen.

»Wir sollten das auf jeden Fall wiederholen«, stellte ich klar und ließ mich ins Sitzen ziehen. »Nur vielleicht in einem Zimmer, das man abschließen kann.«

Ich nahm ihr das T-Shirt ab und streifte es ihr vorsichtig über den Kopf. Dann zog ich sie daran näher an mich und holte mir endlich den Kuss, bei dem wir vorhin unterbrochen worden waren.

Ich sehnte mich schon jetzt nach unserer nächsten Nacht. Weil ich mich an jedes einzelne Detail jeder einzelnen Nacht erinnern konnte. Weil meine Sinne weder von Alkohol noch von irgendwelchen anderen bewusstseinsverändernden Drogen benebelt gewesen waren.

Ich spürte alles.

Bei ihr konnte ich ganz ich selbst sein.

Ich *könnte* ganz ich selbst sein.

Ich *könnte* ihr von meiner Vergangenheit erzählen, und ich *könnte* meine Dämonen mit ihr teilen.

Weil sie es auch getan hatte.

Weil sie ein Teil meiner Seele war.

Aber ich war ein Feigling und versteckte mich lieber hinter blöden Sprüchen.

Eine Woche war es her, dass ich mir geschworen hatte, eine Möglichkeit zu finden, sie in mein Leben zu lassen.

Aber alle Wege, die ich in Betracht zog, waren entweder verschüttet oder zu schmal, um darauf zu gehen.

»Kommst du nachher vorbei?«, fragte ich, als ich mich wie jeden Morgen von June löste und wieder den Lenker meines Fahrrads umfasste. Wir standen an der Ecke, an der wir in unterschiedliche Richtungen abbiegen mussten. Sie antwortete mir mit einem Nicken. Ihr Sommerkleid bauschte sich im Wind, und als sie abbog, starrte ich eine Weile auf die Stelle, an der ich sie zuletzt gesehen hatte.

Mir war klar, dass ich sie irgendwann verlieren würde.

Meine Tage in Bath waren gezählt.

Es brach mir das Herz.

Ich setzte die Sonnenbrille, die ich bei jedem Wetter trug, zurück auf meine Nase, kramte meine Kopfhörer aus der Jackentasche und ging meine Musik durch. Ich hatte einfach weiterscrollen wollen, aber wie immer blieb mein Finger fast von selbst an der Band hängen.

Shattered Tears.

Die Worte kamen mir viel größer als alle anderen vor, und ein Schauer lief meinen Rücken hinunter. Ich musste diese verfluchte Musik endlich von meinem Handy löschen. Aber ich konnte nicht.

Bilder aus Sydney tauchten vor meinem inneren Auge auf, und immer lief im Hintergrund diese Musik.

Immer.

Ich wedelte mit der Hand, um die Gedanken zu verscheuchen, und scrollte weiter.

Ich entschied mich für das letzte Album von Bon Jovi und seufzte bei dem vertrauten Klang auf.

Ich stopfte das Handy in meine Hosentasche und schwang mich endlich auf mein Rad. Bis zu Olafs Café waren es nur noch wenige Straßen. Ich kannte jeden Winkel der Stadt seit meiner Kindheit, und doch hatten sich so viele kleine Dinge verändert. In der Hausnummer zwölf wohnte keine alte Dame mehr, sondern eine junge Familie, die Tür der Hausnummer sieben war nicht mehr blau, sondern braun gestrichen. Ich seufzte. Genauso hatte auch ich mich verändert.

Trotzdem würden Bath und seine honigfarbenen Fassaden für immer mein Zuhause bleiben.

An meinem Ziel angekommen, schloss ich mein Rad an eine Laterne an und betrat meinen Arbeitsplatz. Auf die kleine Tafel neben der Tür war noch nichts geschrieben worden, denn seit ich hier arbeitete, war das meine Aufgabe. Ich nahm die Kreide von der Ablage und überlegte einen Moment. Inzwischen hatte die Musik gewechselt, und ein Song von Yellowcard erklang in meinen Ohren.

Lächelnd schrieb ich: *Höre mal wieder deine alte Lieblingsband.*

Es war nicht direkt eine Lebensweisheit, aber dieser Begriff ließ sich schließlich sehr weit dehnen.

Ich betrat das kleine Café, und der vertraute Kaffeegeruch stieg mir in die Nase. Wie immer gab es diese eine Sekunde, in der ich glaubte, wieder klein zu sein. Das Café und Olaf, der auf mich zukam, erschienen mir riesig. Freundlich begrüßte ich ihn, als er vor mir zum Stehen kam. Inzwischen überragte ich ihn fast um einen ganzen Kopf und musste mir eingestehen, dass ich vierundzwanzig und kein kleines Kind mehr war.

»Ist Betty schon da?«, fragte ich, während ich mich auf den Weg nach hinten machte. Olaf bejahte, und ich verschwand in dem kleinen Hinterraum.

»Hey«, begrüßte ich Betty. Ich bekam nur einen genervten Blick. Sie kämpfte mit der Schleife ihrer Schürze.

»Brauchst du Hilfe?«, fragte ich, während ich meine Tasche ablegte und mein T-Shirt aus dem Regal zog. Beim Arbeiten trugen wir T-Shirts, auf denen der Name des Cafés stand. »Ja.« Betty wandte mir den Rücken zu, damit ich die Schleife binden konnte. Ich verkniff mir ein Grinsen. Sie bedankte sich artig und verließ den Raum. Schweren Herzens nahm ich die Sonnenbrille ab und verstaute sie in meiner Tasche. Olaf hatte mir verboten, sie während der Arbeit zu tragen, obwohl ich sie am liebsten an keinem öffentlichen Ort abgenommen hätte. Ich trauerte meinen langen Haaren nach. Bevor ich zurück nach Bath kam, konnte ich mir meine braunen Locken vors Gesicht fallen lassen, wann immer ich nicht gesehen werden wollte.

Kopfschüttelnd zog ich mein T-Shirt aus.

Der alte Lukas war der erste Kunde, der uns an diesem Morgen besuchte. Er trank seinen Kaffee schwarz, mit einem Stück Zucker, setzte sich immer an denselben Tisch am Fenster und las seine Zeitung. Punkt sieben Uhr fünfzehn traf er hier ein, und manchmal machte ich seinen Kaffee schon, bevor er da war. Auch heute stellte ich ihn gerade auf seinem Tisch ab, als er durch die Tür kam.

»Danke, mein Junge«, sagte er und setzte sich. Ich lächelte höflich und leierte mein *Kann ich Ihnen sonst noch etwas bringen?* herunter, obwohl ich genau wusste, dass er nichts mehr dazu wollte. Es war erschreckend, wie viel ich, nur dadurch, dass ich den Menschen am Morgen ihren Kaffee machte, über sie erfuhr.

Ich lief den gesamten Tag umher. Trug Geschirr von einer Ecke in die andere, nahm Bestellungen auf und machte Getränke. Gegen drei Uhr gönnte ich mir selbst einen Kaffee und ließ Betty kurz alleine arbeiten. Sie warf mir nur einen genervten Blick zu.

»Willst du auch einen?«, fragte ich, doch ihre Antwort war lediglich ein Schnauben. Seelenruhig trank ich einen Schluck und lehnte mich gegen die Ablage.

June ließ ewig auf sich warten. Obwohl mir klar war, dass sie erst gegen Abend vorbeikommen würde, wurde ich mit jeder Stunde, die verging, hibbeliger. Ich kam mir vor wie ein Teenager, der zum ersten Mal verliebt war. Das Schlimmste daran war, dass es mir absolut nichts ausmachte.

Kurz nach sechs schob Betty mir einen Zettel rüber, auf dem die nächsten Getränke aufgelistet waren. Ein Tee und ein Kaffee mit Vanillesirup. Ich wirbelte so schnell herum, dass ich Betty beinahe umgestoßen hätte; die Augen rollend, trat sie einen Schritt zur Seite. Ich achtete nicht auf sie. Es gab nur eine Person, die einen so ekelhaften Kaffee bestellte, und diese Person liebte ich.

June hatte sich gerade an unserem kleinen Tisch niedergelassen. Ihr gegenüber saß ihre Chefin Ms Louis. Wieder erschien dieses dümmliche Grinsen auf meinem Gesicht. Ich beeilte mich, die Getränke der beiden zuzubereiten und zu ihrem Tisch hinüberzugehen.

Zuerst stellte ich den Tee vor Ms Louis ab und begrüßte sie höflich, dann gab ich June ihre Tasse und beugte mich zu ihr hinunter.

»Du hast so lange gebraucht, Büchernerd«, murmelte ich und sah, wie sich eine Gänsehaut in ihrem Nacken ausbreitete. Meine Mundwinkel zogen sich nach oben.

»Ich hab dich vermisst.«

Eine Sekunde lang bewegte sie sich nicht, dann griff sie in ihre Tasche, die über dem Stuhl hing, und zog ein Buch heraus.

»Es gab Neuerscheinungen«, sagte sie, als wollte sie sich verteidigen. Ich lächelte noch ein wenig breiter.

»Na, dann kann ich dir ja heute Abend vorlesen«, sagte ich. Das Cover zeigte den zweiten Teil einer Reihe, die sie vor einiger Zeit begonnen hatte. Tatsächlich empfand ich ein wenig Vorfreude. Junes Bücherliebe hatte schon immer auf mich abgefärbt, und dieses Buch interessierte mich, denn das vorherige hatte mit einem üblen Cliffhänger geendet. Ich küsste ihre Wange und wollte mich schon zum Gehen wenden, da beugte ich mich noch einmal nach vorne. Viel näher als noch gerade eben. Sie hielt die Luft an.

»Fang nicht ohne mich an«, flüsterte ich leise. Ich richtete mich auf, grinste sie an und machte mich wieder auf den Weg zu meiner Theke. Hinter mir hörte ich sie schnauben, und meine Mundwinkel zuckten nach oben.

Erst ein paar Minuten später riskierte ich wieder einen Blick zu den beiden. June hatte ihren Laptop vor sich aufgebaut und tippte fleißig, vermutlich tat sie irgendwas für die Uni. Ms Louis war in ein Buch vertieft. Es sah so friedlich und *normal* aus, dass sich mein Herz zusammenzog.

»Wir machen Schluss für heute.« Olaf klopfte mir auf die Schulter. Ich sah mich um und runzelte die Stirn. Ich hatte nicht bemerkt, dass June und Ms Louis die Einzigen waren, die noch an einem der Tische saßen.

Ich folgte Betty in den kleinen Raum, um mich umzuziehen. Anschließend gingen wir zu den anderen. Olaf stellte den vom Tag übrig gebliebenen Kuchen auf den Tisch und forderte alle auf, sich etwas zu nehmen. Er schmiss niemals etwas weg. Wenn Kuchen übrig blieb, verschenkte er ihn am nächsten Tag oder verkaufte ihn für wenige Pence. Ich zog einen Stuhl vom Nachbartisch heran und stellte ihn so dicht neben den von June, dass wir uns berührten, als ich mich setzte.

Olaf küsste Ms Louis' Haar. Sie legte den Kopf in den Nacken, um ihn selig anzulächeln. Betty grinste zum ersten Mal an diesem Tag und häufte sich ein großes Stück Kuchen auf den Teller. Olaf setzte sich. Ich legte einen Arm um June und zog sie an mich. Leider konnten wir nicht lange in dieser Position verweilen, denn schon eine Sekunde später nahm ich eine mir nur allzu vertraute Stimme wahr.

»Entschuldigt, ich habe es nicht früher geschafft.«

»Ellie!«, rief June und wand sich aus meiner Umarmung, um unsere beste Freundin zu begrüßen. Die beiden fielen sich in die Arme, als hätten sie sich jahrelang nicht gesehen.

Ella begrüßte Ms Louis und Olaf, umarmte Betty kurz und küsste meine Wange. Grinsend rieb ich mir über die Stelle. Sie zog sich ebenfalls einen Stuhl vom Nachbartisch heran und erkundigte sich, ob der Kuchen vegan war. Olaf bejahte, und sie stürzte sich darauf.

Es wurde ein netter Abend. Ms Louis und Olaf erzählten alte Geschichten, ich hing an ihren Lippen. Jedenfalls manchmal, denn die meiste Zeit galt meine Aufmerksamkeit June. Es fiel ihr mit jedem Mal leichter, in größeren Runden ebenfalls zu reden, Fragen zu stellen und sich zu entspannen. Wenn ich daran dachte, wie wenig sie noch vor ein paar Monaten in einer Gruppe dieser Größe geredet hatte, breitete sich Stolz in mir aus. Ella schien dasselbe zu denken, denn von Zeit zu Zeit wanderte auch ihr Blick zu June. Irgendwann war mir der Abstand zu groß, und ich beugte mich zu June hinüber, um sie zu küssen.

Olaf seufzte. »Ich wünschte, wir hätten uns so früh wiedergefunden wie ihr.«

Schweren Herzens löste ich mich von June, um ihn anzusehen. Liebevoll betrachtete er zuerst Ms Louis und dann uns.

»Ihr habt alles richtig gemacht.«

Ich erstarrte. Seine Worte waren ein Fausthieb in meine Magengrube.

Ich hatte nichts *richtig* gemacht.

June hatte keine Ahnung, wer ich war.

Kapitel 2

Ich lehnte mich neben den Fahrradständern an die Mauer und tippte nervös mit dem Fuß auf den Boden. Noch waren kaum Studenten zu sehen. Das Unigelände lag fast verlassen vor mir. Ich starrte auf die Eingangstür. Jedes Mal, wenn ich hier war, verspürte ich diesen Drang, das Innere des alten Gebäudes zu betreten und mir einen der Hörsäle genauer anzusehen, mir eine Vorlesung anzuhören und dazuzulernen.

Hätte ich June gefragt, hätte sie mir mit Sicherheit alles gezeigt. Sie hätte mich durch die Seminarräume geführt, hätte mir die Bibliothek gezeigt und mir alles erklärt, worauf es bei einem Studium ankam.

Aber ich fragte June nicht.

Ich hatte zu große Angst davor, dass mein armseliger Kindheitstraum, studieren zu wollen, dann noch unerreichbarer schien. Dass ich noch größere Schwierigkeiten haben würde, ihn aus meinem Kopf zu verbannen.

Du bist Kian Winter. Du brauchst nicht zu studieren. Deine Zukunft ist abgesichert.

Ich zuckte zusammen, als mir die Worte meiner Mutter durch den Kopf schossen, und presste meine Lippen aufeinander.

Ich wollte keine abgesicherte Zukunft. Ich wollte spontan entscheiden, in welche Richtung ich morgen gehen würde.

Wütend kickte ich einen Stein in die Luft. Niemanden in Sydney hatte das interessiert. Niemanden. Sie alle hatten nur das verfluchte Geld gesehen.

Jemand rief meinen Namen. Ich hob den Kopf, und in der Sekunde verflog jeder Gedanke an mein altes Leben. Ich umfing June mit den Armen und wirbelte sie herum. Sie strahlte mich an, und ich hielt sie augenblicklich fester. Dieses Lächeln.

Ich beugte mich vor, um ihre Lippen zu küssen. Ihre Hände krallten sich in mein Haar.

»Muss das sein?«, fragte eine belustigte Stimme, und June löste sich von mir. Genervt öffnete ich die Augen und funkelte Kate an.

»Ja«, beantwortete June ihre Frage und rutschte aus meinen Armen zurück auf den Boden. Ich knurrte.

»Ihr seid echt ekelhaft süß.« Kate lehnte sich an die Mauer, an der ich bis gerade eben noch gestanden hatte. Jetzt musste ich doch grinsen.

»Lass das *ekelhaft* weg, und ich stimme dir zu.«

Sie rollte nur die Augen. June hatte sich über ihr Fahrrad gebeugt, um es aufzuschließen.

War sie etwa rot geworden?

Wir verabschiedeten uns von Kate und fuhren in die Innenstadt, um Ella abzuholen. Zu dritt machten wir uns in Richtung des Dry City Lake auf.

Die Sonne strahlte vom Himmel, als wir nebeneinander die Straße entlangrollten. Es war Anfang Juli, und der

Sommer war in vollem Gange. Die Landschaft war grün, und alles schrie danach, Zeit im Freien zu verbringen. Ich nahm die Hände vom Lenker und ließ sie in meinen Schoß fallen. Unwillkürlich musste ich lächeln. Wegen dieses Gefühls war ich zurückgekommen. Das hier war, wonach ich in Sydney vergebens gesucht hatte. Leider wurde mein Hochgefühl vom Summen meines Handys unterbrochen. Ein Auto kam uns entgegen, also legte ich eine Hand zurück an den Lenker und fischte mit der anderen das Handy aus der Hosentasche. Mein Blick klebte an dem Auto, weshalb ich das Gespräch entgegennahm, ohne vorher einen Blick auf das Display zu werfen. Ein Fehler.

»Kian.«

Die Stimme meines Bruders. Ich zuckte zusammen, und mein Rad machte einen gefährlichen Schlenker. Bisher hatte ich keinen von Daves Anrufen entgegengenommen. Nur ein einziges Mal hatte ich ihn selbst angerufen.

Als ich mein Rad wieder unter Kontrolle hatte, atmete ich einmal durch.

»Was willst du?«

Ella und June waren schon ein Stück vorausgefahren und unterhielten sich leise. Dave seufzte.

»Willst du mir nicht endlich verraten, wo du bist?«

Ich biss die Zähne aufeinander.

»Damit du gleich mit drei fetten Kutschen hier anrückst, um mich abzuholen? Vergiss es, Davie.«

»Nenn mich nicht so«, zischte er.

Ich schnaubte.

Er ignorierte es.

»Du bist jetzt seit vier Monaten verschwunden. Denkst du nicht, es reicht langsam mit dieser Kinderkacke?«

»Dave …«, warnte ich ihn. Vielleicht verhielt ich mich wie ein störrischer Teenager, aber ich hatte es keine Sekunde länger in Sydney ausgehalten.

Er motzte weiter. »Wie stellst du dir das vor? Wie sollen wir ohne dich weitermachen?«

Ich zuckte die Schultern und umklammerte meinen Lenker. »Das ist mir, ehrlich gesagt, scheißegal. Ich bin das alles nicht mehr. Und ich will es auch nicht mehr sein.«

Dave holte hörbar Luft. »Kian, kannst du bitte einmal realistisch denken …«

Ohne ihn aussprechen zu lassen, legte ich auf. Dieser Arsch konnte mich mal. Kreuzweise.

Ich stopfte das Handy zurück in meine Hosentasche und trat wütend in die Pedale. Ich wollte über diesen ganzen Mist nicht nachdenken.

Ich holte June und Ella erst am See ein. Sie hatten ihre Fahrräder ins Gras gelegt und ihre Handtücher bereits ausgebreitet. Ich warf meinen Rucksack auf den Boden, pfefferte mein Handy daneben und zog mir das T-Shirt über den Kopf. Ohne irgendwas zu sagen oder einen der beiden anzusehen, machte ich mich auf den Weg in Richtung See. Ich schloss die Augen, als ich eintauchte und das Wasser mich umspülte. Schwer ließ ich mich von meinem Gewicht nach unten ziehen. Die Welt verstummte, und für ein paar Sekunden verstummten auch meine Gedanken. Alles befand sich in wohliger Stille. Ich löste meine Position und tat zwei Züge in die Weite des Sees hinein. Das hier war noch ein Grund, warum ich wieder zurückgekommen war. Hier konnte ich ins Wasser gehen. Schwimmen war wenigstens eine Sache, die ich liebte und die ich nicht mit Sydney verband.

Jemand packte meine Schultern und zog daran. Ich öffnete die Augen. June zog an mir, bis wir, prustend und nach Luft schnappend, an die Oberfläche kamen. Als wir wieder etwas Sauerstoff in unseren Lungen hatten, sah sie mich prüfend an.

»Was ist los?«

Automatisch zog ich den Kopf ein. Es war ein Fluch, wie gut diese Frau meine Stimmung einschätzen konnte.

Ich schüttelte den Kopf und setzte ein Lächeln auf.

»Ich wollte nur schnell ins Wasser.«

June schnaubte. Anklagend deutete sie auf mich. »Nimm dieses falsche Lächeln aus deinem Gesicht.«

Sofort senkten meine Mundwinkel sich nach unten.

»Und jetzt sag mir, was los ist«, verlangte sie. Ich hätte sie so gerne an mich gezogen, sie geküsst und alles andere vergessen, aber es wäre, verdammt noch mal, nicht fair gewesen.

»Hey …« Sie schwamm näher zu mir und berührte meine Wange. Ohne es zu wollen, schmiegte ich mich in die Berührung.

»Ich muss es nicht verstehen, okay?« Ihre Stimme war so weich geworden, dass es mir den Atem nahm. Sie kam noch ein Stück näher, sodass ich meine Arme um sie schlingen konnte. »Sag mir einfach, wie ich dir helfen kann.« Ihr

Blick bohrte sich in meinen, und, Shit, ich kannte diesen Blick. Ich vertraute June viel zu sehr, um zu schweigen.

»Dave hat mich angerufen«, murmelte ich.

»Interessiert sich auch noch jemand für mich?« June und ich fuhren gleichzeitig herum und starrten Ella einen Moment an, dann warfen wir uns einen Blick zu und brachen in Gelächter aus. Unsere beste Freundin stand im seichten Wasser, nur bis zu den Knien nass, und bibberte, als könnte sie bei dreißig Grad Außentemperatur erfrieren. Ich ließ June los und war mit wenigen Kraulzügen bei ihr.

»Oh nein.« Warnend machte sie einen Schritt nach hinten, doch da hatte ich mich schon auf sie geworfen und sie mit mir nach unten gezogen. Ich hörte noch, wie sie nach Luft schnappte, bevor das Wasser über uns zusammenbrach.

Als wir wieder auftauchten, war June bei uns angekommen, sie lachte zwar, aber ihr Blick klebte noch immer an mir.

Ich versuchte, es so gut ich konnte zu ignorieren. Gemeinsam schwammen wir ein Stück auf den See hinaus. Ella beschimpfte mich, aber sie meinte es nicht ernst.

Die Sonne ließ die Wasseroberfläche glitzern, die Bäume am anderen Ufer leuchteten in einem saftigen Grün.

Zu Hause.

Ich tauchte und schwamm ein paar Züge unter Wasser.

Es fühlte sich fast an wie früher. Wir schwammen um die Wette, tauchten uns gegenseitig unter und hatten eine Menge Spaß, aber irgendwie genoss ich es heute nicht so sehr wie sonst. Auch als wir später nebeneinander auf unseren Handtüchern lagen, konnte ich mich nicht so recht entspannen. Ich hatte meinen Kopf in die Hand gestützt und hörte den beiden zu, wie sie über Junes Studium und Ellas Job sprachen.

»Wirst du uns eigentlich irgendwann verraten, weshalb du zurückgekommen bist?«, fragte Ella.

Ich erstarrte. Langsam richtete ich meinen Blick auf sie.

June setzte sich auf. Der Ausdruck in ihrem Gesicht war unergründlich.

»Ehm …«, machte ich und kramte in meinem Hirn nach einer passenden Antwort. »Ich habe euch vermisst«, sagte ich in dem frechen Tonfall, den ich in Sydney so gut beherrscht hatte.

Ella lachte. »Oh, danke, ich fühle mich geehrt.«

June schwieg. Sie lachte nicht.

»Das solltest du auch«, witzelte ich, fand es aber nicht annähernd so lustig, wie ich vorgab.

»Wir müssen das echt öfter machen.« Ella drehte sich auf den Rücken und lächelte den Himmel an. »Habt ihr Samstag Zeit? Dann könnten wir noch einen Filmabend dranhängen.«

Ich versteifte mich.

»Wir können schon frühmorgens an den See fahren …«

»Ella, hör auf zu planen«, unterbrach ich sie, ohne darüber nachzudenken. Erschrocken riss sie die Augen auf, und ich verfluchte mich, nicht meine Klappe halten zu können.

»Kian.« Junes Stimme hatte etwas Beschwichtigendes.

»Nein.« Ich stand auf und faltete mein Handtuch

zusammen. »Wir können das gerne alles machen, aber das können wir auch spontan entscheiden.«

»Es war nur ein Vorschlag, wir müssen es nicht tun.« June stand ebenfalls auf. Ich trat einen Schritt zurück und schüttelte den Kopf. Ich war es zu sehr gewohnt, dass Vorschläge zu einer Pflicht für mich wurden.

June warf ihre Klamotten in die Kommode und drehte sich zu mir um. Sie hatte den ganzen Tag kaum mit mir gesprochen.

Ich lag schon im Bett und hob die Decke ein Stück an, damit sie mit darunterkriechen konnte. Seufzend folgte sie meiner Aufforderung. Ich schlang die Arme um sie und zog ihren Körper an meinen. Der Geruch ihrer Seife stieg mir in die Nase, und ich atmete tiefer ein.

Zitronen.

»Es tut mir leid«, murmelte ich in ihr Haar. »Natürlich können wir am Samstag baden gehen, bitte sei nicht sauer.«

Bitte sei nicht sauer. Himmel, ich musste diese Frau wirklich sehr lieben.

»Ich bin nicht sauer.« Sie rutschte ein Stück zurück, damit wir uns ansehen konnten. »Ich verstehe es nur einfach nicht.« Dem Blick, mit dem sie mich ansah, konnte ich nicht standhalten.

»Ich hätte Ella nicht so anmachen sollen, es tut mir leid.«

Sie schüttelte den Kopf und seufzte.

»Kian, ich will nicht, dass du dich entschuldigst.«

Jetzt ging mein Blick doch zurück zu ihr.

»Ich möchte nur, dass du mir erklärst, warum du so wütend geworden bist.«

Mein Herz zog sich zusammen. Ich hatte diese Frau nicht verdient, denn ich würde vermutlich niemals den Mut besitzen, mich ihr zu öffnen, so wie sie es mir gegenüber getan hatte.

Dabei hatte ich es mir geschworen, als sie mir sagte, sie würde mich lieben.

»Was immer es ist, ich werde dich nicht verurteilen.«

Ich schwieg. All das hatte ich ihr auch einmal gesagt. Es hatte mir so viel bedeutet, dass sie meine Worte ernst genommen und mir von ihrer Vergangenheit erzählt hatte. Ich war ein Arsch, weil ich nicht dasselbe tat.

»Bitte, rede mit mir«, flüsterte sie und kam wieder ein bisschen näher.

»Nein«, brachte ich mühsam hervor und dachte daran, wie sehr mich dieses *Nein* bei ihr verletzt hatte.

Sie wand sich aus meiner Umarmung und drehte mir den Rücken zu.

»Gute Nacht, Kian.«

Kapitel 3

Ich drückte die rote Taste und lehnte den Anruf ab. Noch im selben Atemzug erhöhte ich die Lautstärke der Musik auf meinen Kopfhörern.

Dave konnte mich mal.

Sydney konnte mich mal.

Ich wollte nicht mit ihm reden und mir jedes Mal denselben Müll anhören müssen. Ich würde nicht zurückgehen.

Die Konsequenzen waren mir egal.

Wütend pfefferte ich die Tasse ins Spülwasser. Es klirrte. Shit. Suchend fuhr ich mit der Hand durchs Wasser und hielt den Henkel in der Hand. Stöhnend fischte ich auch die Tasse heraus und legte beide Teile auf die Ablage neben mir.

»Kian?«

Ich zog die Kopfhörer aus meinen Ohren und sah Olaf entschuldigend an.

»Ich werde eine neue kaufen«, murmelte ich und steckte Kopfhörer und Handy in meine Hosentasche.

»Quatsch, wir haben genug Tassen. Ist bei dir alles okay?«, Ich stützte mich seufzend auf der Arbeitsplatte ab.

Nichts war okay.

»Ja.«

»Willst du darüber reden?«

Auf keinen verdammten Fall. Ich schüttelte den Kopf und rang mir ein Lächeln ab. »Kann ich vielleicht mit Betty tauschen und bedienen?«

Ablenkung.

Typisch. Lieber schaufelte ich meinen Kopf mit anderen Dingen zu, als mich mit meinen Problemen zu beschäftigen.

Auch wenn ich es hier wenigstens nicht mit Partys tat, fühlte ich mich kein Stück besser.

»Klar«, erwiderte er, und ich folgte ihm aus der Küche ins Café.

Betty war sogar froh darüber, dass ich sie ablösen wollte. Zufrieden verschwand sie in der Küche.

Um diese Zeit waren noch nicht viele Leute im Café, und so war es allein gut zu schaffen. Eine neue Kundin ließ sich gerade an einem der Fenstertische nieder, und ich steuerte auf sie zu, um die Bestellung aufzunehmen. Es tat gut, ein bisschen mit Menschen zu reden, und lenkte mich von meinen Sorgen ab. Nach ein paar Stunden vergaß ich sogar Daves Anruf. Dave war am anderen Ende der Welt. Ich war hier. Es konnte mir scheißegal sein, was dort abging, denn es war nicht mehr mein Problem. Ich stellte das Geschirr auf dem Tresen ab und ließ meinen Blick durch das Café schweifen, um herauszufinden, ob irgendein Gast meine Hilfe benötigte. Da dem nicht so war, beschloss ich, kurz nach draußen zu gehen, um frische Luft zu schnappen.

Ich wollte mich gerade abwenden, da öffnete sich die Eingangstür.

Ein Lächeln breitete sich auf meinem Gesicht aus. Ich hatte mich schon in Bewegung gesetzt, noch bevor June die Tür geschlossen hatte. Mit wenigen Schritten war ich bei ihr, doch als sie mich ansah, verblasste mein Lächeln.

»Was ist passiert?«, fragte ich, ohne eine Begrüßung. Ihre Augen waren glasig, als hätte sie geweint. Ihr ganzer Körper war angespannt und ihre Haut blasser als sonst.

Kurz sah ich nach links und rechts, da ich befürchtete, die Cafégäste könnten zu große Augen und Ohren haben. Dann nahm ich Junes Hand und führte sie nach hinten. Wir durchquerten die Küche, in der Olaf und Betty werkelten. Ich bedeutete Betty, nach vorne zu gehen, bevor ich June durch die Tür nach draußen in den kleinen Innenhof führte. Hier war es still, niemand war zu sehen. Früher hatten June und ich in genau diesem Hinterhof gespielt. Auf einem alten Bobby-Car hatten wir uns gegenseitig um den stämmigen Baum in der Mitte des Hofes gefahren. Wir hatten Verfolgungsjagden nachgestellt und Pippi Langstrumpf gespielt. Über die Jahre waren die Efeuranken weiter die honigfarbenen Hauswände hinaufgeklettert, und jemand hatte um den Baum herum eine Bank gebaut. Als wäre das noch nicht genug, trug der Baum um diese Zeit auch noch Blüten. Der Innenhof kam Junes damaliger Vorstellung von einem Märchengarten ziemlich nah.

Sie sah überallhin, nur nicht zu mir. Vorsichtig zog ich an ihrer Hand.

»Was ist los?«, fragte ich sanft. Sie schloss die Augen, als könnte sie meinem Blick nicht standhalten, was mich nur noch besorgter werden ließ. Ich zog die Stirn in Falten und fuhr mit dem Daumen über ihren Handrücken.

»Wir …«, setzte sie an, ohne die Augen dabei zu öffnen. »Wir müssen …« Meine Kehle fühlte sich mit einem Mal trocken an. »Einen Vortrag halten, für die Abschlussnote.« Sie sprach schnell, als könnte sie die Worte nicht ertragen.

Ich erstarrte. Sie öffnete die Augen, während die Information langsam zu mir durchsickerte.

Zischend ließ ich Luft entweichen. »Scheiße.«

Ich wusste, dass ich ihr nicht annähernd den Halt geben konnte, den sie benötigte, trotzdem schlang ich die Arme um ihren Körper und zog sie an mich.

Ich murmelte Dinge, die es nicht besser machten.

June schmiegte sich an mich, und das allein ließ mein Herz höherschlagen.

Sie war zu *mir* gekommen.

Von allen Menschen auf der Welt hatte sie sich *mich* ausgesucht, um für sie da zu sein.

Ihr Blick traf meinen, und nach all den Jahren konnte ich darin endlich wieder lesen, was in ihr vorging.

»Du bist nicht allein«, flüsterte ich.

Eine Träne löste sich aus ihrem Augenwinkel und rollte nach unten. Augenblicklich krampfte sich mein Herz zusammen.

Ich fing die Träne mit dem Daumen auf, zog die Hand nicht weg, sondern ließ sie an ihrer Wange. Sie schloss wieder die Augen, und ihr Gesicht verzog sich. Ich wollte sie küssen, um ihre Anspannung zu lösen, aber ich wusste nicht, ob ich es durfte. Also zog ich sie ein weiteres Mal an meine Brust. Ich versuchte, ihr zu zeigen, dass sie nicht kaputt war, dass sie nicht dieses Wrack war, für das sie sich hielt.

»Lass uns nach Hause gehen«, murmelte ich nach einer Weile und schob eine lose Haarsträhne hinter ihr Ohr. June schüttelte den Kopf und löste sich aus meiner Umarmung.

»Du kannst nicht wegen mir deine Arbeit schwänzen.«

Doch, ich konnte. Selbst wenn Olaf mich bezahlen würde, hätte ich alles für sie liegen gelassen. Ich hätte sogar eine Kündigung in Kauf genommen, nur damit sie jetzt nicht allein sein musste.

Wir brauchten nicht lange nach Hause. Olaf hatte mich ohne jeden Kommentar gehen lassen, und ich war nicht zum ersten Mal froh darüber, nicht fest angestellt zu sein.

»Worauf hast du Lust?«, fragte ich, als wir zu Hause waren. Sie runzelte nachdenklich die Stirn und betrachtete mich. Bereits da dämmerte mir, was sie aussprechen wollte.

»Oh nein, du wirst nicht sofort anfangen zu lernen.«

Ich schüttelte den Kopf. »Mach wenigstens für eine halbe Stunde etwas anderes.«

Ich richtete meinen Blick auf ihre Lippen und wackelte mit den Augenbrauen. Zum ersten Mal, seit sie vorhin im Café aufgetaucht war, hoben sich ihre Mundwinkel.

»Okay, eine halbe Stunde, ich gehe in die Badewanne.« Sie wollte sich schon umdrehen, da schien ihr noch etwas einzufallen. »Ohne dich«, fügte sie hinzu. Ich seufzte.

»Was mache ich falsch?«, murmelte ich kopfschüttelnd.

Sie lachte. Allein dafür war der alberne Spruch es wert gewesen.

»Eine halbe Stunde würde niemals für dein Vorhaben ausreichen, mein Lieber.«

»Glaub mir, fünf Minuten wären schon genug.«

Ich trat einen Schritt vor und verdrängte die Luft zwischen uns. Zärtlich nahm ich ihr Gesicht in beide Hände und hauchte einen Kuss auf ihre Lippen.

Ich würde niemals genug von diesem Gefühl bekommen.

Trotzdem löste ich mich von ihr und trat einen Schritt zurück. Ich grinste.

»Viel Spaß beim Baden.«

Sie schnappte hörbar nach Luft.

»Fies.«

Mein Grinsen wurde breiter. Langsam wandte sie den Blick ab und ging Richtung Bad. Bildete ich es mir ein, oder waren ihre Knie ein bisschen weich geworden? Mein Grinsen wurde noch breiter, als ich ihr folgte und mich in den Türrahmen lehnte.

»Darf ich dir wenigstens zusehen?«

Sie schnaubte und wedelte mit der Hand, als wollte sie mich verscheuchen. Ich wollte sie nicht allein lassen. Ich wollte nicht, dass sie sich in einem stillen Raum in die Badewanne legte und mit ihren Gedanken allein war.

»Darf ich dir vorlesen?«

Sie hielt in ihren Bewegungen inne, legte den Kopf schief und sah mich an. Diese Version gefiel ihr eindeutig besser.

Also saß ich wenig später auf einem kleinen Hocker neben der Badewanne und schlug das Buch auf.

Obwohl wir erst bei Kapitel zwei waren, war die Geschichte schon spannend. Ich brannte darauf zu erfahren, ob die Protagonistin am Ende siegen würde oder nicht. Natürlich würde sie, aber man konnte sich, verdammt noch mal, nicht sicher sein.

Aus den Augenwinkeln bekam ich mit, wie June eine Badekugel im Wasser versenkte und sich anschließend von T-Shirt und Hose befreite. Als sie ihre Unterwäsche auszog, flog meine Selbstbeherrschung dahin, und ich blickte vom Buch auf, um sie anzusehen. Hitze sammelte sich in meinem Inneren. Ich sollte an ihren Körper gewöhnt sein. Ich hatte sie oft nackt gesehen, ich wusste genau, wie sie sich anfühlte.

Aber ich hatte mich an nichts davon gewöhnt. Was June in mir auslöste, überwältigte mich jedes Mal aufs Neue. Langsam ließ ich das Buch sinken. June schluckte schwer. Es kostete mich all meine Kraft, sitzen zu bleiben, als sie in die Badewanne stieg und ihr Körper unter dem Schaum verschwand.

Shit. Ich wollte zu ihr, in diese Badewanne steigen.

June schloss die Augen und lächelte leicht.

»Das ist gemein«, murmelte ich leise, als ich mir das Buch wieder vor die Nase hielt.

Es wurde die längste halbe Stunde meines Lebens.

Während es für mich die reine Folter war, schien June sich zu entspannen und den Vortrag und ihre damit verbundene Angst zu vergessen.

»Zeit ist um«, verkündete ich und legte das Buch zur Seite. Sie öffnete die Augen und verzog das Gesicht. Ich streckte ihr die Hand entgegen und half ihr aus der Wanne. Wortlos reichte ich ihr ein Handtuch, wobei ich die Augen schließen musste, um sie nicht an mich zu ziehen und wieder mit ihr in diese verfluchte Badewanne zu steigen. Ich hörte sie leise lachen, während sie sich von Schaum und Wasser befreite.

Ich spürte einen Luftzug, als sie vortrat.

Sie küsste mich.

Ich erwiderte den leichten Druck ihrer Lippen und schlang die Arme um ihre Taille. Ich grub meine Hände in den weichen Stoff des Handtuchs und zog sie näher an mich. Wir taumelten Richtung Badewanne, aber bevor wir darin landen konnten, löste June sich von mir.

»Ich wollte lernen«, erinnerte sie uns beide.

Auch jetzt gefiel mir diese Tatsache noch nicht.

»Du *wolltest*?« Ich betonte die Vergangenheitsform.

»Ich will«, verbesserte sie sich, und ich stöhnte gequält. Das war nicht fair. Nicht, wenn sie nur in einem Handtuch vor mir stand.

Trotzdem setzten wir uns an ihren Schreibtisch. June hatte sich ein T-Shirt übergezogen, aber das hinderte meine Hände nicht daran, ihre Haut zu berühren. Sie saß auf meinem Schoß und recherchierte im Internet, während ich die Arme um sie geschlungen und meine Wange an ihren Rücken gelegt hatte.

Ab und zu warf ich einen Blick über ihre Schulter, um zu sehen, was sie gerade las. Ihr Thema waren die Anfänge der englischen Literatur im 9. Jahrhundert. Fast hatte ich den Eindruck, es würde ihr Spaß machen, daran zu arbeiten.

»Komm endlich her«, murrte ich zum gefühlt tausendsten Mal. June saß noch immer am Schreibtisch. Ihre Beine hatte sie im Schneidersitz überkreuzt, und gerade kritzelte sie etwas auf ihren Block. Sie arbeitete nicht mehr an ihrem Vortrag, sondern an irgendeiner anderen Aufgabe. Kurz warf sie einen Blick über die Schulter.

»Ich muss das morgen abgeben.« Anklagend deutete sie auf den Bildschirm, stand aber auf und kam zu mir herüber. Ich lag auf dem Bett, die Arme hinter dem Kopf verschränkt.

»Wie findest du es?«, fragte sie und reichte mir den Laptop. Inzwischen war es fast zur Gewohnheit geworden, dass ich alle Texte, die sie für die Uni schrieb, noch mal zur Korrektur las. Ich scrollte mich durch die Wörter.

Sie schrieb verflucht gut, trotzdem ging ich sparsam mit Komplimenten um.

»Fast perfekt«, sagte ich, als ich durch war. Ich scrollte wieder nach oben, zeigte ihr zwei Stellen, an denen sie ein Komma vergessen hatte, und markierte dann zwei Zeilen Text. »Hier würde ich statt *deswegen* irgendwas Förmlicheres nehmen.«

Sie betrachtete die Stelle und nickte schließlich. Zusammen überlegten wir, was man stattdessen schreiben könnte, und verbesserten den Text noch an zwei weiteren Stellen. Als June ihren Laptop zuklappte, lächelte ich.

»Danke.« Sie küsste meine Wange und stand auf. Frustriert stöhnte ich. Mein Kopf sank zurück in die Kissen.

»Das nächste Mal finde ich noch mehr Fehler, wenn du dann länger bei mir bleibst.«

Leise lachend legte sie den Laptop auf ihrem Schreibtisch ab und kroch zurück ins Bett.

»Sehr witzig«, sagte sie und beugte sich über mich. Ich schluckte.

»Bin ich doch immer.« Leider klang ich nicht so selbstsicher wie erhofft.

Ihr Gesicht kam meinem noch ein Stück näher.

»Du bist eingebildet«, murmelte sie. Ich hatte etwas erwidern, sie an mich ziehen und küssen wollen, da summte ein verfluchtes Handy. June streckte sich, um an das Gerät zu kommen und die Nachricht zu lesen. Als sie einen Blick auf das Display warf, saß sie schon im nächsten Moment kerzengerade im Bett. Ihre Hände zitterten.

Stirnrunzelnd setzte ich mich ebenfalls auf.

»Alles klar?«, fragte ich vorsichtig, doch sie ignorierte mich und starrte, wie hypnotisiert, auf das kleine Gerät.

Als es mir langsam unheimlich wurde, ließ sie es sinken und seufzte. Sie legte das Handy zurück auf den Nachtschrank und drehte sich zu mir um. Ich versuchte, etwas in ihrem Blick zu lesen, konnte aber nichts erkennen.

Und verflucht, ich hasste es, wenn ich nicht sehen konnte, was sie dachte, denn es erinnerte mich jedes Mal daran, wie wenig wir uns kannten, obwohl wir einmal alles über einander gewusst hatten.

»Wer hat dir geschrieben?«, fragte ich, als wir uns wieder nebeneinander legten. Meine Hände wanderten automatisch zu ihr, um sie zu berühren.

»Eine Agentur«, murmelte sie. Jetzt war ich es, der sich kerzengerade aufsetzte. Ich zog sie mit mir ins Sitzen.

»Eine Agentur?« Ich riss die Augen auf und starrte sie abwartend an. Vor einigen Wochen hatten sie sich bei mehreren Literaturagenturen für ein Praktikum beworben. Sie wollte im nächsten Jahr den Kurs *Modern Publishing* belegen, und um ihn wählen zu können, musste man einen Praktikumsplatz vorweisen.

Sie schwieg.

Shit. Schlechtes Zeichen.

»Es war eine Absage«, stellte ich fest, und sie nickte. Vorsichtig schlang ich die Arme um ihre Taille und zog sie an meine Brust. »Aber es war auch die erste, die sich gemeldet hat, oder?«

Wieder ein Nicken. Sie sah zu mir auf und lächelte.

Sie lächelte.

»Ich hab gar nichts anderes erwartet.«

Ich zog eine Augenbraue in die Höhe. *Ich* hatte aber etwas anderes erwartet.

»Ehrlich, Kian, ich erwarte keine Zusage.«

Aber *ich* erwartete eine Zusage. Ich wusste, dass es ihr Traum war.

»June, hör auf damit.« Ich legte eine Hand an ihre Wange.

»Du bist gut genug.« Ich erinnerte sie an diese Tatsache, da sie es manchmal einfach vergaß. Manchmal glaubte sie noch immer an die Dinge, die ihr damals gesagt wurden, obwohl es ewig her war.

Ich nahm ihr Gesicht in meine Hände und küsste sie.

»Danke«, flüsterte sie an meinen Lippen.

»Mit dir kann meine Zukunft nur gut werden, egal ob mit oder ohne Praktikum.«

Ich erstarrte.

Zukunft.

Das Wort hallte in meinem Kopf wider, ohne dass ich den Zusammenhang verstand.

Ich bekam Panik.

»Bitte, sag mir nicht, dass du eine Zukunft für uns geplant hast?« Meine Stimme war um einige Oktaven in die Höhe gewandert, und June zuckte zusammen. Einen Moment lang starrte sie mich an, dann wich sie zurück und rutschte von meinem Schoß.

»Bitte, sag mir nicht, dass du keine geplant hast?« Sie rutschte vom Bett und stand auf.

Fuck.

Erst jetzt realisierte ich, was ich gerade gesagt hatte, und meine Augen weiteten sich entsetzt. Ich hatte so sehr um diese Beziehung gekämpft, und jetzt, da sie es endlich zuließ, sagte ich ihr, dass ich keine Zukunft wollte, nur weil sich mir bei diesem Wort alle Haare sträubten und ich augenblicklich das Bild meiner Mutter vor mir sah?

Ich war ein Arsch.

Fluchend fuhr ich mir durch die Haare und stand ebenfalls auf, um wieder auf der gleichen Höhe zu sein wie sie.

»Entschuldige.« Erfolglos versuchte ich, nach ihren Händen zu greifen.

Sie wich zurück. Etwas in ihrem Blick veränderte sich.

»Ich kann dir keine Zukunft versprechen«, wiederholte sie die Worte, die ich vor einer Woche zu ihr gesagt hatte, als sie mich um diese Beziehung bat.

Mein Herz hatte mich zu diesem Zeitpunkt angeschrien, sie endlich zu küssen, mein Verstand dagegen hatte alles aufgezählt, weshalb ich sie irgendwann verletzen könnte.

Das hier könnte ein Grund sein.

Unsere Blicke trafen sich.

»Hast du vor, irgendwann zu gehen?«, fragte sie mit erstickter Stimme.

Nein, verdammt.

»So war das nicht gemeint.« Meine Stimme war kaum mehr als ein Flüstern.

»Sprich mit mir«, verlangte sie.

Mit leerem Blick sah ich sie an.

Es kostete mich unglaublich viel Kraft, hier stehen zu bleiben und nicht einfach davonzurennen wie sonst, wenn das Wort *Zukunft* fiel.

Tief holte ich Luft und sackte in mich zusammen. »Natürlich will ich eine Zukunft mit dir.« Obwohl diese Worte zu hundert Prozent der Wahrheit entsprachen, kosteten sie mich unendlich viel Kraft. »Bitte, denk niemals etwas anderes«, fügte ich leise hinzu und verknotete meine Finger, um ihr Zittern zu unterdrücken.

June machte einen Schritt auf mich zu und umfasste meine bebenden Hände. Ich hob den Blick. »Aber ich möchte dich jetzt lieben und nicht schon in der Zukunft.«

Sie runzelte die Stirn, dabei kannte sie diese Worte bereits.

»Ich möchte nicht, dass wir unsere Zukunft *planen.*«

Ich rang nach Atem.

Zu ehrlich.

Zu viel Wahrheit.

»Okay«, sagte sie langsam. »Und warum nicht?«

Etwas in mir drehte durch. Hektisch zog ich Luft in meine Lunge und ließ von ihr ab.

»Weil man die Zukunft nicht planen kann, verdammt.«

Sie folgte mir durch den Raum und griff erneut nach meinen Händen. Eindringlich sah sie mich an.

»Was ist es, das ich nicht weiß?«

Ich schloss für einen Moment die Augen, und als ich sie wieder ansah, veränderte sich etwas in ihrem Blick. Sie schlang die Arme um meine Brust und zog mich an sich. Sie hielt mich. Genau so, wie ich sie damals gehalten hatte, als sie nicht reden wollte, ich aber so sehr gehofft hatte, sie würde es tun.

»Ich will einfach keinen Plan für uns, ich will, dass wir leben«, murmelte ich in ihr Haar.

»Ich habe niemals einen Plan von dir verlangt«, antwortete sie ruhig.

Ich hatte Dämonen gesehen, wo keine waren.

Kapitel 4

Nervös warf ich einen Blick auf die beiden Mädchen, die nur wenige Meter von mir entfernt am Tisch saßen. Sie tuschelten hinter vorgehaltenen Händen und warfen mir immer wieder verstohlene Blicke zu. Ohne sie aus den Augen zu lassen, befüllte ich eine Kaffeetasse nach der anderen und reichte sie an Betty weiter. Heute waren wir froh darüber, einander zu haben, denn das Café war voller als sonst.

Wieder ging mein Blick zu dem Tisch der Mädchen. Im selben Moment sahen sie nach unten und steckten die Köpfe zusammen.

Fuck.

Ich hatte das eine Million Mal erlebt. Nur nicht hier. Dieses Problem gehörte nicht hierher. Es gehörte nach Sydney.

Ich hatte meine geliebten Haare doch nicht umsonst abgeschnitten.

Meine Sonnenbrille hätte ich jetzt gut gebrauchen können. Ich wollte mich hinter ihren dunklen Gläsern verstecken.

Eines der Mädchen winkte Betty zu sich heran, und ich beobachtete, wie sie die Stirn in Falten legte, mir einen Blick zuwarf und dann etwas sagte. Mir wurde schlecht.

Als Betty wieder zu mir hinter den Tresen kam, sah sie mich mit noch immer gerunzelter Stirn an.

»Kennst du die beiden?«

Ich schüttelte den Kopf und knallte die Tasse etwas zu fest unter die Kaffeemaschine.

»Sie haben gefragt, ob du Kian Winter bist.« Betty hatte die Arme vor der Brust verschränkt und sich neben mich an den Tresen gelehnt. »Und ob sie dich mal sprechen könnten.«

Ich war geliefert. Ich war so was von geliefert.

»Die sind höchstens vierzehn, muss ich mir Sorgen machen?«

Sorgen. Ja, *ich* musste mir Sorgen machen. Ich ließ von meiner Arbeit ab und drehte mich zu Betty um.

»Was hast du ihnen gesagt?«

Die Furchen auf ihrer Stirn vertieften sich.

»Ich hätte nicht sagen sollen, wie du heißt, oder?«

Ich schüttelte den Kopf und stieß ein frustriertes Lachen aus.

Das konnte nicht wahr sein.

»Du musst ihnen sagen, dass es ein Missverständnis ist, dass du sie nur verarschen wolltest.«

Betty zog eine Augenbraue nach oben und sah mich abwartend an. Ich hatte jedoch nicht vor, ihr irgendwas zu erklären. Ich drehte mich um und wurde in genau der Sekunde geblendet. Eine der kleinen Drachen hatte ein Foto von mir gemacht. Der Blitz tanzte vor meinen Augen, doch als die Sternchen sich verzogen, kam Leben in meine Beine. Mit nur wenigen Schritten hatte ich den Tresen umrundet und baute mich vor den beiden auf. Die eine strahlte mich an, die andere hatte noch immer ihr Handy auf mich gerichtet. Diese teuflischen kleinen Fotoapparate.

Ohne darüber nachzudenken, riss ich ihr das Gerät aus der Hand. Sie hatte doch tatsächlich die Videokamera laufen. Wütend drückte ich auf den roten Knopf und funkelte sie an.

Ich wollte ein normales Leben. Ein stinknormales Leben.

War das wirklich so schwer zu kapieren?

»Was soll die Scheiße?«, zischte ich.

»Machen wir ein Selfie?«, fragte sie in derselben Sekunde.

Ein Selfie? Ich würde doch keinen Selbstmord begehen.

»Nein«, sagte ich ruhig und setzte mich zu ihnen an den Tisch. Ich sprach leise, um nicht die Aufmerksamkeit des gesamten Cafés auf uns zu ziehen. Gleichzeitig tippte ich auf dem Bildschirm herum und löschte alle Bilder, auf denen auch nur ein einziger Körperteil von mir zu sehen war.

Himmel. Dieses Mädchen hatte eine ganze Reihe von Fotos aufgenommen.

»So«, sagte ich, als ich fertig war. »Du wirst dieses Teil jetzt wegstecken und nicht mehr rausholen, bist du dieses Café verlassen hast.«

Betty hatte sich hinter mir aufgebaut und nickte zustimmend. Im Stillen dankte ich ihr dafür.

Das Mädchen versuchte, nach dem Handy zu greifen, doch ich zog es weg. »Verstanden?«, bohrte ich nach. Sie rollte die Augen und nickte. Ich gab ihr das Telefon. Sie ließ es tatsächlich in ihrer Hosentasche verschwinden.

»Du bist so toll«, flüsterte die andere ehrfürchtig. Jetzt war ich es, der die Augen verdrehen wollte.

Ich war ein verdammter Loser.

»Du bist wunderschön«, hauchte die andere.

Ich verzog das Gesicht. Genau wegen solcher Mädchen fand June mich eingebildet.

June.

In meinen Ohren rauschte es.

Wenn ich das hier verbockte, wüsste Dave schon bald, wo ich war. Er würde mich zurückholen, und dann würde June erfahren, wer wir waren.

Ich würde sie verlieren.

»Hört mal«, ich setzte ein falsches Lächeln auf. »Ich bin gerade in England und führe ein einfaches Leben, um meine Kreativität anzukurbeln.« Beide beugten sich ein Stück vor und hingen an meinen Lippen. »Ihr seid jetzt Teil dieses Geheimnisses, und es ist wirklich wichtig, dass *niemand* davon erfährt.« Eindringlich sah ich die beiden an. »Vor allem nicht die Presse.«

Die Augen der beiden weiteten sich. Die eine schien fast in Ohnmacht zu fallen, während die andere sich Luft zufächelte. Sie stießen sich gegenseitig mit der Schulter an und strahlten breit.

Ich hatte wirklich große Mühe, mein falsches Lächeln aufrechtzuerhalten.

»Versprecht ihr mir, meinen Aufenthaltsort geheim zu halten?«

Sie strahlten und nickten. Ich ließ die angehaltene Luft zischend entweichen. Sie waren zu verknallt und zu jung, um zu wissen, wie viel Geld man mit einer solchen Information machen konnte.

»Können wir wenigstens ein Autogramm haben?«

Ich seufzte. Was blieb mir schon anderes übrig?

Ich kritzelte meinen Namen auf Papierservietten, die sie mir rüberschoben, und lächelte wieder falsch.

Als sie aufstanden, um sich zu verabschieden, hatte die eine Träne in den Augen. »Darf ich dich umarmen?«

Ich presste meine Kiefer zusammen, stand auf und nickte schwach. Ich ließ zwei feste und lange Umarmungen über mich ergehen, dann wünschte ich ihnen noch einen schönen Tag, und sie verließen kichernd und glücklich den Laden. Ich konnte nur beten, dass morgen nicht die gesamte englische Presse vor Olafs Café stehen würde.

Die letzten Monate war es so gut gegangen. Die letzten Monate war ich einfach nur Kian gewesen. Nicht *Kian Winter*.

Bis dieser dämliche Song in diesem Club lief und mich zurück in meine Vergangenheit geschleudert hatte.

Danach war alles den Bach runtergegangen.

Ich stieß die Tür zu der kleinen Küche auf und stützte meine Hände auf der Arbeitsplatte ab. Mein Kopf sackte zwischen meine Schultern. Mühsam atmete ich ein und aus.

Wir konnten doch nicht ernsthaft so erfolgreich geworden sein, dass selbst Kinder mich hier erkannten.

»Dir ist schon klar, dass ich deinen Namen jetzt in eine Suchmaschine eingeben werde?«

Ich fuhr herum und starrte Betty mit schockgeweiteten

Augen an. Leben kam in meine Gliedmaßen. Ich packte sie an den Schultern.

»Das darfst du auf keinen Fall tun.« Fest sah ich ihr in die Augen.

Sie zog nur eine Braue nach oben. »Warum?«

»Betty, ich tue alles, sag mir, was ich tun soll, damit du deine Finger vom Internet lässt.« Verzweifelt sah ich sie an.

»Schon gut.« Sie schüttelte meine Hände von ihren Schultern und verschränkte die Arme vor der Brust. »Aber Kian, wenn es einmal passiert ist, wird es wieder passieren.«

In ihren Worten steckte so verflucht viel Wahrheit. Ich wusste ja selbst, wie es lief.

Kapitel 5

Stickige Luft empfing mich, als ich zu den Friseursalon mit dem Namen *Cut it* betrat. Er lag in der Innenstadt, nicht weit von Olafs Café. Ich zog eine Nummer und ließ mich in einen der alten Ledersessel fallen. Stöhnend vergrub ich das Gesicht in den Händen. Ich konnte nicht glauben, dass mein Leben aus Sydney mich über den gesamten Planeten verfolgte und mich selbst am anderen Ende der Welt noch einholte.

Ich konnte nicht glauben, dass ich jetzt, vier Monate nachdem ich zum letzten Mal beim Friseur gewesen war, wieder im Wartebereich saß. Das letzte Mal war in einem kleinen schäbigen Laden in der Nähe des Flughafens gewesen. Ich hatte dem Friseur dreitausend Kröten zahlen müssen, damit er für sich behielt, dass ich ab jetzt mit kurzen Haaren durch die Welt lief. Wahrscheinlich sonnte er sich gerade in der Karibik.

Dieser Laden war zwar um Längen besser ausgestattet und viel sauberer, trotzdem kam es mir vor wie ein Déjà-vu, als meine Nummer aufgerufen wurde.

»Färben oder nur schneiden?«, fragte der gut gelaunte Friseur, als ich meinen Kopf in das Waschbecken hielt.

»Färben«, murmelte ich und spürte, wie meine Brust enger wurde.

Ich schloss die Augen, als das warme Wasser auf meine Kopfhaut traf.

Während Toni, so hieß der Friseur, seine Lebensgeschichte erzählte, drifteten meine Gedanken immer wieder ab.

Was würde ich June erzählen? Ich hatte es so satt, ihr Lügen aufzutischen, aber wenn sie meine neue Haarfarbe sehen würde, würde es auf eine weitere hinauslaufen.

»… und so habe ich die Liebe meines Lebens gefunden.« Ich folgte Toni zu einem der Plätze vor den Spiegeln. Ich ließ mich in den Sitz fallen, und er legte mir den riesigen Umhang um.

»Soll ich sie auch ein Stück schneiden?«

Ich nickte und betrachtete die nassen Locken auf meinem Kopf. Ich konnte mich nicht dazu durchringen, ihn zu bitten, mehr als die Spitzen zu schneiden.

»Sag mal, kenne ich dich irgendwoher?«

Ich erstarrte, bevor ich langsam den Kopf schüttelte. »Bestimmt nicht.«

Toni wiegte nachdenklich den Kopf.

»Ich arbeite in einem Café in der Innenstadt«, sagte ich schnell.

»Oh, das wird es sein.«

Ich hoffte es.

»Welche Farbe hättest du denn gerne?«, fragte er und hielt mir eine Palette mit jeder Menge bunter Farbbüschel entgegen. Ich starrte darauf. Eigentlich gefiel mir keine einzige davon. Ich konnte gefärbte Haare nicht ausstehen.

Ich seufzte und entschied mich für das Gegenteil meiner natürlichen Haarfarbe.

»Blond.«

Er rümpfte die Nase, machte sich aber trotzdem daran, meine Haare zu töten. Ein letztes Mal sah ich meine braunen Locken an, dann schloss ich einfach die Augen und ließ es über mich ergehen.

»Endlich.« June kam auf mich zu, als ich am Abend die Haustür öffnete. Nach meinem Friseurbesuch hatte ich einen Pub besucht und war gerade etwas wackelig auf den Beinen. »Wir wollen feiern gehen.« Kurz vor mir blieb sie stehen. »Die anderen sind schon vorgegangen.« Sie stellte sich auf die Zehnspitzen und küsste meine Lippen.

Feiern. Großartig.

»Hast du getrunken?«

Ich verzog das Gesicht und stützte mich mit einer Hand an der Wand ab, um meine Schuhe auszuziehen. Als ich es endlich geschafft hatte, wankte ich ein wenig.

Scheiße.

Ich hatte mir geschworen, mich nicht wieder mit Drogen zu benebeln, Alkohol mit eingeschlossen.

War ich echt so schwach geworden wegen zwei kleiner Mädchen?

»Kian.« June packte mich an den Schultern und wartete, bis ich sie ansah.

»Ein bisschen«, murmelte ich und wollte an ihr vorbeigehen. Sie ließ mich nicht.

»Wo warst du?«

»Beim Friseur.« Ich lallte.

Ihr Blick wanderte zu meinem Kopf. Obwohl es heute

warm draußen war, trug ich eine Mütze. Ich war nach dem Friseur in den nächstbesten Laden gegangen, um mir eine zu kaufen. Sie griff danach und zog sie mir vom Kopf. Mit der Mütze in der Hand wich sie einen Schritt zurück und starrte mich an.

»Hast du davor getrunken?«, fragte sie und legte die Stirn in Falten.

»Danach.« Ich versuchte, endlich an ihr vorbeizukommen. Ich wollte mich hinlegen. Schlafen. Irgendwas, wobei ich nicht nachdenken musste.

June zerrte mich in die Küche. Sie knallte ein Glas Wasser vor mich hin und wies mich an, es zu leeren.

Ich zwang mich zu trinken.

»Was soll das?«, fragte sie und deutete auf meinen Kopf. Ich hatte mir diese Antwort so genau überlegt, und trotzdem erschien mir nichts, was ich sagen könnte, als nachvollziehbar. Scheiß Leben in Sydney.

»Ich wollte was Neues.«

Eine Lüge. Und obwohl mein Hirn so benebelt war, konnte ich sehen, dass auch sie es wusste. Kopfschüttelnd kam sie zu mir herüber und nahm meine Hände.

»Was ist los, Kian?«

Mein Körper sackte gegen ihren.

Sie hielt mich fest.

»Ich kann dir das nicht sagen«, murmelte ich, weil ich es satthatte, mir noch eine Lüge auszudenken.

»Kian.« Sie drückte mich fester an sich. »Du kannst mir alles sagen.«

Ich schüttelte den Kopf.

»Ich bin für dich da, daran hat sich nichts geändert.«

Aber ich hatte mich geändert. Ich war nicht der, für den sie mich hielt. Ich war nicht mehr ihr kleiner, pummeliger bester Freund, ich war ein gut aussehender, erfolgreicher … Himmel, selbst betrunken war ich eingebildet.

»Bitte, rede mit mir.«

Es machte mich zu einem Arsch, dass ich verneinte, dass ich sie immer zum Reden gedrängt hatte, selbst aber nie den Mund aufbekam. Es wäre richtig, June alles zu sagen, aber ich würde es nicht ertragen, wenn sie mich ebenso wie alle anderen nur noch mit Samthandschuhen anfassen würde.

»Wollten wir nicht feiern gehen?«, erinnerte ich mich und sah sie flehend an. Sie seufzte.

»Mir geht es besser, seit du von damals weißt.«

Ihre Worte trafen mich hart. Denn ich wusste, wie viel Wahrheit in ihnen steckte.

Ich schloss die Augen.

»Ich glaube nicht, dass es eine gute Idee ist, jetzt feiern zu gehen.«

Ich antwortete nicht.

June stützte mich bis ins Wohnzimmer, wo ich mich schwer aufs Sofa fallen ließ. Sie zwang mich, noch ein bisschen Wasser zu trinken, und schob einen Film in den Fernseher. Den Ton stellte sie nur auf halbe Lautstärke, bevor sie sich zu mir legte.

Ich bettete meinen Kopf auf Junes Bauch, schlang einen Arm um ihren Körper und versuchte, meine Augen offen zu halten, um den Film anzusehen, aber schon nach kurzer

Zeit fielen sie zu. Ihre Finger fuhren durch meine Haare, und irgendwann schlief ich unter diesen gleichmäßigen Bewegungen ein.

Ich wachte erst wieder auf, als der Film schon zu Ende war. Der Fernseher war schwarz und das Licht gelöscht. Ich lag noch immer in Junes Armen. Langsam drehte ich den Kopf, um sie anzusehen. Sie hatte Kopfhörer in den Ohren, deren Kabel in ihrem Handy endeten. Lächelnd zog sie einen heraus. »Hey.«

»Hey«, antwortete ich vorsichtig.

»Was hörst du?« Meine Stimme war vom Schlaf noch rau.

Sie lachte und hielt mir das Display ihres Handys entgegen. Ein mir nur allzu vertrautes Cover war darauf zu sehen. Ich erstarrte.

»Ich weiß, schlechte Band in deinen Augen«, sagte sie und schüttelte den Kopf. Ich schüttelte ihn ebenfalls.

Shattered Tears war kein bisschen schlecht. Sie waren viel zu gut.

Aber ich verband zu viele schlechte Erinnerungen mit dieser Band.

June zog sich auch den zweiten Stöpsel aus dem Ohr und legte das Handy zur Seite.

»Wie geht es dir?«, fragte sie.

»Beschissen.«

»Kann ich etwas daran ändern?«

Ich wünschte, sie könnte es. Sie seufzte, als ich den Kopf schüttelte.

»Deine Haare sind scheiße hässlich«, sagte sie und kuschelte sich näher an mich. »Blond passt nicht zu dir.«

Fast musste ich lächeln, als ich die Arme um sie schlang.

»Ich wusste, es würde dir gefallen.«

Kapitel 6

Stöhnend drehte ich mich auf die andere Seite.

Es gab genau zwei Arten, wie man mich wecken konnte.

Mit dem Geruch von Kaffee oder mit einem Kuss.

Blinzelnd schlug ich die Augen auf. June saß neben mir auf der Sofakante und hielt eine Tasse in der Hand.

Eine einzelne Sekunde lang war ich vollkommen entspannt und genoss ihren Anblick.

Dann prasselten die Erinnerungen auf mich ein und rissen das Lächeln, das sich auf meine Lippen geschlichen hatte, mit in die Tiefe.

Haarermordung.

Alkohol.

Ich hatte June mal wieder von mir gestoßen.

Unter Schwerstarbeit setzte ich mich auf.

Mein Kopf hämmerte, und ich konnte die Augen kaum offen halten.

Ich hatte einen Kater. Einen gewaltigen. Dabei hatte ich mir geschworen, das alles hinter mir zu lassen, als ich zurück nach England gekommen war.

Ich wollte meine Sorgen nicht mehr in Alkohol ertränken.

June stellte ihren Kaffee auf dem Tisch ab und reichte mir ein Glas Wasser. Ich trank es aus, ohne mich zu beschweren. Stöhnend ließ ich mich zurück in die Kissen fallen. Welcher Tag war heute überhaupt? Musste June nicht in die Uni?

»Hat Dave dich wieder angerufen?«, fragte sie schließlich. Ich zuckte nicht zusammen, stattdessen starrte ich an die Zimmerdecke. Ich wünschte, Dave hätte mich angerufen, dann wäre das Problem nämlich immer noch in Sydney und nicht hier. Dann könnte ich mir noch immer einreden, dass ich mich weiterhin verstecken konnte.

»Nein.« Meine Stimme klang schrecklich. Kratzig, als hätte ich seit Tagen nicht geredet und die halbe Nacht durchgesoffen. Moment. Ich hatte gesoffen. Ach, Scheiße.

»Ich werde jetzt in mein Zimmer gehen und lernen. Wenn du reden willst, kannst du gerne nachkommen.«

Sie erhob sich und nahm ihren Kaffee vom Tisch. »Heute Abend kommen die anderen vorbei, bis dahin könntest du zumindest duschen.« Mit diesen Worten verschwand sie, und ich presste meine Fäuste auf die geschlossenen Augen.

Es war schon Samstag? Unsere Clique hatte einen Filmabend geplant, aber irgendwie war ich davon ausgegangen, dass es noch ein paar Tage dauern würde, bis es so weit war. Hatten wir am Samstag nicht auch baden gehen wollen? Ich warf einen Blick auf die Uhr. Es war zwei Uhr nachmittags. Daraus wurde dann wohl nichts mehr. Stöhnend zog ich das Kissen unter meinem Kopf hervor und presste es mir aufs Gesicht.

»Brauchst du einen Kaffee, Kumpel?«

Ich zog das Kissen weg und sah Simon an.

»Nee, du brauchst eine Wiederbelebung«, stellte er fest.

Ich stöhnte gequält.

»Ein Kaffee würde es auch erst mal tun.«

»Na dann, bin gleich wieder da.« Simon verschwand, und ich quälte mich hoch. Meine Kopfschmerzen meldeten sich wieder, und ich vergrub das Gesicht in den Händen.

Als der vertraute Duft mir in die Nase stieg, hob ich den Kopf und nahm die Tasse dankend entgegen.

»Zocken?«, fragte Simon, während er schon zur Anlage ging, um sie einzuschalten.

Oh, dieser Freund war wunderbar.

Ich warf einen Blick in meine Tasse und nahm einen tiefen Schluck von dem Lebenselixier. Simon reichte mir einen Controller und setzte sich neben mich. Schweigend lieferten wir uns ein Spiel nach dem anderen.

Ich verlor gerade zum sechsten Mal, als Simon mich ansah.

»Ich nehme an, du möchtest nicht darüber reden, oder?«

Nein. Ich biss die Zähne zusammen und schüttelte den Kopf. Dann startete ich ein neues Level und sah ihn herausfordernd an. Ohne einen weiteren Kommentar ließ er mich ein siebtes Mal verlieren.

»Unter Umständen verschweige ich June etwas, und sie weiß, dass es so ist.« Am liebsten hätte ich die Worte wieder zurückgenommen.

»Das ist scheiße.«

Ich stöhnte, na, schönen Dank auch, als ob ich das nicht selber wusste.

»Ich hab einfach Schiss vor ihrer Reaktion.«

Simon warf mir einen kurzen Blick zu, was ich sofort nutzte, um meinen Rückstand aufzuholen. Schnell heftete er den Blick wieder auf den Bildschirm.

»Hast du jemanden umgebracht oder beleidigt?«

Ich schüttelte mehrmals den Kopf.

Simon lachte. »Dann brauchst du keinen Schiss zu haben.«

Er ließ den Controller sinken und sah mich an. Es schien ihm egal zu sein, dass ich ihm auf dem Bildschirm den Arsch aufriss. »Im Ernst, ich kenne June lange genug, um sagen zu können, dass sie Verständnis für alles hat.«

Jetzt ließ auch ich den Controller sinken.

Natürlich hatte er recht, aber es änderte nichts daran, dass auch sie mich anders behandeln würde als zuvor.

So wie alle.

»Ihr zockt?« Pekka kam ins Wohnzimmer und verschränkte die Arme vor der Brust. »Ohne mich?«

Er ließ sich zwischen uns fallen und nahm sich den dritten Controller.

»Hässliche Friese«, kommentierte er, und ich stöhnte.

Die nächsten zwei Stunden schaffte ich es, meine Gedanken auszuschalten. Es war fast zu gut, um wahr zu sein. Ich konzentrierte mich vollends auf das Spiel. Irgendwann löste mein Kater sich in Luft auf.

Es war an der Zeit zu duschen. Ich konnte selbst riechen, wie sehr ich stank.

Ich legte den Controller zur Seite und schleppte mich ins Bad. Das kühle Wasser prickelte auf meiner Haut und rüttelte mich endlich wach. Ich putzte mir die Zähne und beging dabei den größten Fehler, den ich hätte tun können.

Ich sah in den Spiegel.

Nicht nur, dass ich an meine grauenvollen Haare erinnert wurde. Auch mein Gesicht sah völlig fertig aus. Ich warf meinem Spiegelbild einen giftigen Blick zu und verließ das Bad. Vor Junes Zimmertür blieb ich stehen. Ich musste dreimal tief durchatmen, schaffte es aber trotzdem nicht, die Klinke herunterzudrücken. Schließlich klopfte ich. Ich klopfte an das Zimmer, in dem ich seit Monaten wohnte.

»Ja«, kam es verzögert von der anderen Seite. Meine Hand zitterte, als ich die Türklinke herunterdrückte. Himmel, ich kannte diese Frau mein ganzes Leben, ich sollte wirklich keine Angst davor haben, ihr gegenüberzutreten. Sie stand von ihrem Schreibtisch auf, als ich in den Raum kam.

Wie angewurzelt blieb ich stehen.

Sie hatte geweint.

Scheiße, hatte sie etwa wegen mir geweint?

Ich öffnete den Mund, um mich zu entschuldigen, aber sie schüttelte nur den Kopf. Mit wenigen Schritten war sie bei mir und schlang ihre Arme um meine Mitte.

»Du bist ein Idiot«, sagte sie und vergrub ihr Gesicht an meiner Brust. Ich zog sie näher an mich.

»Ich weiß«, murmelte ich.

»Ich hasse es, dass ich nie sauer auf dich sein kann.«

Ich strich ihr übers Haar und konnte nicht verhindern, dass ein kleines Lächeln auf meinen Lippen erschien.

»Bin ich so unwiderstehlich?«

Ich war nicht nur ein Idiot. Ich war ein Riesenidiot.

Frustriert stöhnte sie auf. »Ja.«

»Es tut mir leid«, flüsterte ich. Sie schlang ihre Arme noch fester um mich. Vorsichtig hob ich ihr Kinn an, sodass sie mich ansehen musste. »Hast du wegen mir geweint?«

Sie wich meinem Blick aus, sah überallhin, nur nicht in meine Augen, und schloss ihre schließlich. »Ja … nein … nicht nur«, stammelte sie und sah mich schließlich doch wieder an.

»Ich hab eine Scheißangst vor dem Vortrag.«

Oh, Shit, den hatte ich ganz vergessen. Ich sollte für sie da sein, anstatt sie mit meinem Mist zu belästigen.

»Bist du schon weitergekommen?«

Sie nickte langsam. Natürlich war sie.

»Soll ich es mir ansehen?«, fragte ich, obwohl sie ihre Arbeit selbst viel besser beurteilen konnte.

Sie lächelte. *Sie lächelte.*

Ich küsste ihre Stirn, und sie schloss die Augen.

Sie fragte mich nicht mehr nach meinen Haaren. Oder nach meinem Verhalten.

Wir setzten uns an ihren Schreibtisch, und die einzigen Fragen, die ihr über die Lippen kamen, waren Fragen zu dem, was sie bis jetzt aufgeschrieben hatte. Ich sagte ihr, wie ich es fand, was gut klang, was ich verbessern würde, und war wie immer fasziniert davon, wie unfassbar schlau diese Frau war.

Ich wünschte, ich hätte auch die Chance, zu studieren und diese Art von Wissen zu erlangen.

Aber das würde ich nie. Denn ich war bereits erfolgreich. Ich hatte bereits alles, was ich jemals gewollt hatte.

»Kian?«, riss June mich aus meinen Gedanken. Ich richtete meinen Blick wieder auf sie. »Kann ich dich um was bitten?« Sie flüsterte fast, und ich hatte Mühe, sie zu verstehen. Ich hob die Hand und fing eine ihrer losen Haarsträhnen ein. Vorsichtig steckte ich sie hinter ihrem Ohr fest.

»Alles, was du willst.«

Sie verzog das Gesicht. Ich suchte ihren Blick, trotzdem zögerte sie. Ich konnte sehen, wie viel Kraft sie die nächsten Worte kosteten.

»Kannst du dich in die Vorlesung setzen, wenn ich den Vortrag halten muss?«

Ich hatte keine Ahnung, warum, aber ihre Worte ließen es hinter meinen Augen brennen. Vielleicht war es die Tatsache, dass ich es war, den sie um sich haben wollte, wenn sie Angst hatte.

»Klar.« Ich legte alles in meinen Blick, nahm ihr Gesicht in beide Hände und streifte ihre Lippen mit meinen. Ich hoffte, ihr auf diese Weise zu sagen, was ich nicht aussprechen konnte. Als wir uns voneinander lösten, sah sie mich lange an.

Vorsichtig hob sie eine Hand und streichelte meine Wange, ließ ihre Finger an meiner Schläfe entlangwandern und fuhr die Konturen meines Gesichts nach.

Ich zog scharf die Luft ein und schloss die Augen.

Ich wollte sie küssen, ihren Körper an meinem spüren und all meine Probleme vergessen, aber ich hielt mich zurück.

Es klingelte an der Haustür. Ein sicheres Zeichen dafür, dass unser Filmabend bald anfangen würde, und mit all unseren Freunden im Nachbarzimmer wäre es wirklich keine gute Idee, hier drin zu bleiben.

Schweren Herzens öffnete ich die Augen.

Gemeinsam verließen wir das Zimmer, um die anderen zu begrüßen. Wir betraten den Flur, und ich blieb wie angewurzelt stehen. Nicht weil Ella freudestrahlend auf uns zukam, June umarmte und mir einen Kuss auf die Wange drückte, sondern wegen der anderen beiden Personen, die mit ihr hereingekommen waren.

Aus irgendeinem Grund stand dort der Friseur, der mir die Haare gefärbt hatte, und –

Jake. Sein Blick traf meinen, und wir starrten uns für ein paar Sekunden an. Ich wusste nicht, wie ich reagieren sollte. Ich wusste nicht, ob er überhaupt jemals wieder mit mir sprechen würde. Ob wir jemals wieder Freunde sein konnten. Das letzte Mal, als ich Junes Bruder getroffen hatte, hatte er mich an die Wand gedrückt und mir mitgeteilt, dass er mich fertigmachen würde, sollte ich seiner Schwester wehtun. Das Schlimmste aber war: Ich *hatte* June kurz danach verletzt, und ich war mir sicher, dass Jake das wusste.

Jake seufzte. Toni legte ihm eine Hand auf den Rücken. June starrte zwischen uns hin und her, bis sie schließlich begriff, was abging.

»Jake.« Sie legte einen warnenden Unterton in ihre Stimme. »Hör auf mit diesem Machogehabe. Ich gehöre dir nicht.«

Jake regte sich nicht. Nur kurz flackerte sein Blick zu unseren verschlungenen Händen. Ich ließ Junes Hand los und fuhr mir durch die Haare.

»Jake, Kumpel, ich hab echt nicht …«

Er unterbrach mich mit einem Kopfschütteln und kam endlich ein paar Schritte auf uns zu.

»Mann, Kian, ich bin der Letzte, der dem, was auch immer da zwischen euch ist, im Weg steht.«

Ich blinzelte. Mehrmals.

Er lächelte. Jetzt *lächelte* er auch noch.

Ich warf einen kurzen Blick zu June, ihr Blick hing an ihrem Bruder, und ihre Mundwinkel hoben sich.

»Wie ich sehe, bist du hier und hältst ihre Hand, mehr muss ich nicht wissen.«

Jake streckte mir seine Hand entgegen.

»Frieden?«

Mit aufgerissenen Augen starrte ich auf seine Finger. »Was?«, stammelte ich. »Und was war das letztens …?«

Er seufzte und verdrehte die Augen. »Beschützerinstinkt.«

Ich ergriff seine Hand, und er zog mich in eine kurze freundschaftliche Umarmung.

»Danke, Mann«, murmelte ich.

Als Jake mich losließ, verdrehte June die Augen. »Endlich wirst du erwachsen.«

Jake zuckte die Schultern.

»Das hier ist kein Machtkampf«, entgegnete er mit einem Blick auf Toni, der zufrieden nickte. »Und ihr liebt euch.«

Ich grinste.

Oh ja, ich liebte June so sehr.

Es klingelte noch einmal, und während June Kate hereinließ, machte ich mich auf den Weg ins Wohnzimmer, wo die anderen die Filmauswahl besprachen. Ich ließ mich aufs Sofa fallen und klinkte mich mit ein. Es lief auf einen Superheldenfilm hinaus, ein anderes Genre wurde in dieser Clique nicht gesehen.

Simon und June verteilten Getränke, und ich lehnte mich zufrieden zurück. Diese Abende waren so schön normal. Es floss kaum Alkohol, und es endete auch nicht mit einer fremden Frau in meinem Bett. In Sydney hätte ein netter Abend mit Freunden ganz anders ausgesehen.

»Alter, was hast du eigentlich mit deinen Haaren gemacht?« Jake warf mir einen Blick zu. »Das sieht echt scheiße aus.«

Ich verdrehte die Augen. Kurz wechselte ich einen Blick mit Toni, der mich angrinste.

»Es lässt deine Attraktivität mindestens um drei Grad sinken«, pflichtete Kate ihm bei. Ich warf den beiden einen genervten Blick zu.

»Das ist so was von nicht wahr.« June ließ sich neben mich fallen, und ich legte einen Arm um sie.

»Hast du ihn dazu angestachelt?«, wollte Kate wissen.

June schnaubte. »Sicher nicht.« Sie kuschelte sich näher an mich. »Ich hasse es.«

Ein Grinsen stahl sich auf meine Lippen.

»Eigentlich findet sie es wunderschön, sie will es nur nicht zugeben«, flüsterte ich Kate übertrieben laut und hinter meiner vorgehaltenen Handfläche zu. June boxte mich in den Bauch. Lächelnd küsste ich ihr Haar. Kate verdrehte die Augen und lehnte sich zurück.

Simon löschte das Licht und schob die DVD in den Player, dann ließ er sich neben Pekka fallen. Jake und Toni kuschelten, und ich konnte mir ein Lächeln nicht verkneifen. Es war erstaunlich, wie klein die Welt war.

Der Film lief gerade mal zehn Minuten, als mir bewusst wurde, dass etwas anders war als sonst. Ella saß zusammengekauert mindestens dreißig Zentimeter von mir entfernt und hatte ihre Arme um die Beine geschlungen. Auch June fiel es auf, sie streckte sich über mich hinweg und stupste Ella an.

Sie hob den Blick. Lächelnd klopfte June auf meinen Oberschenkel. Ellas Augen weiteten sich.

»Im Ernst?«, fragte sie leise, und June nickte.

Ebenso sprachlos wie Ella starrte ich meine Freundin an. Sie hatte so recht. Ella konnte schließlich nichts dafür, dass wir so blöd waren, uns ineinander zu verlieben.

Liebevoll strich ich June übers Haar und küsste sie.

»Ich liebe dich so sehr«, flüsterte ich. Sie lächelte. Gleichzeitig sahen wir zu Ella, die uns, ebenfalls lächelnd, betrachtete.

»Na los, mach's dir bequem«, forderte ich sie auf.

Sie bettete ihren Kopf auf meinen Oberschenkel und streckte ihre Beine lang auf dem Sofa aus.

Genau so, wie es immer gewesen war.

»Danke«, murmelte sie. Lächelnd strich ich ihr übers Haar.

Diese Freundschaft würde für immer mein Fels in der Brandung sein.

Kapitel 7

Zwei Wochen vor Junes Vortrag brauchte nicht nur sie, sondern auch Kate und Pekka eine Auszeit. Die drei versanken im Stress. Kate und Pekka würden in weniger als vier Wochen ihr letztes Semester beenden, und Junes Nerven lagen sowieso völlig blank.

Obwohl alle drei sich dagegen wehrten, fuhren wir eine Nacht lang Campen. Es war Ellas Idee gewesen. Simon hatte seinen alten VW-Bus vor unserer Tür geparkt, und wir luden alles in den Kofferraum. Wir hatten kein großes Zelt auftreiben können, und so mussten wir uns mit drei Zweierzelten zufriedengeben. Ich warf meinen Rucksack auf die Rückbank und half Ella, die Schlafsäcke im Kofferraum zu verstauen. June schleppte ihre Tasche durch die Haustür. Ich konnte mir ein Grinsen nicht verkneifen.

»Wir fahren für eine Nacht«, erinnerte ich sie. Nickend grummelte sie etwas und hob die Tasche ächzend in den Kofferraum. Ich verdrehte die Augen. Ich hätte meine gesamte CD-Sammlung darauf verwettet, dass sie ihr Unizeug mitgeschleppt hatte, obwohl sie doch zwei Tage nicht daran denken sollte.

Simon und Pekka kamen durch die Tür und stritten darum, wer die erste Strecke fahren durfte. Ich achtete nicht darauf, denn mein Herz krampfte sich auf einmal zusammen, nur um in der nächsten Sekunde achtmal so schnell weiterzuschlagen. Ich starrte auf die Gitarre in Simons Hand. Während Pekka um den Wagen herumging, kam Simon zum Kofferraum und legte das Instrument zwischen die Taschen. Ich starrte noch immer darauf, als hätte ich so ein Ding noch nie gesehen.

Ich blinzelte mehrmals.

»Was ist das?«, krächzte ich. Simon runzelte die Stirn und polsterte die Gitarre mit ein paar losen Klamotten, die er darum feststeckte.

Wie konnte man ein Instrument ohne Schutz transportieren?

»Ehm … eine Gitarre?«

Der Anblick ließ meine Finger jucken. Ich wollte dieses wundervolle Instrument berühren, wollte …

Nein. Einen Scheiß wollte ich.

»Wozu brauchen wir eine verdammte Gitarre?«, fragte ich und trat einen Schritt zurück.

»Na ja, wir wollen Lagerfeuer machen und …«

Abrupt drehte ich mich um und stieg in den Wagen.

Eine Gitarre.

Meine Hand zitterte, als June sie in ihre nahm.

Ich ließ den Kopf nach hinten an den Sitz fallen und schloss die Augen. Alles, was ich sah, war das Instrument im Kofferraum.

Pekka setzte sich zu uns auf die Rückbank, während Ella den Beifahrersitz für sich beanspruchte.

Als Simon sich anschnallte, warf er mir einen kurzen Blick im Rückspiegel zu. Ich musste wieder runterkommen. Es war nur eine Gitarre. Es gab Tausende davon auf der Welt.

Nur hatte ich seit Monaten keine mehr in den Händen gehalten.

Auf der kurzen Fahrt bis zu Kates Wohnung hatte ich einen Schweißausbruch nach dem anderen. Was würde passieren, wenn ich das Ding in die Hände bekam? Würde ich spielen?

Ich verdrängte diesen Gedanken in die hinterste Ecke meines Hirns. Natürlich würde ich *nicht* spielen.

Kate öffnete die Tür erst, nachdem wir bei ihr angerufen hatten. Anscheinend hatte sie mit voller Absicht ihre Klingel ausgestellt. June und Ella mussten sie regelrecht aus der Wohnung zerren.

»Ich muss lernen, verdammt«, murrte sie, als sie sich mitsamt ihrem Ordner und ein paar Büchern gegenüber von mir hinsetzte. Ich rollte die Augen. War ich denn nur unter Streberinnen? June hatte heute Morgen genau das Gleiche gesagt. Nur Pekka war inzwischen froh, dem Stress zu entkommen. Er ließ einen Arm aus dem geöffneten Fenster hängen und diktierte Ella seine Musikwünsche.

Kurz darauf schallte ein Song von Guns N' Roses aus den Boxen. Ich deutete ein halbes Lächeln an. Eins musste man Pekka lassen, Musikgeschmack hatte er.

June schlief nach einer Weile mit dem Kopf an meiner Schulter ein.

Ich legte meine freie Hand über unsere verschränkten Finger und bettete meinen Kopf ganz leicht auf ihren, nur so, dass sie kaum Gewicht spürte, ich ihr aber nah sein konnte. Ich schloss die Augen und war schon nach wenigen Minuten eingenickt.

Ich wachte erst wieder auf, als wir auf einen Parkplatz holperten. Er bestand aus groben Steinen, und der Bus wankte.

Simon brachte den Wagen zum Stehen und drehte sich zu Ella um.

»Und wie war ich?«, fragte er.

Ella zog die Augenbrauen zusammen und schnaubte. »Dein Glück, dass du ihn nicht zu Schrott gefahren hast und wir noch leben.«

Simon lachte. »Ellie, glaub mir, mit diesem Auto fahre ich, als würde ich dich in den Händen halten.«

Ella verdrehte die Augen. Sie schnallte sich ab und zog die Tür auf, um auszusteigen. Simon seufzte und verzog das Gesicht. Der Mann tat mir leid. Bevor ich ihm jedoch einen verständnisvollen Blick zuwerfen konnte, riss er seine Tür auf und ging Ella nach. Wir blieben sitzen, bis der Kofferraum sich öffnete. June und ich wechselten einen Blick.

Die Stelle, an der wir unsere Zelte aufschlagen wollten, lag vom Parkplatz entfernt, tiefer im Wald. Ich trug Junes schwere Tasche, während sie meinen Rucksack auf dem Rücken hatte. Außerdem hatte ich eine Isomatte unterm Arm und trug einen Essenskorb. Ich lief im größtmöglichen Abstand zu Simon, weil er die Gitarre trug. Zu dumm, denn ich hätte mich wirklich gerne mit ihm unterhalten.

Wir folgten einem kleinen Trampelpfad, der immer schmaler wurde, je weiter wir gingen.

Dann schoben sich die Bäume ein Stück auseinander, und wir landeten an einem kleinen See. Er glitzerte in der Sonne, als hätte ihn noch nie zuvor eine Menschenseele berührt.

Ich stellte den Korb ab, ließ alles andere, was ich trug, fallen und streifte mir die Schuhe von den Füßen. Mit wenigen Schritten erreichte ich das Wasser. Es war kühl, eine Wohltat auf meiner verschwitzten Haut. Zwei Arme schlangen sich um meine Mitte. Ich schloss die Augen und atmete ein. Das hier war, wonach ich gesucht hatte, als ich zurück nach England gekommen war. Das hier war absolute Freiheit. Ich hatte keine Pflichten, ich stand hier, am Ende der Welt, und wurde gehalten.

Ich wirbelte zu June herum, packte sie an den Hüften und schob den anderen Arm in ihre Kniebeugen. Sie quietschte und klammerte sich krampfhaft in meinem Nacken fest, während ich grinsend in den See hinauswatete.

»Wenn du das tust, musst du heute mit Pekka in einem Zelt schlafen«, warnte sie mich. Ich warf ihr einen skeptischen Blick zu. »Du würdest mich so sehr vermissen, dass du zu mir schleichen würdest.«

Sie schnaubte. Ich ließ sie ein Stück fallen, fing sie aber wieder auf. Ihr Griff um meinen Nacken verstärkte sich.

»Oh nein, ich halte es auch ohne dich aus, mein Lieber.«

Tat sie nicht.

Ich watete weiter, bis meine Hosenbeine nass wurden. Als ich bis zur Hüfte im Wasser stand, löste ich vorsichtig ihre Hände von meinem Nacken. Unter viel Protest hob ich sie ein Stück hoch. Wenn Blicke töten könnten, wäre ich hundert qualvolle Tode gestorben. Ich warf sie in die Luft, und June tauchte unter. Ich sah nur noch die Ringe auf der Wasseroberfläche. Im nächsten Moment wurden mir die Beine weggezogen, und ich platschte ins Wasser.

Ich tauchte und schloss die Augen. June versuchte, mich weiter runterzudrücken. Ich verkniff mir ein Lachen und zog sie mit nach oben. Prustend rangen wir nach Luft. Ich grinste, June funkelte mich an. Ich zog sie näher an mich und legte meine Lippen auf ihre. Augenblicklich schlang sie die Arme um meinen Nacken und schmiegte ihren nassen Körper an meinen.

Ich war im Himmel.

Ich teilte ihre Lippen mit meinen und machte wieder gut, dass ich sie ins Wasser geworfen hatte. Als wir uns zurücklehnten, war das Funkeln in ihren Augen nur noch liebevoll. Sie bettete ihren Kopf an meine Schulter. Automatisch wanderte meine Hand an ihren Hinterkopf. Ich hätte diesen Moment am liebsten niemals unterbrochen, doch unsere Freunde grölten und lachten am Ufer. June und ich sahen uns an und mussten gleichzeitig grinsen. Schweren Herzens lösten wir unsere Umarmung auf und verschränkten nur unsere Finger, als wir zurückgingen.

Ella reichte uns Handtücher.

»Hättet ihre nicht *ohne* Kleidung baden können?«

Ich zog mir das nasse T-Shirt über den Kopf, das dämliche Grinsen bekam ich einfach nicht aus meinem Gesicht.

»Dann wäre Junes Gesichtsausdruck nicht so lustig gewesen.«

Junes Faust traf meine Schulter, und ich rieb über die Stelle, als hätte es mir wehgetan.

Während sie sich umzog, ging ich zu Simon, um ihm dabei zu helfen, die Zelte aufzubauen.

»Junge, Junge, diese Tattoos.« Kopfschüttelnd reichte er mir eine bereits zusammengesteckte Zeltstange, die ich in die Ösen des Stoffes steckte. Ich zog eine Augenbraue nach oben und sah an mir herunter. *Diese Tattoos.* Seit ich wieder hier war, versuchte ich zu verdrängen, dass ich sie hatte. Sie gehörten nicht hierher, am liebsten hätte ich sie wie mein altes Leben in Sydney gelassen. Leider hatte ich nicht bedacht, dass ich sie nie wieder würde ablegen können, als ich sie mir stechen ließ.

»Was ist mit ihnen?«, fragte ich nicht gerade begeistert.

»Ich sollte mir auch welche stechen lassen …« Er reichte mir den Beutel mit den Heringen und grinste mich an. »Sie sind scheiße ästhetisch.«

Ich rollte mit den Augen. Na klar.

»Zieh das lieber über.« June war neben uns aufgetaucht und reichte mir ein T-Shirt.

Ich grinste.

»Nicht, dass Simon sich noch in mich verguckt.« Ich zwinkerte ihr zu.

Sie verdrehte die Augen. »Klar. Oder dass ich über meine Füße stolpere.« Sie küsste meine Wange und schüttelte den Kopf. »Träum weiter.«

Damit drehte sie sich um und ging.

Ein Kribbeln blieb auf meiner Haut zurück. Perplex

blinzelnd sah ich ihr nach. Es dauerte ein paar Sekunden, bis ich mich wieder bewegen konnte.

Simons Lachen war eine Qual. Wortlos nahm ich zwei Heringe aus dem Beutel und rammte sie in den Boden.

Anschließend half ich Pekka mit seinem Zelt. Dankbar überließ er mir einen Großteil der Arbeit. Wenn man Geld hatte, wusste man eben nicht, wie man ein Zelt aufbaute. Auch ich war in den letzten Jahren kein einziges Mal campen gewesen, aber immerhin hatte ich eine glückliche Kindheit gehabt.

June und Ella errichteten das letzte Zelt. Kate holte Feuerholz, und ich pustete Isomatten auf. Wir teilten uns auf die Zelte auf, wobei Pekka mir und June zuzwinkerte und uns bat, leise zu sein. Ich verdrehte nur die Augen. Als ob er sich in dieser Hinsicht auch nur ein einziges Mal Mühe gegeben hätte. Wir alle litten darunter, wie dünn die Wände in der WG waren.

Während Simon und Kate sich um das Essen kümmerten, gingen wir anderen baden, diesmal ohne Kleidung. Es war ein wundervoller Nachmittag.

Auch wenn ich June und Kate mehrmals dabei erwischte, wie sie in ihre Unterlagen schielten, war ich mir doch sicher, dass wir sie ein wenig von dem Stress in der Uni ablenken konnten.

Als es dunkel wurde, zündete ich ein Feuer an.

Nach sieben Jahren das erste Mal.

Lächelnd setzte ich mich.

Die Flammen zuckten vor meinen Augen.

Die Gedanken in meinem Kopf lösten sich auf, und eine wohlige Ruhe überkam mich.

June reichte mir einen Teller und setzte sich neben mich.

Dankend nahm ich ihn entgegen und ordnete meine Beine im Schneidersitz an.

Simon hatte Spaghetti gekocht – das einfachste Essen der Welt und doch so gut. Wie wir hier alle zusammen um das Feuer herumsaßen, unser Campinggeschirr in den Händen, spürte ich es wieder. Dieses Gefühl, das ich in Sydney so vermisst hatte, das, weshalb ich zurückgekommen war.

Es war das Gefühl von Freiheit.

Kapitel 8

Ella und ich wuschen das Geschirr im See. Kate legte neues Holz aufs Feuer, danach wurden Schlafsäcke aus den Zelten geholt. Ich legte einen Arm um June, die sich an mich lehnte.

Simon setzte sich auf der anderen Seite neben mich. Mit der verdammten Gitarre.

Ich stöhnte auf. Lagerfeuermusik? Echt jetzt?

Ich starrte auf das Instrument. Simon berührte ein paar Saiten und lockte Töne an die Oberfläche.

Schließlich hob er den Kopf.

»Will jemand spielen?« Erwartungsvoll sah er in die Runde. Mir brach der Schweiß aus.

Kate nickte und streckte die Hand aus.

Ich ließ die angehaltene Luft entweichen.

Kate stimmte die Gitarre, doch als sie zufrieden nickte, hätte ich ihr das Instrument am liebsten aus der Hand gerissen und noch mal nachgestimmt.

Nur mit Mühe konnte ich es mir verkneifen. Ich durfte die Gitarre auf keinen Fall in die Hände bekommen.

Sie spielte eine langsame Melodie. Ich versuchte zu ignorieren, wie holprig die Übergänge zwischen einigen Akkorden klangen.

Ich ging mir selbst auf die Nerven.

Wir spielten doch nur Gitarre am Lagerfeuer.

Nach einer Weile hörte sie auf und lächelte schief.

»Bin leider nicht so gut«, murmelte sie und fummelte an einem der Wirbel herum.

»Im Bett schon«, kam es von Pekka. Er hatte sein dreckigstes Lächeln aufgesetzt.

Ein Stock traf seinen Schädel.

»Arschloch«, zischte Kate.

»Du Schwein«, kam es von Ella.

»Hey.« Pekka hob abwehrend die Hände. »Es war wunderschön.«

»Klar.« Verächtlich schüttelte Kate den Kopf.

»Ich fand es schön.« June lächelte Kate warm an. »Spielst du noch mal?«

Kate verzog das Gesicht.

»Wenn ihr Pekka den Mund zuklebt, vielleicht.«

Spaßeshalber erkundigte Ella sich bei Simon, ob er Gaffer-Tape eingepackt hatte. Als er bedauerlicherweise verneinte, hob sie entschuldigend die Schultern.

Diese Freunde waren wunderbar.

Kate grinste.

Sie spielte weiter.

Ich starrte auf ihre Hände.

Nichts war mehr wie früher.

Ich konnte die Musik nicht mehr in mir aufnehmen, sondern hörte jeden Fehler.

Reiß dich zusammen, Kian.

Ich war zurück nach Bath gekommen, weil man hier Fehler machen durfte.

Erst als Kate aufhörte zu spielen und Pekka sich räusperte, ob ich den Kopf.

»Kate, das war wirklich schön.« Pekka fummelte am Saum seines Pullovers herum, während er ihr fest in die Augen sah. Ihr Mund klappte auf und wieder zu. Sie starrte ihn einen Moment lang an.

Niemand sagte ein Wort.

Schließlich räusperte Kate sich. »Möchte vielleicht noch jemand anders spielen?« Fragend sah sie in die Runde.

Ella hob sofort abwehrend die Hände und behauptete, nicht spielen zu können. Pekka schwieg und sah noch immer Kate an.

»Kian?«, fragte June neben mir. Mein Blick schnellte zu ihr. Ihr warmes Lächeln brannte auf meiner Haut.

Mein Herz hämmerte.

Nein. Nein. Nein, schrie mich mein Verstand an.

Ich schüttelte den Kopf.

»Oh ja.« Ella klatschte in die Hände. »Du konntest immer so gut spielen.«

Ich verzog das Gesicht. »Jetzt nicht mehr«, murmelte ich.

June runzelte die Stirn.

»Quatsch, das verlernt man nicht. Schon gar nicht du.« Ella ließ sich von Kate die Gitarre geben und reichte sie an June weiter. Vorsichtig, als hätte June Angst, die Berührung des Korpus könnte mir wehtun, legte sie das Ding in meinen Schoß. In meinen Ohren rauschte es. Ich hatte mir geschworen, nie wieder zu spielen. Ich hatte mir geschworen, nie wieder auch nur irgendein Instrument zu berühren.

Das Einzige, was ich mir nicht verboten hatte, war, Musik zu hören, ganz ohne konnte ich einfach nicht leben, aber ich hatte nie wieder selbst Musik machen wollen. Und jetzt lag eine verfluchte Gitarre in meinem Schoß.

»Ich kann nicht spielen«, krächzte ich.

»Du musst nicht«, erwiderte June, ohne zu zögern.

»Doch.« Ella sah mich bittend an. »Ich hab dich so lange nicht mehr spielen gehört.«

Und das ist auch gut so, dachte ich, konnte es aber nicht aussprechen. Ich versuchte, meine Atmung zu normalisieren. Was konnte schon passieren? Was würde es ändern, wenn ich ein Lied spielte? Nur eines, damit Ella Ruhe gab? June rutschte näher an mich heran. Sie legte ihre Hände um meinen Oberarm und küsste meine Schulter.

Meine Hände zitterten, als ich vorsichtig das Holz berührte und die Gitarre in meinem Schoß aufrichtete.

Ich brauchte mehrere Anläufe, bis ich die Finger auf die Saiten legen konnte. Das Zittern meiner Hand war so stark, dass ich sie fast verfehlte, aber schließlich spielte ich einen ersten Akkord an. Noch im selben Moment verzog ich beim Klang der schiefen Töne das Gesicht. Wie hatte Kate so spielen können?

Ich spürte wieder Junes Lippen an meiner Schulter. Ihre Berührungen waren federleicht und gaben mir einen Fixpunkt. Vorsichtig stimmte ich die Gitarre.

Schließlich ließ ich die Hände sinken und sah Ella an. »Was soll ich spielen?«

Meine Stimme zitterte ebenso sehr wie meine Hände. Obwohl ich nur einen dünnen Pullover trug und die Außentemperatur um einige Grad gesunken war, schwitzte ich. June richtete ihren Blick auf mich, und kurz flackerte mein Blick zu ihr hinüber.

Ich betete, dass sie mich erlösen würde, dass sie sagen würde, dass ich nichts tun musste, was ich nicht wollte, aber sie schwieg, und das Schlimmste war, ich wusste ganz genau, warum sie es tat. Sie wollte wissen, was in mir vorging.

Ella legte den Kopf schief und sah mich nachdenklich an.

»Train?«, fragte sie. Ich schloss für zwei Sekunden die Augen. Es hätte schlimmer kommen können. Dieses Lied hatte ich früher so oft für sie und June gespielt. In Sydney dagegen hatte ich es nie gespielt. Es war eine Erinnerung an hier, nicht an dort.

Damit konnte ich vielleicht umgehen.

Trotzdem schnürte sich meine Kehle zu. Schweißperlen bildeten sich auf meiner Stirn.

»Du musst nicht …«, murmelte June, aber da hatte ich schon den ersten Akkord gezupft. Ich spielte den Chorus an, spielte mich ein bissen warm und schloss dabei die Augen.

Vier Monate.

Vier Monate ohne ein einziges Instrument. Es war erbärmlich, dass ich nicht länger durchgehalten hatte.

Ich stimmte eine Melodie an, die ich mir gerade erst ausdachte. Meine Augen brannten, und ich schluckte hart. *Nur ein Lied,* redete ich mir ein und stoppte in meinen Bewegungen. Ich sah Ella an und spielte. Es war so normal, wie eine Schleife zu binden, so fest in meinem Inneren verankert, dass ich mich niemals davon lösen könnte.

Ich spielte ein Intro und die ersten Töne des Songs.

»Heey, heeyhey«, sang Ella. Ich ließ meine Lippen geschlossen. Ellas Blick durchbohrte mich. Aber ich konnte nicht riskieren, dass June mich singen hörte.

Nur sang auch sie mit. Ich schloss die Augen. In diesem Moment war ich nicht mehr über zwanzig. Ich war wieder ein Teenager, saß mit Ella und June am See auf einer Decke und hielt eine Gitarre in den Händen. Ich spielte *Hey, Soul Sister*, während Ella auf dem Rücken lag, in den Himmel sang und June den Kopf in die Hand gestützt hatte, um mich zu beobachten. Nur ein kleiner Nebengedanke erinnerte mich daran, wer ich war, aber es konnte mich nicht davon abhalten, die Lyrics zu singen, als der Chorus begann. Ich verstellte lediglich meine Stimme, sodass sie sich anders anhörte, als June sie kannte.

Ich spielte mit geschlossenen Augen.

Nur beim Refrain suchte ich Junes Blick.

Sie lächelte.

Als der Song endete, war es eine unerträgliche Sekunde lang still, dann klatschten die anderen.

»Was für ein Schnulz«, murmelte Pekka, aber er lächelte dabei. Ich spürte erst, dass eine heiße Flüssigkeit meine Wangen hinunterlief, als June ihren Daumen an meine Wange legte, um die Tränen fortzuwischen. Ich beugte mich näher zu ihr. Ihre Lippen berührten meine so sanft, dass mir schwindelig wurde.

Sie sah mich an.

»Wie lange hast du nicht gespielt?«, fragte sie flüsternd. Ich zog Luft in meine Lunge. »Das hier oder generell?«

»Beides.«

Ich schloss wieder die Augen, da ich ihrem Blick nicht standhielt.

»Bei diesem Lied warst du das letzte Mal dabei.« Ich sprach leise, sodass es für die anderen unmöglich war, unsere Worte zu verstehen.

»Und generell?«

»Seit ich zurück in England bin.« Ich schaffte es nicht, sie anzusehen, als ich die Augen wieder öffnete. Sie legte eine Hand an meine Wange und drehte meinen Kopf in ihre Richtung.

Ich schluckte hart.

»Möchtest du weiterspielen?«, fragte sie flüsternd.

»Kann ich vielleicht erst was trinken?«

Sie lächelte warm. »Natürlich.« Sie drückte einen kurzen Kuss auf meine Lippen und stand auf. »Bin gleich zurück.«

Sekunden später reichte sie mir eine Glasflasche. Dankend nahm ich das Wasser entgegen und spülte den bitteren Geschmack in meinem Mund hinunter.

Vorsichtig hob ich den Kopf und sah, dass Ella und Simon uns anblickten. Ich wischte mir über die Wangen. Hatte ich gerade wirklich vor all meinen Freunden geheult? Wegen einer Gitarre? Das war erbärmlich. Es war so scheiße erbärmlich.

»Kian …« Junes Stimme war leise und so weich, dass ich mich am liebsten hineingekuschelt hätte. »Es ist okay.«

Ella stand auf und kam zu uns herüber. Sie schlang die Arme um mich und küsste meine Wange. »Bei anderen Menschen wäre es vielleicht peinlich …« Ihr Lächeln wurde schief. »Aber nicht bei uns.«

June tastete nach meiner Hand und drückte sie fest. »Wir sind für dich da.«

Ich konnte nicht verhindern, dass ich noch mehr heulte.

»Ich liebe euch«, murmelte ich.

»Und wir dich.« June verstärkte den Druck ihrer Hand, und ich klammerte mich ebenfalls an sie.

Schweigend sahen wir in die Flammen. Simon erhob sich, um noch ein paar Stöcke daraufzulegen.

Meine Hände wanderten über die Gitarre. Hier zu sitzen, erinnerte mich daran, wie es war, bevor mir all die Freude an diesem Instrument genommen wurde. Als es noch nicht von mir erwartet wurde zu spielen.

Obwohl ich es nicht wollte, fanden meine Hände einen Weg zu den Saiten. Erst nach ein paar Tönen erkannte ich selbst den Song, und es entlockte mir ein kleines Lächeln. Ich hatte damals so lange gebraucht, um diese Akkorde zu lernen. Im Internet hatte ich sie nicht finden können und mir das Lied angehört, bis ich jeden einzelnen rausgehört hatte. Es war nicht wirklich ein Stück für Gitarre, auf Klavier wäre es deutlich einfacher gewesen, aber damals hatte ich noch nicht Klavier spielen können.

Als June den Song erkannte, sang sie leise mit. Ich ließ meine Lippen geschlossen. Lauschte nur dem Klang ihrer Stimme und der Melodie, die meine Finger produzierten. Komischerweise achtete ich nicht mehr darauf, ob die Töne die richtigen waren oder nicht. Ich verspielte mich sogar an einigen Stellen, und June traf ohnehin nicht immer die richtigen Töne, aber es war egal.

Vielleicht würde ich morgen bereuen, diese Gitarre angefasst zu haben, aber gerade fühlte es sich richtig an, mich nur von der Musik tragen zu lassen.

Fast wie früher.

Kapitel 9

Unsicher hielt ich June die Zelttür auf. Schon den ganzen Abend lag ihr Blick schwer auf mir, und jetzt waren wir alleine. Sie setzte sich auf ihren bereits ausgebreiteten Schlafsack. Ich atmete erleichtert aus, als sie nicht sofort eine Erklärung verlangte, sondern nach ihrer Tasche griff. Als ich mich neben sie setzte, fühlte ich mich nicht halb so souverän wie sonst.

Ich hatte Schiss.

June zog ein viel zu großes T-Shirt und eine Jogginghose aus der Tasche und schob sie wieder beiseite. Schweigend zog sie sich um. Als sie fertig war, glitt ihr Blick zu mir. Ich schloss die Augen, weil ich Angst hatte vor dem, was als Nächstes kommen würde. Mit den Händen fuhr ich mir übers Gesicht, bis ich mich wieder so weit unter Kontrolle hatte, dass ich die Augen öffnen konnte.

June war zu mir herübergerobbt.

Sie saß genau vor mir, und ihre Nähe nahm mir für eine Sekunde den Atem.

»Kian, hey.« Vorsichtig legte sie ihre Hände an meine Wangen, sodass ich sie ansehen musste. »Ich werde keine Erklärung verlangen«, flüsterte sie.

Meine Augen weiteten sich.

»Natürlich wünsche ich mir, dass ich wüsste, was in dir

vorgeht, aber …« Sie seufzte. »Ich bin die Letzte, die nicht versteht, wenn du nicht darüber reden kannst.«

Ich starrte sie an, unfähig, einen Satz herauszubringen, unfähig, auch nur irgendeine Reaktion zu zeigen. Jetzt war sie es, die meinem Blick auswich.

»Es tut mir leid, dass ich dich nicht vor dieser Situation bewahrt habe. Ich hab dir schon angesehen, dass du die Gitarre auf keinen Fall in die Hand bekommen willst, als Kate angefangen hat zu spielen.«

Sie sah mich wieder an, und eine Falte bildete sich auf ihrer Stirn. »Ich dachte, vielleicht könnte ich auch den Grund sehen.« Sie lächelte matt. »Habe ich aber nicht.«

Ich habe sie nicht verdient, war mein einziger Gedanke.

Ich legte meine Arme um ihre Taille und zog sie auf meinen Schoß, ich vergrub das Gesicht an ihrer Schulter, während sie die Arme um mich schlang.

Wie es wohl wäre, ihr die Wahrheit zu sagen?

Würde ich das, was wir hatten, wirklich riskieren?

»Du hast nichts falsch gemacht«, murmelte ich an ihrer Schulter. »*Ich* bin das Arschloch.«

Sie schüttelte den Kopf.

»Nein, Kian, bei manchen Dingen ist es eben nicht einfach, darüber zu reden.« Ihr Blick brannte sich in meinen. »Das macht dich noch lange nicht zu einem Arschloch.«

Sanft küsste sie meine Lippen. Als wir uns zurücklehnten, grinste sie und boxte spielerisch meine Schulter. »Obwohl es natürlich wirklich unfair ist, dass du alles über mich weißt, ich aber nicht mal sagen kann, was deine Tattoos bedeuten.«

Sie sagte es im Scherz, trotzdem hörte ich die Aufforderung deutlich heraus.

»Oh, sie waren nur dazu da, um Frauen aufzureißen.«

Ich bereute die Worte in dem Moment, in dem ich sie aussprach.

Junes Augen wurden matt.

»Lügner.«

Sie blickte hinter meine Fassade.

Wie immer.

»Tut mir leid.« Ich schüttelte den Kopf. Mit jedem Blick in ihre Augen wuchs mein schlechtes Gewissen.

»Die Tattoos haben zu meinem Image gehört.«

Ich holte tief Luft, versuchte, Mut zu sammeln für die nächsten Worte.

»Ich bin–«

Gerade als ich zu einer Erklärung ansetzen wollte, wurde die Zelttür aufgerissen.

Simon steckte den Kopf herein.

»Ich will nicht stören.« Er fuhr sich durch die langen Haare, um sie davon abzuhalten, ihm ins Gesicht zu fallen. »Aber Pekka ist weggelaufen und ich mache mir Sorgen.«

June hob alarmiert den Kopf.

Meine Gedanken an Sydney verflogen.

»Was meinst du mit *weg*?«

»Er hat einen Anruf bekommen, hat rumgeschrieen und ist in den Wald gelaufen.«

Ich runzelte die Stirn. Waren June und ich wirklich so beschäftigt miteinander gewesen, dass wir es nicht gehört hatten?

Wir folgten Simon nach draußen. Ich legte ihm eine Hand auf die Schulter. »Wird schon nichts passiert sein.«

Er zuckte die Schultern und sah sich unruhig um.

Ella kam aus ihrem Zelt gekrochen. Als sie uns alle auf einem Haufen stehen sah, kam sie herüber.

»Habt ihr Kate gesehen? Sie ist schon seit einer Weile weg.«

Ich stutzte.

»Kate und Pekka sind beide weg?«

Ein Grinsen breitete sich auf meinem Gesicht aus. »Bestimmt vögeln sie irgendwo.«

June warf mir einen bösen Blick zu.

Simon schüttelte den Kopf. »Nein, irgendwas ist passiert, ich kann es spüren.«

Ella legte ihm beruhigend die Hand auf den Arm, doch er bemerkte es nicht mal.

»Können wir sie suchen gehen?« Bittend sah er uns an. »Pekka kennt sich hier lange nicht so gut aus wie ich, und im Dunkeln erst recht nicht.«

June nickte sofort. Ich zuckte die Schultern, besser, wir versuchten, sie zu finden, falls doch irgendwas passiert war.

June zog ihr Handy aus der Tasche und wählte Pekkas Nummer. Zwei Sekunden später klingelte es in seinem Zelt. Sie nahm das Handy vom Ohr und rief Kate an, auch sie ging nicht ans Telefon.

»Wir teilen uns auf und suchen sie.« Ella sah Simon noch immer an, als könnte sie ihn mit einem einzigen Blick beruhigen.

»Wir gehen zu zweit, damit niemand alleine ist, und wir nehmen *alle* unsere Handys mit.«

»So weit können die beiden noch gar nicht sein«, pflichtete ich ihr bei.

Simon nickte. Richtig überzeugt schien er allerdings nicht.

Langsam machte es auch mich nervös, dass er so unruhig war.

Pekka dachte nicht nach, bevor er handelte.

Was, wenn ihm doch etwas passiert war?

Wir stiegen zurück in die Zelte. Ich kramte mein Handy hervor und packte noch schnell meinen Rucksack. Ich warf eine Decke und eine Trinkflasche hinein und zog den Reißverschluss viel zu hastig zu.

June und ich gingen nach links, Ella und Simon nach rechts. Ich umklammerte Junes Hand, versuchte, ihr Halt zu geben und selbst welchen zu finden.

Alle paar Meter knackte es irgendwo, und June und ich zuckten gleichermaßen zusammen.

Wir irrten ewig umher. Ich hatte eine Navigations-App auf meinem Handy geöffnet und hoffte mit jedem Schritt, den wir weiter in den Wald hineingingen, dass der Empfang nicht sterben würde. Immer wieder riefen wir Pekkas und Kates Namen, aber wir bekamen keine Antwort. Wir hatten ja auch nicht den leisesten Schimmer, in welche Richtung die beiden gegangen waren.

Wie sollten wir sie so finden?

Langsam wurde es hell und ich zu müde, um noch weiterzugehen.

Wieder rief ich Pekkas Namen, erwartete aber keine Antwort. Doch dieses Mal nahm ich eine dünne Stimme wahr. June und ich sahen uns gleichzeitig an. Hoffnung flackerte in ihren Augen.

»Wo seid ihr?«, rief ich.

Es kam keine Antwort. Hatten wir uns die Stimme nur eingebildet? Litten wir schon an Halluzinationen?

June löste sich von mir, und wir gingen ein paar Schritte auseinander. Nur so weit, dass wir uns noch sehen konnten.

June rief immer wieder Pekkas und Kates Namen, und beim Klang ihrer Stimme zwang es mich jedes Mal in die Knie.

»Kian!«, rief sie plötzlich. Ich fuhr herum. Hinter einem Baum ging sie in die Hocke, und ich sprintete los.

June kniete vor Kate und Pekka.

Mein Herz zog sich beim Anblick meiner Freunde schmerzhaft zusammen. Kate saß an den Baum gelehnt und hielt den schlafenden Pekka in den Armen.

Sie waren beide mit Erde beschmiert, als hätten sie sich auf dem Boden gekugelt.

»Habt ihr euch verletzt?« June griff nach Kates Hand, die mit ein paar Kratzern versehen war. Kate schüttelte den Kopf. Ich nahm meinen Rucksack vom Rücken und reichte ihr die Trinkflasche.

June weckte Pekka.

»Ihr seid eiskalt.«

Pekka brummte.

In der ersten Sekunde waren seine Gesichtszüge glatt, in der nächsten traten Tränen in seine Augen. Er setzte sich auf, beachtete uns aber kaum. June hatte die Decke aus dem Rucksack genommen und legte sie ihm um. Sie rieb ihm vorsichtig über die Schultern, doch er starrte nur ins Leere. Als sein Blick kurz zu Kate flackerte, hob er die Decke auch um ihre Schultern. Ihr Blick hätte wärmer nicht sein können.

»Wir bringen euch zurück, Leute.«

Ich nahm Kate die Trinkflasche ab und reichte sie an Pekka weiter. Er rührte sie nicht an.

June half zuerst Kate auf die Beine, dann zogen sie zusammen Pekka nach oben. Sein Blick war noch immer auf einen nicht existierenden Punkt gerichtet.

Ich tippte auf meinem Handy herum und wählte Ellas Nummer. Als ich ihr mitteilte, dass wir die beiden gefunden hatten, atmete sie erleichtert aus.

»Ich muss nach Hause«, sagte Pekka, ohne den Blick von dem imaginären Punkt zu lösen.

June legte einen Arm um seine Taille und schob ihn vorwärts.

»Wir bringen dich nach Hause.«

Er schüttelte den Kopf. »Ich meine, richtig, in die Niederlande.«

June blinzelte kurz, dann nickte sie. »Okay. Aber zuerst müssen wir aus diesem Wald raus.«

Tränen sammelten sich in Pekkas Augen und liefen seine Wangen hinunter.

Kate stand unschlüssig hinter uns und zitterte am ganzen Körper. Ich zog meine Jacke aus und reichte sie ihr. Schwach lächelte sie und streifte sie über.

»Kate«, flehte Pekkas dünne Stimme. Kurz zögerte sie, dann trat sie an seine Seite und schob ihre Hand in seine. Seine Fingerknöchel traten weiß hervor, so sehr zerquetschte er ihre Hand, aber sie zog sich keinen Zentimeter zurück.

Niemand von uns sprach ein Wort, während wir den Rückweg antraten.

Die Umgebung wurde heller, und die Sonne ging langsam auf. Schon nach einer Weile erwärmte sie unsere Gesichter. Doch ich war der Einzige, dem das auffiel. June starrte auf mein Handy, damit wir den möglichst kürzesten Weg nahmen, Kate und Pekka waren mit ihren Gedanken ohnehin woanders.

Die Frage, was passiert war, brannte mir auf der Zunge, aber ich stellte sie nicht.

Als wir bei den Zelten ankamen, rannten Simon und Ella uns entgegen. Simon riss Pekka in eine Umarmung und drückte ihn so fest an sich, dass ihm vermutlich die Luft wegblieb. Pekka erwiderte die Umarmung und vergrub das Gesicht an Simons Schulter.

Es dauerte einen Moment, bis sie sich wieder voneinander lösten. »Was ist passiert?«, stellte Simon die Frage, die auch mich so brennend interessierte.

»Ich muss nach Hause«, murmelte Pekka. Er drehte sich um und wollte zu seinem Zelt laufen. June hielt ihn auf.

»Pekka, setz dich, wir bauen ab.« Sie warf uns allen einen Blick zu, der so viel bedeutete wie *Los, macht schon.* Pekka ließ sich auf den Boden fallen. June setzte sich neben ihn und schlang die Arme um seinen Oberkörper. Tränen rannen über seine Wangen, und er versuchte, sie in Junes Armen zu verstecken. Simon stieß mich an und deutete auf die Zelte. Leben kam in meine Beine. Zusammen mit Ella und Kate machten wir uns daran, alles abzubauen. Es kam mir vor, als bräuchten wir doppelt so lange wie gestern zum Aufbauen. Ich verhedderte mich ständig in irgendwelchen Zeltschnüren oder ließ etwas fallen, weil mein Blick zu June und Pekka glitt.

Als wir endlich alles ins Auto gepackt hatten und eingestiegen waren, fuhr Simon los. Ich hatte mich noch nicht mal richtig hingesetzt, da wurde mir schon der Boden unter den Füßen weggerissen, und ich kippte nach hinten in meinen Sitz. Ich griff nach dem Gurt, um mich anzuschnallen. Kate tippte auf ihrem Handy herum und nannte Pekka die nächsten Flüge in die Niederlande. Schon in ein paar Stunden würde der erste gehen.

Wir fuhren direkt zum Flughafen in Bristol. Obwohl Pekka einmal umsteigen musste, würde er so nur knapp drei Stunden bis Amsterdam brauchen.

Ella versuchte halbherzig, uns zu einem Zug zu überreden, aber Kate würgte sie ab, noch bevor sie zu Ende sprechen konnte.

Am Gate zogen wir Pekka alle in eine Umarmung. Als June ihn losließ, hatte sie Tränen in den Augen. Mein Herz zog sich zusammen. Ich breitete die Arme aus, und sie vergrub das Gesicht an meiner Brust. Ich hielt sie, so fest ich konnte.

Kate und Pekka wollten sich gar nicht mehr loslassen. Er klammerte sich an sie, als könnte nur sie ihm Halt geben. Ich verstand nicht, was sie zueinander sagten, aber die Art, wie sie einander hielten, sagte einiges.

Es tat weh, Pekka allein zu lassen.

Mit hängenden Schultern schlurfte er schließlich durch die Sicherheitskontrolle. Er hievte seinen Rucksack auf das Fließband und schleppte sich durch den Metalldetektor. Lustlos hob er die Arme, und ein Security-Mensch tastete ihn ab.

Wir warteten, bis er nicht mehr zu sehen war, erst dann bewegten wir uns wieder.

»Was ist passiert?«, wandte Simon sich an Kate. Sie wich seinem Blick aus und starrte auf den Boden.

»Was ist so wichtig, dass er ein verdammtes Flugzeug nehmen muss?« Simon raufte sich die Haare.

»Sonst fährt er doch auch mit Zug und Fähre«, pflichtete Ella ihm bei.

Kate schwieg.

Hilfe suchend sah sie in unsere Richtung.

June schüttelte leicht den Kopf. »Du musst nicht antworten.«

Kates Blick heftete sich wieder auf den Boden.

»Ich bin echt nicht die Richtige dafür«, murmelte sie leise.

»Kate, Pekka ist mein Freund, ich mache mir Sorgen um ihn, bitte, sag mir, was passiert ist.« Simons Ton war gelassen, aber die Art, wie seine Augen flackerten, ließ erkennen, dass er alles andere als ruhig war.

»Du kannst ihm eh nicht helfen.« Kate drehte sich um und stapfte davon. Eine Sekunde starrten wir ihr nach, dann setzten wir uns ebenfalls in Bewegung.

»Ich möchte nur wissen, ob es so schlimm ist, dass ich mir ein Ticket kaufen muss, um bei ihm zu sein.«

Kate wirbelte zu uns herum und funkelte Simon an.

»Alter! Pekka hat geweint, Mann!« Sie fuhr sich durch ihre Haare und schüttelte den Kopf. »Hast du Pekka jemals weinen sehen?« Sie schnaubte. »Nein? Ich auch nicht!« Sie wandte den Blick von Simon ab und sah aus dem riesigen Fenster auf das Rollfeld. »Also ja, es ist, verdammt noch mal, schlimm, und ich würde alles darum geben, jetzt bei ihm sein zu können, aber in diesem Scheiß-Flugzeug war nur noch ein beschissener Platz frei.«

Um uns herum wurde es still. Einige Reisende hatten sich zu uns umgedreht und sahen Kate an, als wäre sie ein Monster. Sie starrte zurück, senkte den Blick, schüttelte den Kopf und stapfte schließlich weiter. Simon zog scharf die Luft ein, er schloss kurz die Augen und wollte etwas erwidern, doch Ella griff nach seinem Arm und schüttelte leicht den Kopf. »Lass gut sein«, murmelte sie. Er sah jedoch nicht aus, als würde er so schnell aufgeben wollen.

»Simon, bitte«, flehte June, und beim Klang ihrer Stimme zuckte ich zusammen. »Lass Kate in Ruhe.«

June wusste, was passiert war. Ich konnte es daran hören, wie sehr ihre Stimme zitterte, und es in ihrem Gesicht lesen. Sie löste sich aus meiner Umarmung und bedeutete mir und Ella, schon mal mit Kate vorzugehen. Schweren

Herzens kam ich ihrer Aufforderung nach, und sie ließ sich mit Simon zurückfallen.

Ella warf mir einen kurzen Blick zu. »Wie schlimm ist es?«

Hilflos hob ich die Schultern, ich hatte keine Ahnung. »Sieht so aus, als wären wir die, die ahnungslos bleiben sollen.«

»Es liegt nicht an uns«, sagte Ella, und ich deutete ein halbes Nicken an. Natürlich nicht. June sprach nicht über andere in deren Abwesenheit. Egal, worüber. Das schloss ihre besten Freunde mit ein. Bei Simon machte sie nur eine Ausnahme, um ihn zu beruhigen und weil sie wusste, dass Pekka niemals was dagegen haben würde.

»Ich finde es trotzdem nicht richtig, dass er fliegt, egal was passiert ist.« Ella schüttelte den Kopf.

Ich schwieg. Was sollte ich darauf erwidern? Ich war schließlich auch aus Sydney hierhergeflogen.

Kate saß auf dem Boden, den Rücken an Simons Auto gelehnt, das Gesicht in den Händen vergraben. Eine qualmende Zigarette baumelte zwischen ihren Fingern. Als sie uns bemerkte, sah sie auf. Sie warf die Zigarette auf den Asphalt und trat sie mit dem Fuß aus. Anklagend deutete Ella darauf. »Aufheben«, kommentierte sie. Sie reichte Kate eine Hand und half ihr auf die Beine. Kate verdrehte die Augen, hob den Stummel auf und drückte ihn Ella in die Hand, die den nächsten Mülleimer ansteuerte.

Kate steckte sich Kopfhörer in die Ohren und drehte die Musik so laut, dass ich sie bis zu mir hören konnte.

June und Simon ließen sich Zeit, und als sie endlich

kamen, sahen sie beide völlig fertig aus. Allmählich machte es mich wahnsinnig, dass ich nicht wusste, was hier abging.

Auf dem Rückweg nach Bath waren wir alle schweigsam. June lehnte an meiner Schulter, Ella und Kate starrten aus dem Fenster. Kate hatte noch immer die Kopfhörer in den Ohren, und ich glaubte, einen Song von Queen zu erkennen.

Simon hatte keinen von uns angesehen, seit er mit June gesprochen hatte.

Natürlich hätte ich June fragen können, was passiert war, vielleicht hätte sie es mir sogar erzählt, aber solange niemand von allein darüber sprach, würde ich nicht nachfragen. Pekka und ich kannten uns erst seit ein paar Monaten, und im Grunde ging es mich nichts an. Aber ich hoffte von Herzen, das er klarkommen würde.

Kapitel 10

Meine Hände zitterten, als ich sie um den Griff der Gitarre legte. Ich war allein. June war noch im Laden, und auch Simon war unterwegs.

Ich verfluchte ihn dafür, dass er die Gitarre im Wohnzimmer liegen gelassen hatte.

Ohne die Saiten anzuspielen, fuhr ich mit den Händen über den Körper. Niemand würde mich hören, ich könnte mich einfach ausprobieren. Sehen, was ich noch konnte.

Frustriert stieß ich ein Lachen aus – *was ich noch konnte?* Ernsthaft? Als ob ich irgendwelche Akkorde, Riffs oder Songs jemals vergessen könnte.

Ich war Kian Winter, verdammt, ich spielte wie ein Gott.

Ich ließ die Hände sinken und starrte auf die Saiten. Wenn es mir doch nur nicht so viel bedeuten würde.

Ich atmete einmal kurz durch.

Ich wollte nicht.

Ich wollte nicht spielen.

Aber ich konnte das Instrument auch nicht weglegen.

Meine Finger stimmten einen Song an.

Ich stöhnte.

Ausgerechnet diesen.

Den ersten.

Den voller Sehnsucht, den, dessen Zeilen für immer in meiner Haut eingraviert waren. Die ersten Töne brannten in meinen Ohren.

Es war *mein* Song. Der einzige, den ich niemals gewagt hatte jemand anderem vorzuspielen, weil er mir so unendlich viel bedeutete.

Ich fiel in eine Trance.

Spielte den Song drei Mal.

Sang leise, als könnte mich jemand hören, vor dem oder der ich Töne und Worte verstecken musste.

Erst als ich einen neuen Song anstimmte, wurde meine Stimme lauter. Ich spielte einen, der mir weniger bedeutete. Einen, in dem kaum meine Worte steckten, sondern vielmehr die des Produzenten.

Scheiß Leben in Sydney.

Ich schob die Gitarre von mir und legte sie neben mich aufs Sofa. Genau daran wollte ich mich nicht erinnern.

Hinter meinen Augen brannte es. Ich vergrub das Gesicht in den Händen und stützte meine Arme auf den Knien ab. Was hatte ich mir nur dabei gedacht, die Gitarre anzufassen? Ich hätte wissen müssen, dass es mich in die Tiefe stürzen würde.

Die Haustür klappte. Ich hob den Blick.

»Nein, Pekka, kein Problem, ich frage in der Uni nach.«
Pekka?

Sofort war ich an der Tür und schaute um die Ecke, doch June presste sich lediglich ein Handy ans Ohr. Ihre Haltung war verkrampft, und sie trat ihre Schuhe umständlicher als nötig von den Füßen. Mich lächelte sie kurz an.

»Ich glaube schon, dass sie da eine Ausnahme machen.«

Ich ging einen Schritt auf June zu und rieb ihr über die Schultern, in der Hoffnung, die Anspannung lösen zu können.

Sie schloss die Augen und lehnte ihren Kopf an meine Brust. »Okay«, murmelte sie.

Inzwischen war es eine Woche her, dass wir Pekka am Flughafen in Bristol abgesetzt hatten, und ich hatte seitdem nichts mehr von ihm gehört. Ich wusste nur, dass Kate zwei Tage später auch in die Niederlande gefahren war und dass June und Simon mehrmals mit Pekka telefoniert hatten.

»Pekka?« Junes Stimme klang dünn. »Ich hab dich lieb.«

Ich hätte Eifersucht verspüren sollen, zumal ich wusste, dass die beiden ihr erstes Mal geteilt hatten, doch ich fühlte nur Wärme. Die Freundschaft der beiden ging tief und war ihnen unendlich wichtig.

Sie legte auf und ließ das Handy sinken.

Ihr Kopf ruhte an meiner Brust.

Langsam hob sie den Blick. Kurz glitt er an mir vorbei, zu Pekkas Zimmertür, dann zu meinen Augen.

»Lass uns hier raus.«

Ich nickte.

Ich setzte die Sonnenbrille auf meine Nase, obwohl die Sonne gerade hinter einer Wolke verschwunden war. Wir saßen in den Parade Gardens auf einer Wiese.

Ich schob Panik.

Wenn es einmal passiert ist, wird es wieder passieren.

Zwei Mädchen saßen uns gegenüber und sahen mich auffällig oft an. Der Albtraum wurde wahr.

June legte eine Hand an meinen Rücken. »Bist du okay?«

Ich nickte, ohne den Blick von den beiden Fremden zu nehmen.

»Wollen wir ein Stück gehen?«, fragte ich schnell, bevor die beiden noch auf die Idee kamen, rüberzukommen.

»Klar«, antwortete sie.

Wir standen auf. Barfuß und Hand in Hand liefen wir in Richtung Fluss.

Kurz bevor wir das Geländer am Wasser erreicht hatten, blieb June stehen und zog mich zu sich heran. Vorsichtig schob sie mir die Sonnenbrille in die Haare und sah mir in die Augen.

»Du bist nicht okay«, stellte sie fest. »Was ist los?«

Ich verfluchte, wie einfach diese Frau in mir lesen konnte. Wie leicht es ihr fiel, meine Gefühle auf hundert Meter Entfernung zu deuten, obwohl sie nicht mehr alles über mich wusste.

»Ich … Mir sind hier zu viele Menschen«, stammelte ich, auf der Suche nach etwas, das nicht komplett gelogen war.

»Seit wann hast du Angst vor Menschen?«

Hilflos zuckte ich mit den Schultern.

Seit sie mir hinterherrennen, als wäre ich jemand Besseres als sie selbst?

June ließ ihre Schuhe auf den Boden fallen und machte einen Schritt auf mich zu. Ihre Hände schlossen sich um meine. »Kian, ich bin es. June, deine beste Freundin.«

Meine Kehle schnürte sich zusammen, und ich schluckte hart. »Ich weiß«, murmelte ich leise.

»Aber ich weiß nichts«, erwiderte sie. »Ich weiß nicht, wie ich mich verhalten soll, wenn du Panik vor der Zukunft bekommst, ich weiß nicht, wie ich mich verhalten soll, wenn du weinst oder wenn du ausrastest, weil ich Songs höre, die dich an Sydney erinnern.« Sie trat noch einen Schritt näher. »Ich bin unsicher, weil ich nicht weiß, was der Grund dafür ist, weil ich nicht weiß, wie ich dir helfen kann.«

Ich senkte den Blick auf unsere Füße.

»Und …« June legte eine Hand an mein Kinn, sodass ich sie ansehen musste. »Ich finde es nicht fair, dass ich all meine Sorgen bei dir ablade, aber deine nicht auf mich nehmen kann.«

Ihr Blick und diese Worte bohrten sich in mein Inneres. Hinter meinen Augen brannte es.

»Ich könnte dich jetzt anbrüllen und dir sagen, dass eine Beziehung so nicht funktioniert, aber ich glaube, das weißt du.«

Ich schloss die Augen.

Sie legte ihre Hand an meine Wange.

»Bin ich so schlimm, dass du mich nicht mal mehr ansehen kannst?«

Ich riss die Augen wieder auf.

»Nein, June, so ist es nicht.« Diesmal versuchte ich, ihrem Blick standzuhalten. »Ich möchte nur nichts mehr mit dem ganzen Scheiß in Sydney zu tun haben.«

Sie runzelte die Stirn. »Kian, vor der Vergangenheit kann man nicht weglaufen.«

Doch. Man konnte. *Ich* konnte.

»Du hast es doch bei mir gesehen, selbst nach sechs Jahren hat sie mich noch immer im Griff.«

»Sie hat dich nicht im Griff, June, du bist viel stärker geworden.«

Kurz wich sie meinem Blick aus, dann suchte sie ihn wieder.

»Ich bin sie nicht los Kian, so was dauert ewig, und es wäre schlau, so früh wie möglich damit anzufangen.«

»Ich bin aber nicht schlau«, sagte ich.

Sie seufzte. »Soll ich dir mal sagen, wie das alles wirken könnte, würde ich dich nicht besser kennen?« Sie machte eine allumfassende Geste und sah mich fragend an. Aber statt auf eine Antwort zu warten, redete sie einfach weiter.

»Du hast Scheiße in Sydney erlebt. Du willst da weg, erinnerst dich an alte Zeiten und kommst hierher. Aber nichts ist mehr so, wie es mal war. Ich habe einen Haufen Probleme, und die sind dir nur willkommen, weil sie dich von deinen eigenen ablenken. Du stürzt dich in eine Beziehung mit mir, um dich an diesen Ort zu binden und nie mehr zurückzumüssen.« Sie umfasste mein Gesicht. »Es könnte wirken, als würdest du mich nur ausnutzen.« Sie lächelte schwach. »Aber, Kian, ich kenne dich. Ich weiß, dass viel mehr dahintersteckt, und ich würde gerne wissen, *was* es ist.«

Ich hob die Hände und umklammerte ihre Handgelenke.

Es war nicht so, verdammt noch mal. Ich benutzte sie nicht als Puffer zwischen mir und der Stadt, die ich hasste.

»So ist es nicht«, brachte ich tonlos hervor und versuchte das Brennen hinter meinen Augen zu ignorieren.

»Das weiß ich.«

Zärtlich küsste sie meine Lippen. Nur der Hauch einer Berührung, nur eine Sekunde lang. Es nahm mir den Atem.

»Ich verdiene dich nicht«, murmelte ich leise. Ein Lächeln stahl sich auf ihr Gesicht.

»Tja, ich werde nicht weggehen.«

Ich zog sie in meine Arme und vergrub das Gesicht in ihren Haaren. »Ich liebe dich, June.« Tief atmete ich ihren Duft ein. »Und das ist der einzige Grund, aus dem ich hier bin.«

Kapitel 11

June hatte recht damit, es war nicht fair. Aber ich hatte schon vor Monaten entschieden, dass ich ihr nichts von Sydney erzählen würde. Niemandem wäre geholfen, wenn ich in meinen Wunden auch noch rumstochern würde.

Wir setzten uns auf eine Bank direkt am Wasser. Hektisch sah June über die Schulter.

Erst jetzt hörte ich das Kichern und fuhr herum.

Die Mädchen von der Wiese standen nur wenige Meter entfernt und schoben sich gegenseitig in unsere Richtung.

Nein. In *meine* Richtung.

Ich nahm einen tiefen Atemzug.

Als die beiden meinen Blick bemerkten, kreischten sie auf. Ich tastete nach meiner Nase, aber dort war nichts. Verflucht, wo war meine Sonnenbrille?

Schnell zog ich sie aus den Haaren und schob sie zurück in mein Gesicht.

Ich hasste dieses Theater so sehr. Obwohl Richard zu allem in Sydney gehörte, was ich vergessen wollte, wünschte ich ihn mir gerade sehnlichst herbei.

Ich stand auf und zog June mit mir.

Hier konnten wir nicht bleiben.

Doch die Mädchen hatten uns schon erreicht.

»Entschuldigt«, sagte die eine, während die andere nervös an ihren Fingernägeln spielte.

Übelkeit stieg meine Kehle hinauf.

Es war das typische Bild von zwei besten Freundinnen. Ich hatte eines gelernt in den letzten Jahren: nicht die, die cooler war und mich ansprach, war mein eigentlicher Fan, sondern die, die nervös danebenstand. Ich zwang ein Lächeln auf meine Lippen und schenkte es ihr. Ihre Augen wurden riesig.

»Du bist Kian Winter, oder?«

Ich verdrehte die Augen, was unter der Sonnenbrille zum Glück niemand sah. Junes Hand umklammerte ich fester.

»Nein, entschuldigt, ich sehe ihm nur ähnlich.«

Die Mundwinkel der beiden zogen sich nach unten.

»Wirklich?«, hakte die Erste nach. Ich nickte, und sie deutete auf die Sonnenbrille. »Nimm sie noch mal ab.«

Keine Frage. Fast ein Befehl. Manche Menschen waren wirklich dreist. Sie trat sogar einen Schritt vor und wollte nach der Brille greifen. Ich packte ihr Handgelenk und hielt sie davon ab.

»Hört zu, ich habe dieses Problem wirklich oft, *aber ich bin es nicht.*«

Ich ließ das Handgelenk des Mädchens los, als wäre es eine heiße Kartoffel. Sie zog nur eine Augenbraue hoch.

»Es wird gemunkelt, dass du in der Stadt gesehen wurdest.«

Mein Magen drehte sich um.

»Ich hab nicht mal seine Haarfarbe«, rutschte es mir raus.

»Haare kann man färben.«

»Er ist es wirklich nicht«, mischte June sich ein.

Ich fuhr zu ihr herum, ihr Blick war jedoch auf die beiden Mädchen gerichtet. »Ich weiß nicht, für wen ihr ihn haltet, aber ich kenne ihn seit meiner Kindheit.« Sie lachte kurz auf. »Und er ist ganz sicher alles anderes als berühmt.« Sie lehnte sich ein Stück vor, als würde sie den beiden ein Geheimnis anvertrauen. »Soll ich euch verraten, wo er arbeitet?«

Die beiden nickten eifrig, und June lehnte sich noch ein Stück vor.

»In einem Klärwerk.«

Ich blinzelte, dann hatte ich Mühe, mir mein Lachen zu verkneifen. Das war eine der absurdesten Szenen, die ich jemals erlebt hatte. Und ich hatte einiges erlebt.

Die Augen der beiden Mädchen wurden kugelrund, sie warfen sich einen kurzen Blick zu, und wenige Minuten später hatte June sie abgeschüttelt.

Sobald die beiden außer Sichtweite waren, drehte sie sich wortlos um und ging den Parkweg entlang. Ich blieb stehen, zu verblüfft, um mich bewegen zu können. Selbst ich hätte June diese Show abgekauft. Sie war besser als jeder und jede Bodyguard.

Dass sie sich schweigend immer weiter von mir entfernte, weckte mich schließlich aus meiner Trance.

Ich schloss zu ihr auf, traute mich aber weder etwas zu sagen, noch ihre Hand zu nehmen. Obwohl ich beides gerne getan hätte.

June wirbelte zu mir herum und funkelte mich wütend an.

»Was soll diese Scheiße?« Sie kniff die Augen zusammen und musterte mich. »Wieso scheint die ganze Welt dich zu kennen, nur ich habe keine Ahnung, wer du bist?«

Ich schloss die Augen und rieb mir übers Gesicht.

»Dir ist schon klar, dass ich deinen Namen wie jeder normale Mensch im Internet suchen kann?«

Sämtliche Schweißdrüsen öffneten sich, und mein Puls schoss in die Höhe. Meine Lippen wurden trocken. Ich schluckte hart.

»Ich hätte es schon tun können, als der Typ in der Uni mich neulich fragte, ob ich tatsächlich mit Kian Winter zusammen sei.« Ihre Augen verengten sich zu noch kleineren Schlitzen. »Ich hätte es tun können, als Betty mich gefragt hat, ob ich wüsste, wer du bist.« Sie schnaubte. »Und ich könnte es auch jetzt tun, nur um dir das klarzumachen.« Sie drehte sich um und stapfte weiter den Weg entlang. Ich fuhr mir durch die Haare und zog verzweifelt an den hässlichen blonden Strähnen.

Dann rannte ich ihr hinterher.

»June …«, murmelte ich, brach aber ab, weil ich nicht wusste, was ich sagen sollte. Ich versuchte, nach ihrer Hand zu greifen, doch sie zog sie weg.

»Bitte, tu das nicht«, flehte ich. Auf keinen Fall durfte sie aus dem Internet erfahren, wer ich war.

»Bitte«, flehte ich erneut. »Im Internet steht so viel Müll, dort kannst du nicht unterscheiden, was stimmt und was nicht.«

Fassungslos schüttelte June den Kopf. »Ach ja? Dann hilf mir doch auf die Sprünge …«

Schweigend starrte ich auf meine Füße.

Ich war ein Riesenarschloch.

Ich hielt sie an einem Arm zurück, als sie weitergehen wollte. Sie entzog ihn mir. Wütend funkelte sie mich an. »Weißt du was, Kian?« Wieder schnaubte sie. »Spar dir die Mühe, ich werde deinen Namen nirgendwo suchen.«

Die Wut wich aus ihrem Blick. Stattdessen sah sie nur noch erschöpft aus.

»Ich habe es bisher nicht getan, und ich werde es auch jetzt nicht tun.«

Ihr Blick presste mir alle Luft aus der Lunge.

»Ich hoffe noch immer, dass du nur Zeit brauchst und es mir irgendwann selbst erzählen wirst.«

Ich wandte den Blick ab und starrte den Boden an.

»Aber wahrscheinlich wirst du für immer Zeit brauchen.« Krampfhaft versuchte ich, das Brennen hinter meinen Augen zu stoppen und ihr nicht zu zeigen, wie wahr ihre Worte waren.

Mit jeder Sekunde, die verstrich, verlor ich sie ein kleines Stückchen mehr.

»Ich weiß, wie beschissen das alles für dich ist«, flüsterte ich schließlich. »Aber ich habe diese Entscheidung schon getroffen, bevor ich zurückgekommen bin. Und ich verheimliche nicht nur dir, was in Sydney passiert ist, sondern auch Ella und Jake und allen anderen, die mir wichtig sind.« Ich rang nach Luft und versuchte, meine Atmung zu normalisieren, bevor ich die nächsten Sätze sprach. »Weil ich diese Person nicht mehr sein möchte.«

Es war das Ehrlichste, was ich ihr jemals über mich

anvertraut hatte, und sie wusste es. Trotzdem schüttelte sie traurig den Kopf. »Das wirst du so nicht erreichen.«

Ich zuckte zusammen.

»Ich möchte nicht, dass du mich auf diese Weise siehst.« Meine Stimme brach.

Ihr Blick wurde weich. »Kian, ich könnte dich niemals auf eine andere Weise sehen. Es ist egal, wer du dort warst, denn ich weiß, wer du wirklich bist.«

Das Brennen hinter meinen Augen wurde unerträglich, und ich gab auf, es zurückhalten zu wollen. Langsam füllten meine Augen sich mit Tränen.

Ich konnte sie mit sich ringen sehen, aber schließlich wandte sie den Blick ab und ging den Weg weiter entlang.

Mich ließ sie stehen.

Das erste Mal in ihrem Leben.

Kapitel 12

»Ich habe mir deine Social-Media-Kanäle angeschaut«, verkündete Betty, als ich den Raum betrat. Augenblicklich versteifte ich mich.

»Ich kann nicht fassen, dass du wirklich ein …«

Ich schlug die Tür, die ich offen gelassen hatte, so laut hinter mir zu, dass ihre Worte in dem Knall untergingen. Dann war ich mit wenigen Schritten bei ihr.

»Spinnst du?«, fuhr ich sie an. »Ich habe dir gesagt, du sollst die Finger vom Internet lassen.« Sie ließ sich von meinem schroffen Ton nicht im Geringsten einschüchtern.

»Entschuldige, aber die Versuchung war zu groß.« Sie grinste breit. »Bekomme ich ein Autogramm?«

Ich fuhr zusammen und packte ihre Schultern.

»Du wirst es für dich behalten, klar?«

»Alter, Kian.« Sie schnaubte verärgert. »Warum sollte ich, wenn du mich so anmachst?«

Ich starrte zuerst sie an, dann meine Hände, ließ sie los und wich einen Schritt zurück. Wenn ich meine Ängste nicht im Griff hatte, war ich unausstehlich. Ich fuhr mir durch die Haare.

Ihr Blick wurde ein wenig weicher. »Ich hab mir nur Sorgen um dich gemacht …«

»Es tut mir leid«, quetschte ich hervor. »Ich wollte nicht so grob sein.«

Betty verdrehte die Augen. »Schon vergessen«, sagte sie und sah mich abwartend an.

Ich schwieg. Rieb mir mit beiden Händen das Gesicht. Wie hatte ich nur so dumm sein können, zu glauben, sie würde die Finger vom Internet lassen, wenn ich sie darum bat? Nicht mal bei June konnte ich mich darauf verlassen. Ich wusste nicht, ob sie vielleicht gerade in dieser Sekunde die zwei Mausklicks tat, die ihr Leben verändern würden.

»Als ich hierherkam, war mein einziges Ziel, diesem Wahnsinn zu entkommen.«

Betty legte die Stirn in Falten und forderte mich zum Weitersprechen auf. Ich senkte den Blick auf meine Füße.

»Ich wollte wieder ich selbst sein können.«

Langsam atmete ich ein.

»June weiß nichts von alldem, und es wäre wirklich beschissen, wenn sie es von dir erfahren würde.«

Als ich sie das nächste Mal ansah, hatte sich endlich Verständnis in ihrem Gesicht ausgebreitet.

»Okay«, sagte sie. »Aber hat June nicht auch Internet?«

»Sie hat versprochen, nicht zu recherchieren.«

Noch während ich die Worte aussprach, sah Betty mich mitleidig an.

»Sie weiß, dass du ihr etwas verheimlichst? Verspricht, es nicht selbst rauszufinden, und dreht nicht durch?« Sie schüttelte den Kopf. »Sie muss dich wirklich sehr lieben.«

Ich schloss die Augen.

»Versprich mir, dass du ihr nichts sagst.«

»Natürlich nicht.« Betty lächelte mich an.

»Und Olaf auch nicht, oder sonst irgendwem.«

Wie aufs Stichwort klopfte es an der Tür, und Olaf steckte seinen Kopf herein. »Kommt ihr zwei? Die ersten Gäste sind da.«

Ich zerrte schnell mein T-Shirt und meine Schürze aus dem Regal und nickte. Betty verließ den Raum und schenkte mir noch ein Lächeln.

»Ich verspreche es«, sagte sie, und es klang so aufrichtig, dass eine riesige Last von meinen Schultern fiel.

Ich ließ die Kaffeemaschine laufen und wippte im Takt der Musik mit dem Fuß auf dem Boden. Olaf hatte mir erlaubt, Musik im Hintergrund anzustellen, und ich liebte diesen Song. Betty reichte mir einen Zettel, auf den sie die nächsten Bestellungen gekritzelt hatte. Ich musste zugeben, dass es einfacher war, seit sie wusste, wer ich war. Wir hatten uns darauf geeinigt, dass ich hinter dem Tresen arbeitete und sie die Bestellungen aufnahm. Zwar war das, was ich am Kellnern so liebte, eigentlich die Gespräche mit den Menschen, aber im Moment wollte ich einfach nicht riskieren, noch mal erkannt zu werden. Allein in der letzten Woche hatten mich sechs Menschen angesprochen, und acht weitere hatten mich verfolgt, bis ich sie abgehängt hatte. June war zweimal dabei gewesen.

Ganze zwei Mal. Ich hatte jedes Mal Rotz und Wasser geschwitzt. Es war die reinste Folter. Selbst die blonden Haare und die Sonnenbrille konnten mich nicht vor den Blicken der Fans schützen.

Ich sehnte mich nach der Zeit, in der ich einfach mit June durch die Straßen laufen konnte. Ich sehnte mich nach einer Zeit, die nie zurückkommen würde.

Ich drehte mich um, damit ich Betty die beiden Tassen reichen konnte, die ich gerade mit Kaffee gefüllt hatte. Beinahe wären sie mir runtergefallen, denn jemand betrat das Café, und diesen Jemand kannte ich.

Verdammt gut, und doch nicht gut genug, um June vor ihm beschützen zu können.

Jases Blick wanderte durch den Raum, bis er an mir hängen blieb. Krachend stellte ich die Tassen auf dem Tresen ab. Betty brachte sie stirnrunzelnd zu dem richtigen Tisch.

Was zur Hölle wollte dieser Arsch hier?

Mit dem Blick folgte ich ihm, als er zu mir herüberkam und sich auf einen der Barhocker an der Theke setzte.

»Hey«, sagte er, lächelte und entblößte dabei seine perfekten Zähne. »Darf ich einen Kaffee bestellen?«

Alle Alarmglocken in meinem Kopf schrillten los.

»Nein«, presste ich hervor und kniff die Augen so fest zusammen, dass ich ihn beinahe nicht mehr sehen konnte. »Ich kann mich nicht erinnern, dass wir dir erlaubt haben, wieder hierherzukommen.«

Jase seufzte und fuhr sich durch die blonden Locken. Diese verfluchten Haare, derentwegen ihm bestimmt noch immer alle zu Füßen lagen.

»Sie hat es dir erzählt«, stellte er leise fest, und ich schnaubte.

»Hat meinen Respekt für dich nicht gerade gehoben«, entgegnete ich und funkelte ihn an.

»Kann ich mir vorstellen«, murmelte er und fuhr mit den Fingern nicht vorhandene Muster auf der Theke nach.

Wut sammelte sich in meinem Magen. Wie konnte dieses Arschloch so ruhig hier sitzen und mit mir plaudern, nach allem, was er June angetan hatte? Er war schuld daran, dass June Angst vor ihrem Vortrag hatte. Seine Taten würden sie für immer verfolgen.

»Was willst du?«, fragte ich unfreundlich. Es spielte keine Rolle, dass er einmal mein bester Freund gewesen war.

»Einen Kaffee?« Er setzte wieder ein Lächeln auf, und ich unterdrückte einen Würgereiz.

»Da bist du leider im falschen Laden.«

Ausdruckslos sah Jase mich an. »Kian, Mann, ich habe dir nichts getan.«

Nichts getan?

Ich beugte mich so weit zu ihm hinüber, dass unsere Gesichter nur noch wenige Zentimeter voneinander entfernt waren. »Du hast einen Haufen Scheiße getan«, zischte ich.

Er rieb sich über die Augen.

»Ich weiß, aber June und ich haben darüber geredet.« Er verschränkte seine Hände und sah mich abwartend an. June hatte mir über dieses Gespräch nicht viel erzählt, also erwiderte ich nichts, und er fuhr fort. »Sie kann mir nicht verzeihen, und das ist okay …« Er unterbrach sich selbst, indem er den Kopf schüttelte. »Mann, eigentlich bin ich nur hier, um mich bei dir zu entschuldigen.«

Ich hob eine Augenbraue.

»Ich war ein Riesenarschloch damals.«

Ich konnte ihm nur aus vollem Herzen zustimmen.

»Es tut mir leid, dich geschlagen zu haben.« Fest sah er mir in die Augen. »Und es tut mir leid, dass unsere Freundschaft dabei draufgegangen ist.«

Ich schnaubte.

»Kian, ich war blind.« Er seufzte. »June und du, ihr habt schon immer zusammengehört.« Er senkte den Blick auf die Tischplatte und betrachtete seine daraufliegenden Hände.

»Ich war nur zu neidisch, um es euch zu gönnen. Ich wollte June für mich alleine.« Er lächelte matt.

»Ich hab sie wirklich geliebt.« Er sah mich wieder an. »Und wenn ich ehrlich bin, tue ich es noch immer.«

Seine Worte hallten in meinem Kopf wider, und als ich endlich den Sinn dahinter verstand, brannte eine Sicherung in mir durch. Schneller, als ich mich daran hindern konnte, war ich um den Tresen herumgelaufen und packte Jase am Kragen.

»Ich verstehe eine verdammte Sache nicht!«, brüllte ich. »Warum hast du ihr das dann angetan?« Er versuchte, sich von meiner Hand zu befreien, doch ich drückte nur noch fester zu. »Wie konntest du sie so sehr verletzen?«

Mühsam unterdrückte ich den Impuls, auf ihn einzuschlagen. Ihm den Schmerz zu zufügen, den June damals um ein Tausendfaches erfahren hatte.

»Ich weiß es nicht, verflucht!«, schrie Jase zurück. »Vielleicht wollte ich sie auch leiden sehen, weil sie meine Liebe nicht erwidert hat.«

Einen Moment war ich sprachlos. Wie hatte dieser Mensch mein bester Freund sein können? Wie hatten wir die gleichen Interessen und Wünsche teilen können? Im nächsten Moment landeten wir beide mit einem dumpfen Knall auf dem Boden. Stöhnend rieb Jase sich den Hinterkopf. Meine Faust fuhr durch die Luft, aber Jase packte mein Handgelenk, bevor sie sein Gesicht erreicht hatte.

»Mann, Kian, du solltest doch am besten wissen, wie es ist, June zu lieben und ihre Liebe nicht zu bekommen.«

Ich knurrte. Der Unterschied war nur, dass ich sie niemals verletzt hätte. Niemals.

Ich entriss ihm meine Hände. »Du bist ein Arschloch, Jase.«

Er verzog das Gesicht. Sein Blick wurde leer.

»Glaub mir, das weiß ich.«

Von irgendwoher nahm ich Stimmen wahr, achtete aber nicht darauf. Stattdessen fixierte ich Jase. Langsam beugte ich mich näher. »Das ist schon mal ein guter Anfang«, zischte ich.

Er rieb sich den schmerzenden Hinterkopf.

June.

In meinem Kopf schrie sie meinen Namen, und ich bekam ein schlechtes Gewissen. Sie würde diese Szene hier verabscheuen.

Jemand packte mich an der Schulter. »Kian, komm, verdammt noch mal, runter.«

Ich hob den Kopf und sah direkt in ihre Augen. Mein Herz blieb stehen, als June mich unter den Achseln packte und mich von Jase wegzog.

Warum war sie hier?

Ich warf einen Blick über die Schulter und sah, wie Betty und Olaf Jase auf die Beine halfen.

Um uns herum hatte sich eine kleine Traube von Menschen gebildet. Niemand im Café saß mehr auf seinem Platz, alle starrten uns an.

June legte mir die Hände auf die Schultern, und ich zuckte zusammen.

»Geht es dir gut?«, fragte sie eindringlich.

Ich nickte benommen.

Sie packte meine Hand und zerrte mich mit sich.

Olaf schob Jase vor sich her. Wir wurden in den kleinen Hinterraum verfrachtet, während Betty die Gäste beruhigte.

»Was fällt dir ein, Kian?«, fuhr Olaf mich an, sobald er die Tür hinter uns geschlossen hatte. »Das hier ist ein Café! Dir ist schon klar, was es bedeutet, wenn der Kellner die Gäste tyrannisiert?«

»Jase ist kein Gast«, knurrte ich zurück.

Jase schwieg und ließ sich auf die kleine Bank neben dem Regal fallen. June drückte mich neben ihn. Wütend rutschte ich, so weit ich konnte, in die andere Richtung. Olaf streckte sich und holte einen Verbandskasten vom Regal. June nahm ihn entgegen.

»Ihr seid solche Idioten.« Sie sah zuerst mich, dann Jase an.

»June«, begannen wir beide gleichzeitig, brachen jedoch ab, als wir bemerkten, dass der andere genau dasselbe gesagt hatte. Ich warf ihm einen bösen Blick zu, er starrte nur ausdruckslos auf den Boden.

»Kian, komm runter.« June funkelte mich genervt an. Sie war wütend. Auf mich, nicht auf Jase.

»Ich sollte dich feuern«, murmelte Olaf.

Ja, das sollte er vermutlich. Aber ich war eine Hilfe und nahm kein Geld.

Er nahm ein Kühlkissen aus dem Erste-Hilfe-Kasten, den June ihm hinhielt, und reichte es an Jase weiter.

»Es war meine Schuld«, sagte dieser, ohne mich anzusehen. June stellte den Kasten neben mir auf der Bank ab und schnaubte. »Das glaubst du doch selbst nicht.«

Die Welt begann sich zu drehen.

»Im Ernst«, beharrte Jase. »Sei nicht sauer auf Kian.«

Sie klappte den Verbandskasten wieder zu und reichte ihn an Olaf weiter. Er stellte ihn zurück ins Regal.

»Wenn das einen schlechten Ruf für das Café einbringt, bringe ich dich um, Kian.«

»Ich werde auch nicht auf deiner Seite sein«, verkündete June.

Stöhnend schloss ich die Augen.

Ich würde mich noch viel mehr hassen.

Olaf ging wieder nach vorne.

»Wir werden jetzt miteinander reden«, sagte June. »Wie erwachsene Leute.« Dabei sah sie nur mich an.

Sie reichte mir ihre Hände und zog mich auf die Beine. Jase half sie nicht hoch. Wir verließen den kleinen Nebenraum und gingen durch die Küche auf den Hinterhof. Olaf hatte erst vor wenigen Tagen einen Klapptisch hier draußen aufgestellt, für unsere Mittagspausen und wenn wir uns kurz in die Sonne setzen wollten. Genau an diesem Tisch nahmen wir jetzt Platz. June zog mich auf den Stuhl neben sich, während Jase sich uns gegenübersetzte.

Sie sah uns abwechselnd an und rieb sich mit beiden

Händen übers Gesicht. »Okay, Kurzfassung: Was ist gerade passiert?«

Meine Miene verdüsterte sich. Ehrlich gesagt, verspürte ich keine besonders große Lust, ihr diese Frage zu beantworten. Zu meiner Verwunderung tat Jase es.

»Ich habe was Falsches gesagt.«

»Über dich«, fügte ich hinzu und bereute es schon in der Sekunde, in der ich es aussprach. Junes Körper versteifte sich, und sie warf mir einen panischen Blick zu. Auch Jase tat das.

»June, nicht das, was du jetzt denkst«, sagte Jase.

Ich ballte meine Hände unter dem Tisch zu Fäusten.

»Ich habe gesagt, dass ich dich liebe.«

Ich boxte unter dem Tisch die Luft, June legte ihre Hände um meine. Fest klammerte sie sich daran.

»Das war wirklich keine besonders gute Idee«, murmelte sie, und ich bestätigte ihre Worte mit einem Nicken. Eine Scheißidee war das gewesen.

June schüttelte den Kopf und sah mich forschend an. »Trotzdem kein Grund, so auszurasten.«

Bitte? Nach allem, was der Blödmann ihr angetan hatte?

June stöhnte, als ich nichts erwiderte. »Musste das ausgerechnet heute passieren? Ich hab dafür gerade echt keinen Nerv …« Der Ausdruck in ihren Augen wurde traurig. »Ich muss morgen meinen Vortrag halten, und anstatt hier in Ruhe zu lernen, muss ich euch beide auseinanderziehen.«

Mist.

Der Vortrag war schon morgen?

Ich hätte früher nach Hause gehen sollen, um mit ihr zu

üben, dann wäre ich Jase gar nicht erst begegnet. Ich war ein verdammt schlechter Freund.

»Ich würde mich wirklich freuen, wenn das nicht noch mal vorkommt.«

Jase verknotete seine Hände. »Es tut mir wahnsinnig leid.«

Ich schnaubte. Na klar, als ob.

»Kian, wirklich.«

June verstärkte den Druck um meine geballten Fäuste.

»Jase«, murmelte sie, räusperte sich und sprach dann weiter. »Ich weiß, dass du dich geändert hast, okay? Ich weiß, dass du das, was du damals getan hast, nicht noch mal tun würdest, aber …«, sie brach ab und sah, Hilfe suchend, in meine Richtung.

»Aber wir wollen deinen verfickten Arsch nicht in unserem Leben«, ergänzte ich, und June rammte mir ihren Ellenbogen in die Seite. Jase verzog das Gesicht.

»Nein«, sagte June. »Das stimmt nicht, ich mag mich mit dir treffen.« Sie zog Sauerstoff in ihre Lunge. »Es macht mich stärker.«

Ich drehte meinen Kopf, um June anzusehen. In den letzten Wochen hatte sie so viel an sich gearbeitet. Sie hatte herausgefunden, wie sie ihre Ängste überwinden konnte.

Sie war so unglaublich stark geworden.

Im Gegensatz zu mir.

Jase lächelte matt.

»Ich glaube, es wäre gut, wenn du nicht mehr einfach so im Café oder im Buchladen auftauchst.« June sah ihm fest in die Augen. »Wir können uns gerne verabreden, aber …«

Sie warf mir einen Blick zu. »Aber ohne Kian.« Widerwillig nickte ich.

Wir verließen das Café zu dritt, nachdem ich Olaf aufgesucht und mich tausendmal bei ihm entschuldigt hatte. Er hatte mir zwar versichert, dass er mir nicht böse war, jedenfalls nicht so sehr, dass er mich feuern würde, aber ich hatte trotzdem ein schlechtes Gewissen. In letzter Zeit zog ich zu viel Aufmerksamkeit auf mich.

Jase musste in eine andere Richtung, und als er außer Sichtweite war, drehten June und ich uns gleichzeitig zueinander. Ich schlang die Arme um ihren Körper und klammerte mich so fest an sie, wie ich nur konnte.

»Versteh das hier nicht falsch«, murmelte June an meiner Schulter. »Ich bin sauer auf dich.«

»Klar«, erwiderte ich und drückte sie noch fester an mich. Ich wusste, dass sie ihr Lächeln an meiner Schulter verbarg. Von mir aus hätten wir für immer so stehen bleiben können. Dummerweise summte das Handy in meiner Tasche. Ich ignorierte es. June konnte es nicht sein, und mit jemand anderem wollte ich gerade nicht reden.

Sie aber zog das klingelnde Ding aus meiner Tasche.

»Dave«, informierte sie mich und löste sich aus der Umarmung. Stöhnend nahm ich ihr das Handy ab und drückte den roten Button. Dave kannte meine Meinung. Ich wusste nicht, was wir sonst noch zu besprechen hatten. June hob eine Augenbraue, als ich das Handy ohne ein weiteres Wort in meine Hosentasche steckte und den Weg nach Hause einschlug.

Wir schwiegen.

Ihr Vortrag fiel mir wieder ein, und ich stöhnte auf. »Jetzt konntest du wegen mir nicht mal für morgen üben.«

Augenrollend ließ sie meine Hand los, um die Wohnungstür zu öffnen.

»Ich habe noch den ganzen Nachmittag.«

Ich folgte ihr nach drinnen. »Kann ich dir irgendwie helfen?«

Ich wollte ihr wenigstens einen Teil ihrer Angst nehmen.

Sie lächelte matt, und ein Schatten huschte über ihr Gesicht.

»Hast du Lust, es dir einmal anzuhören?«, fragte sie. Hilflos sah sie mich an, und ich verspürte den drängenden Wunsch, sie in meine Arme zu schließen und vor dem ganzen Mist der Welt zu beschützen.

»Natürlich«, sagte ich.

Im Wohnzimmer baute June ihren Laptop auf dem Tisch auf und öffnete die PowerPoint zu ihrem Vortrag. Sie hatte schon alles fertig und diesen Nachmittag allein dazu eingeplant, um zu üben.

Sie sortierte ihre Karteikarten, obwohl ich mir sicher war, dass sie längst in der richtigen Reinfolge waren.

»June«, murmelte ich vom Sofa aus. »Komm kurz her.«

Sie tat mir den Gefallen. Ihre Hände, die die Karten hielten, zitterten. Ich zog sie auf meinen Schoß.

»Du brauchst keine Angst zu haben, okay?«, flüsterte ich und legte meine Stirn an ihre. »Ich bin nur Kian, ich werde weder lachen noch irgendeinen dummen Kommentar ablassen. Ich kann nachvollziehen, wie du dich fühlst.«

Zwar hatte ich keine Panik davor, mich vor tausend Menschen zu stellen, aber ich wusste, wie sich Angst anfühlte. Das wusste ich verdammt gut. June schloss die Augen und klammerte sich an mich.

»Ich kann mich selbst nicht leiden«, sagte sie, und ihre Stimme zitterte. Ich suchte ihren Blick und hielt ihn fest.

»Es ist okay«, flüsterte ich und klammerte mich ebenso fest an sie wie sie sich an mich. »Du musst nichts perfekt machen.« Ich wischte ihre Tränen fort. »Und wenn du zwischendurch eine Pause brauchst, dann machst du eine.« Ich holte kurz Luft. »Und wenn du weinen musst, weinst du.«

Auch wenn ich sie nicht gerne weinen sah.

»Bereit?«, fragte ich, und es entlockte ihr ein kleines Lächeln.

»Nein.« Trotzdem stand sie auf. Ich stützte meine Ellenbogen auf den Knien ab und sah sie aufmerksam an. Sie stellte die PowerPoint-Präsentation auf den Vollbildmodus und blickte zu mir. Ihre Hände zitterten noch mehr als zuvor.

Aus irgendeinem Grund tat es weh, dass sie auch in meiner Gegenwart so nervös war.

June legte den Kopf in den Nacken und blinzelte.

»Es liegt nicht an dir.« Sie warf mir einen gequälten Blick zu. »Es ist die Vorstellung, dass du morgen nicht der Einzige sein wirst, der zuhört.«

Ich hielt es nicht aus, hier zu sitzen, ich sprang auf und legte meine Arme um sie.

»Denk nicht daran«, flüsterte ich. »Im Moment bin nur ich hier. Bei mir kannst du nichts falsch machen.«

»Ich weiß«, sagte sie verzweifelt. »Ich bin so dumm.«

»Bist du nicht«, widersprach ich.

»Komm.« Ich löste mich aus der Umarmung, nahm ihre Hand in meine und lehnte meinen Hintern gegen die Tischplatte.

»Ich bleibe hier sitzen, okay?«

Sie warf mir einen skeptischen Blick zu.

Ihre Hände hörten auf zu zittern. Als sie es bemerkte, lächelte sie mich kurz an.

»Okay.« Sie straffte die Schultern und umklammerte mit ihrer freien Hand die Karteikarten. Sie räusperte sich, begann zu sprechen, brach wieder ab und warf mir einen verzweifelten Blick zu. Ich lächelte und hörte nicht auf, ihre Hand zu streicheln.

Wieder straffte sie die Schultern und formte die ersten Worte. Diesmal brach sie nicht sofort ab, sondern erzählte den Einstieg ins Thema, den sie sich überlegt hatte. Ich konnte nicht aufhören, sie anzusehen. Obwohl ihre Stimme holperte, war ich dennoch beeindruckt.

Sie konnte gut reden. Mit Leichtigkeit fand sie die richtigen Worte, und mit jeder Folie wurde sie selbstsicherer. Irgendwann ließ sie meine Hand los, um mir etwas auf der PowerPoint zu zeigen. Das Konzept war genau durchdacht, nichts war dem Zufall überlassen, sogar das Publikum wurde mit einbezogen. June grinste, als ich die richtige Antwort nicht liefern konnte und sprach weiter.

Ihr Vortrag dauerte ungefähr vierzig Minuten. Als sie

fertig war, sah sie mich an, als wäre sie nicht gerade durch die Hölle gegangen, sondern sie läge noch vor ihr.

Ich zog sie an mich und küsste sie.

»Mach es morgen genau so«, murmelte ich an ihren Lippen. Sie versteifte sich und krallte ihre Finger in meine Schulter.

»Ich werde das nicht überleben.«

Ich fing ihre Worte mit meinem Mund ein.

»Ich werde da sein.«

Wir gingen den Vortrag noch dreimal durch. An manchen Stellen unterbrach ich sie, um ihr zu sagen, was sie besser machen konnte, aber die meiste Zeit lächelte ich ihr zu, in der Hoffnung, dass es aufmunternd war.

Beim vierten Mal kam Simon ins Wohnzimmer. June stockte kurz, aber als er sich neben mich setzte und ihr ebenfalls aufmunternd zulächelte, erzählte sie weiter. Als sie fertig war, ließ sie sich zwischen uns fallen. Ihre Hand tastete nach meiner.

Um June auf andere Gedanken zu bringen, erkundigte ich mich, ob es etwas Neues von Pekka gab. June und Simon warfen sich einen Blick zu und verneinten.

Ich lag schon im Bett, die Arme hinter dem Kopf verschränkt, als June aus dem Bad zurückkam. Um ihre Nase war sie blass.

Ich zog die Arme unter meinem Kopf hervor und streckte sie ihr entgegen. Ihre Hände zitterten, als sie meine ergriff und sich zu mir legte. Ich breitete die Decke über uns aus und rutschte, so nah ich konnte, an sie heran.

»Denk nicht an morgen«, flüsterte ich und vergrub mein Gesicht in ihren braunen Locken. Ich schob ihr Haar beiseite und küsste ihren Hals. Ihre Finger krallten sich in meine Schultern. Vorsichtig legte ich eine Hand an ihre Wange, unsere Lippen trafen sich. Selbst dieser Teil ihres Körpers zitterte.

»Darf ich dich ablenken?«, fragte ich und küsste ihre Mundwinkel, bevor ich ihren Blick suchte. Sie nickte und schloss flatternd die Augen.

Ich küsste sie tiefer.

In letzter Zeit hatten wir das viel zu selten getan.

Mein Körper reagierte so heftig auf ihre Küsse, als wäre ich ein verfluchter Vierzehnjähriger. Junes Finger krallten sich in meine Haut, und sie hob mir ihre Hüften entgegen. Ich keuchte.

Diese Klamotten mussten weg, alle. Und zwar schnell.

June dachte anscheinend das Gleiche.

Sie packte den Saum meines T-Shirts und zerrte daran. Bereitwillig half ich ihr, es auszuziehen. Ich griff nach ihrem Shirt und schob es langsam nach oben. Sie lächelte.

Ich warf das Shirt beiseite.

Meine Lippen erkundeten jeden Zentimeter ihres Körpers. Obwohl ich ihn schon längst auswendig kannte, war es jedes Mal wieder berauschend. Quälend langsam fuhr ich mit den Fingern am Bund ihres Slips entlang. Eigentlich hatte ich noch ein bisschen warten wollen, aber sie griff nach unten und zog den Slip einfach aus. Leise lachend verteilte ich Küsse auf ihrem Bauch.

»Kian«, flehte sie. Ihr Kopf fiel nach hinten aufs Kissen. Meine Hände strichen über ihre nackten Beine.

»Du bist fies«, stöhnte June, als ich keine Anstalten machte, sie dort zu berühren, wo sie es am dringendsten wollte.

»Mhhh«, machte ich und warf ihr wieder einen Blick zu. »Was kommt nach den Beleidigungen?« Es war zu unserem Running Gag beim Sex geworden, und jede Stelle meines Körpers brannte, als sie lächelte. Sie zog mich zu sich nach oben.

»Ich liebe dich«, flüsterte sie an meinen Lippen. Mein Lächeln wurde breit. So verdammt breit, dass ich keine Kontrolle mehr darüber hatte.

Ich wiederholte die Worte, obwohl sie niemals hätten ausdrücken können, wie ich mich fühlte. Ich empfand so viel mehr für June, als das Wort *Liebe* beschreiben könnte.

Ich versuchte es ihr zu zeigen. Mit allem, was ich geben konnte.

Küsse.

Berührungen.

Liebe.

Irgendwann waren nur noch unser Keuchen und unsere klopfenden Herzen zu hören. Als sie später in meinen Armen einschlief und ihr Körper nicht mehr zitterte, hatte ich ausnahmsweise mal das Gefühl, etwas richtig gemacht zu haben.

Kapitel 13

Ich wurde davon wach, dass etwas zu Boden fiel.

Jemand fluchte.

Nur mit meinem T-Shirt bekleidet, hob June die kleine Lampe auf, die heruntergefallen war. Verzweifelt rang sie die Hände, fuhr sich durch die Haare und stieß leise Flüche aus. Ich tastete auf dem Boden nach meinen Boxershorts, streifte sie mir über und sprang auf die Füße.

June tigerte im Zimmer auf und ab. Ich stellte mich ihr in den Weg. Ein leiser Schrei kam über ihre Lippen, als sie gegen mich lief.

»Mann, Kian.« Sie boxte gegen meine Brust.

Ich griff nach ihren Händen und suchte ihren Blick.

»Geh wieder schlafen«, versuchte sie halbherzig, mich loszuwerden.

Ich verdrehte die Augen. Einen Teufel würde ich tun.

»Es ist egal«, beharrte sie und versuchte, sich meinem Griff zu entziehen. »Es geht mir gut.«

Ich konnte es nicht leiden, wenn sie die Worte *Es geht mir gut* und *egal* in einem Satz benutzte, besonders wenn ich genau sehen konnte, dass das Gegenteil der Fall war.

»Wegen morgen?«, fragte ich langsam. June verzog das Gesicht. »Heute Kian, heute!« Verzweifelt klammerte sie sich an meinen Händen fest.

»Es ist, verdammt noch mal, schon heute.«

Ich warf einen Blick auf die Uhr über ihrem Schreibtisch. Zwei Uhr nachts.

Ihr Kopf sackte gegen meine Brust.

»Ich kann das nicht.« Ihre Arme schlangen sich um meinen Bauch. »Ich geh kaputt.«

»June«, sagte ich leise. »Du wirst das schaffen, mach dir nicht so einen Druck.«

Ich hatte das Falsche gesagt, denn sie schüttelte den Kopf und schloss die Augen. Als sie sie wieder öffnete, waren Tränen darin. »Ich geh kaputt«, wiederholte sie.

Ich umfasste ihre Wangen und zog ihren Körper näher an meinen. »Ich bin hier, okay?« Ich legte meine Stirn an ihre. »Du bist nicht allein, und es ist nicht schlimm, wenn morgen etwas schiefläuft.«

Ich redete weiter, immer weiter. Versuchte, Worte zu finden, die sie beruhigten, aber sie blieb ein Nervenbündel.

»Ich bin schon längst kaputt«, murmelte sie irgendwann.

Zur Hölle, nein.

Ich schüttelte den Kopf.

»Es ist okay, Angst zu haben, sie darf dich nur nicht beherrschen.«

Sie schwieg, klammerte sich fester an mich. Ich legte meine Arme um ihren bebenden Körper und hielt sie, so fest ich konnte.

»Sie beherrscht mich aber«, flüsterte sie mit zitternder Stimme. »Ich kann es nicht ändern.«

Ich verstärkte den Druck meiner Arme um ihren Körper.

»Kann ich irgendwas tun?«, fragte ich leise. »Kann ich dich irgendwie ablenken?«

Sie schüttelte den Kopf. Ihre Finger strichen über die Haut neben meinem Schlüsselbein. Erst nach einer Weile realisierte ich, was sie tat. Sie fuhr die Worte meiner Tattoos nach. Wie schon einmal bei genau diesem Tattoo. Damals hatte ich so getan, als würde ich schlafen, weil ich das Gefühl ihrer Finger geliebt hatte. Jetzt trieb es mir kalten Schweiß auf die Haut. Mir war eine Idee gekommen, die alles andere als gut war.

»Würde es dich ablenken, wenn ich dir von meinen Tattoos erzähle?«

Sie hob den Kopf und sah mich mit großen Augen an.

»Das würdest du tun?«

Ich nickte. Ich hätte alles getan, um sie zu beruhigen.

»Kian, du musst nicht«, flüsterte sie.

»Und wenn ich es will?«

Ich musste verrückt sein, meine eigenen Ängste über Bord zu werfen, nur um sie von ihren abzulenken.

Sie trat einen Schritt zurück und musterte mich. »Ich muss wirklich verzweifelt aussehen, oder?«, fragte sie leise.

»Nur ein bisschen.«

Ich umfasste ihre Wangen und drückte einen Kuss auf ihren Scheitel. Sie lachte gezwungen.

Ihre Hand wanderte über meinen Bizeps, wo das Wort *Moment* eingestochen war.

Ich atmete ein und zog so viel Sauerstoff in meine Lunge, wie ich nur konnte. »Es bedeutet …« Ich musste noch mal Luft holen. »Es bedeutet: *Lebe den Moment.*« Als ich daran dachte, warum ich mir diese Erinnerung hatte stechen lassen, verkrampfte sich mein Magen. »Lebe nicht in der Vergangenheit oder in der Zukunft.« Ich drehte meinen Arm. Auf dessen Innenseite stand das durchgestrichene Wort *future*. »Lebe den Moment.«

Das Zittern hatte Junes Körper verlassen. Lange sah sie mich an.

»Was bedeutet das?«, fragte sie und fuhr wieder den Schriftzug an meinem Schlüsselbein entlang.

Every single year in June, I'm singing that song.

Die Bedeutung dieser Worte ging tiefer als jede andere.

Entsetzt riss ich die Augen auf.

Meine Hände zitterten mit einem Mal.

Ich war nicht bereit hierfür.

»Das …«, stotterte ich.

»Kian, du musst nichts erzählen«, sagte sie und drückte ihren Körper an meinen.

Also schwieg ich.

Irgendwann gingen wir doch wieder ins Bett. Ich blieb wach, bis sie eingeschlafen war, und hielt sie, so fest ich konnte. Noch nie in meinem Leben hatte ich mich so feige gefühlt. Gerade war der perfekte Moment gewesen, ihr alles zu erzählen, und ich hatte ihn verstreichen lassen.

Diesmal war es Junes Stimme, die mich weckte.

»Was soll das heißen?«, fragte sie. Stöhnend rollte ich mich herum. Ich hatte kaum geschlafen, war wach geblieben, für den Fall, dass sie schlecht träumte oder aufwachte und Panik bekam.

»Ich glaube eigentlich nicht, dass Kian zurückmöchte.«

Moment.

Ich riss die Augen auf und musste sie im selben Moment wieder zukneifen, weil das grelle Licht sich in meine Netzhaut brannte. Ich versuchte es noch einmal und blinzelte. June hatte mir den Rücken zugewandt. Sie sah aus dem Fenster und presste sich ein Handy ans Ohr. Mein Handy.

»Dave, ich habe keine Ahnung was die letzten sieben Jahre passiert ist, okay? Und ich finde, dass Kian selbst entscheiden sollte, wann er mir davon erzählt.«

Dave? Heilige Scheiße. Ich sprang auf die Füße.

»Oh verflucht … Willst du mir damit sagen …?«

Ich sprintete quer durch den Raum und entriss June das Handy. Fassungslos starrte ich auf den Bildschirm, auf dem noch immer der Name meines Bruders blinkte.

»Was soll der Scheiß?«, fauchte ich, nicht sicher, ob ich es an June oder Dave richtete. Sie zog den Kopf ein und entschuldigte sich. Ich trat einen Schritt von ihr weg und presste mir mein Handy ans Ohr.

»Was hast du ihr gesagt?«, fuhr ich Dave ohne eine Begrüßung an.

Er atmete aus.

»Nichts. Entspann dich.«

Entspannen? »Einen Dreck werde ich.«

»Kian, komm wieder runter, du kannst ihr heute selbst erzählen, dass die ganze Welt deinen Namen kennt. Ich werde dir für morgen ein Flugzeug schicken.«

Wie bitte? Er hatte sie doch nicht mehr alle. Genau das war der Grund gewesen, warum ich ihm nicht gesagt hatte, wo ich war. Warum ich ihn aus meinem Leben hatte verbannen wollen.

»Vergiss es, ich werde nicht zurückkommen«, sagte ich. Krampfhaft versuchte ich, ruhig zu bleiben. Meine Hand wanderte an meine Nasenwurzel und drückte fest zu.

»Oh doch, das wirst du, ich habe Richard schon Bescheid gegeben. Er wird dich abholen.«

Nein. Nein, nein, nein.

Etwas anderes konnte ich nicht mehr denken.

Ich war wieder Gefangener. Genau wie die letzten Jahre. Wieder wurde über meinen Kopf hinweg entschieden, ohne mich auch nur ein einziges Mal zu fragen, was *ich* wollte.

»Dave«, versuchte ich es noch einmal. »Ich werde nicht zurückkommen.«

Dave schnaubte. »Du wirst müssen. Denk an deine Fans.«

Dieses Argument zog schon lange nicht mehr.

»Ich bin erwachsen.« Mit diesen Worten legte ich auf und schleuderte das Handy von mir. Es landete auf dem Boden, der Bildschirm splitterte. June zuckte so heftig zusammen, dass ich sie wieder ansah.

»Hast du ihn angerufen?«

Sie schüttelte den Kopf und deutete abwechselnd auf das Handy und das Bett. »Nein, ich bin von dem Klingeln aufgewacht … Und es war Dave, da dachte ich …«

»Warum, zum Teufel, hast du abgenommen?«, schrie ich.

Sie senkte den Blick. »Ich wusste nicht, dass niemand wissen darf, wo du bist.«

Schuldgefühle packten mich.

»Das hast du mir nie gesagt«, flüsterte sie.

Ich schloss die Augen.

Es war sowieso schon zu spät.

Richard war auf dem Weg hierher.

Hartnäckiger als er konnte man nicht sein, er würde einen Weg finden, mich mitzunehmen.

Ich drehte mich um und verließ das Zimmer.

Die Tür fiel krachend ins Schloss.

Ich entschied mich für den Balkon. Den Ort, an dem June und ich immer Sterne anschauten. Sterne waren keine zu sehen. Nur klarer blauer Himmel.

Ich stützte die Hände auf dem Geländer ab und schrie. Ich schrie all meine Wut und all meinen Frust heraus, bis meine Kehle schmerzte. Mein Kopf sackte nach vorn.

Ich würde es June sagen müssen.

Wir würden verlieren, was wir hatten.

Sie würde nur noch die Person in mir sehen, die ich nicht war.

Eine Hand legte sich auf meine Schulter und streichelte meine nackte Haut. Ich rührte mich nicht. Ich wusste, ohne hinzusehen, dass es June war. Sie ließ ihre Hand tiefer wandern und schlang die Arme um meinen Körper. Verteilte kleine Küssen auf meinem Rücken. Ich schloss die Augen.

»Es tut mir leid«, murmelte June. »Es tut mir so leid.«

Ich drehte mich in ihren Armen um, und ihr Blick traf meinen. Die Tiefe in ihren Augen schmerzte.

Ich wollte nicht zurück. Ich wollte bei ihr bleiben. Sie noch einmal zu verlassen, könnte ich nicht ertragen.

Du musst es ihr sagen.

Ich sah sie an, und zum ersten Mal wollte ich ihr alles erzählen. Ich wollte, dass sie mich wieder kannte, dass so etwas wie gerade eben nicht mehr passierte. Ich wollte sie nicht grundlos anschreien. Ich wollte mich nicht mit ihr streiten, nur weil ich zu feige war, ihr die Wahrheit zu sagen.

Ich sackte nach vorne, und sie fing mich auf. Hielt mich in einer Umarmung und murmelte Worte, die mich trotz ihrer Bemühungen nicht beruhigten.

»Ich bin so ein Idiot«, murmelte ich.

»Manchmal«, erwiderte sie, und ich konnte das Grinsen in ihrer Stimme hören.

»Ich glaube, ich muss dir alles erzählen …«

»Gerne.«

Sie lehnte sich ein Stück zurück, um mich anzusehen.

»Können wir heute Nachmittag reden?«, fragte sie. »Nach dem Vortrag?«

Scheiße. Meine Augen weiteten sich. Hatte ich denn den gestrigen Abend vergessen? Die Nacht? Heute war der verfickte Vortrag, und ich hatte nichts Besseres zu tun, als sie mit meinem eigenen Scheiß zu belasten, anstatt ihr eine Stütze zu sein.

June lächelte leicht.

»Du bist kein Idiot, Kian.«

Ich stöhnte. Doch, genau das war ich.

»Wann müssen wir los?«

»In einer Stunde.«

»Ich mach dir Kaffee.«

Sie lächelte und küsste meine Mundwinkel. »Danke.«

Kapitel 14

Unruhig rutschte ich auf meinem Sitz hin und her. Drei Minuten vor neun. Ich saß auf einer der vorderen Bänke im Hörsaal und war mindestens genauso nervös wie June.

Ich saß in einem verdammten Hörsaal.

Ich konnte nicht anders, als über den Holztisch vor mir zu streichen.

June stand vorne und schloss ihren Laptop an, während eine andere Frau auf sie einredete. Ihre Dozentin stand ebenfalls vorne, was mich davon abhielt, zu June zu gehen und sie fest in die Arme zu schließen.

Sie würde es schaffen.

Auf dem Weg hierher hatte ich keine Gelegenheit ausgelassen, ihr genau diese Worte zu sagen. Aber jetzt konnte ich nicht riskieren, aufzufallen und aus der Vorlesung zu fliegen.

Ihre Freundin drückte sie fest und ging zu ihrem Platz.

Die Dozentin setzte sich in die erste Reihe.

Eine Minute vor neun.

Junes Blick suchte meinen. Ihre Hände zitterten so sehr, dass man es wahrscheinlich noch in der letzten Reihe deutlich sehen konnte. Ich lächelte. Hoffentlich aufmunternd. Sie schloss die Augen, atmete ein und sah mich wieder an. Ich nickte leicht. Auch meine Hände zitterten, und ich verschränkte sie ineinander, um es zu stoppen.

Sie warf einen Blick zu ihrer Dozentin, die ihr ebenfalls zunickte, und dann öffnete June ihre PowerPoint. Ich hielt den Atem an. Ihre ersten Worte waren holperig. Sie verhaspelte sich, aber nach und nach gewann ihre Stimme an Klarheit und wurde lauter. Die Menschen im Saal klebten an ihren Lippen, und auch ich tat es. Es war interessant, was sie erzählte, selbst nachdem ich mir den Vortrag gestern schon fünfmal angehört hatte.

Eine Welle von Stolz überrollte mich. Sie stand tatsächlich da vorne und sprach vor all diesen Menschen.

Immer wenn sie sich versprach, glitt ihr Blick zu mir, und jedes Mal lächelte ich sie an. Auch auf ihren Lippen breitete sich dann ein Lächeln aus, und es war in ihrer Stimme zu hören, wenn sie sprach.

Es ging schneller vorbei, als ich gedacht hätte, und während auf die Tische geklopft wurde, sprang ich auf, um zu June hinunterzulaufen. Mit wenigen Schritten hatte ich sie erreicht, schlang meine Arme um ihre Taille und wirbelte sie herum. Lachend ließ sie es über sich ergehen.

»Ich bin so unendlich stolz auf dich«, flüsterte ich, als ich sie wieder absetzte. Weder ich noch sie machten Anstalten, einander loszulassen. »So stolz«, murmelte ich und küsste ihre Stirn. Sie lächelte. Es traf mich genau da, wo es mich am meisten berührte. Ich hatte dieses Lächeln in letzter Zeit viel zu selten gesehen.

»Und Sie sind?«, fragte Junes Dozentin, die neben uns aufgetaucht war.

»Glücklich?«, fragte ich und grinste so breit, dass es mir schon fast peinlich war. Sie lachte und schüttelte den Kopf.

»Darf ich Sie bitten, draußen zu warten?«

Nein, verkniff ich mir zu sagen, da ich Junes Bewertung nicht verschlechtern wollte. Ich schenkte beiden noch ein Lächeln, bevor ich mich auf den Weg nach draußen machte. Kurz bevor ich die Tür hinter mir schloss, drehte ich mich noch einmal um.

»June?«

Sie warf mir einen Blick zu und rollte die Augen.

»Ich liebe dich!«, rief ich quer durch den Raum, und ihre Wangen nahmen eine rosa Farbe an. Lächelnd schloss ich die Tür und setzte mich gegenüber auf den Boden. Ich lehnte meinen Rücken gegen die Wand und konnte die restliche Zeit, bis die Tür aufging, kaum still sitzen. Als die Studentenmassen hinausströmten, warfen mir alle einen Blick zu. Die meisten grinsten. Andere lächelten kopfschüttelnd. Zwei blieben stehen und fragten, ob ich Kian Winter sei. Ich gab ihnen Autogramme, und sie zogen glücklich ab. Eine Frau steckte mir ihre Nummer zu. June war die Letzte, die herauskam. Ihre Freundin war an ihrer Seite, und beide strahlten. Ich erhob mich und streckte die Arme nach June aus.

»Und?«

Sie lächelte. »Ich habe eine ziemlich gute Note bekommen.«

Sie war zufrieden. Das war alles, was zählte, die einzige Information, die ich benötigte. Ich wirbelte sie ein zweites Mal herum, was ihr Strahlen vergrößerte.

Als ich sie wieder abgesetzt hatte, zog sie ihre Freundin am Ärmel zu uns heran.

»Kian, das hier ist Sirah. Sirah, das ist Kian.«

Sirah starrte mich einen Moment lang an, und ich konnte in ihrem Blick sehen, wie sie mich erkannte.

»Kian Winter, ich fasse es nicht«, hauchte sie, und ich rollte mit den Augen.

»Wie ich sehe, hast du Musikgeschmack«, rutschte es mir raus. Schnell deutete ich auf das Nirvana-Shirt, das sie trug.

»Das will ich meinen«, erwiderte sie grinsend. »Ich studiere Songwriting.«

Mein Herz blieb stehen. Das konnte man studieren?

Neid breitete sich in mir aus, und ich versuchte, den bitteren Geschmack in meinem Mund herunterzuschlucken.

June sah kopfschüttelnd zwischen uns hin und her.

Wir gingen mit Sirah einen Kaffee trinken, und ich musste ihr ein paarmal gegen das Schienbein treten, damit sie aufhörte, Dinge auszusprechen, von denen June nichts wusste. Sie war verflucht gut über mich informiert.

Das Komische war, dass ich sie trotzdem leiden konnte. Sie behandelte mich nicht, als wäre ich etwas Besseres. Sie schien einfach nur ehrlich interessiert und begeistert von dem, was ich tat.

Das hatte ich seit Jahren nicht mehr erlebt.

Kapitel 15

Nervös verknotete ich meine Hände. June setzte sich neben mich aufs Sofa und reichte mir einen Kaffee. Ich fixierte den Milchschaum, um ihr nicht in die Augen sehen zu müssen.

Ich hatte eine Scheißangst.

Ich würde das nicht überleben.

June würde mich nicht mehr wie mich selbst behandeln.

Sie stellte ihre Tasse auf dem Tisch ab, griff nach meiner und stellte sie neben ihre. Ich betrachtete die Einrichtung des Wohnzimmers, als hätte ich sie noch nie gesehen. Erst als June nach meinen Händen griff, flackerte mein Blick zu ihr.

»Entspann dich«, murmelte sie und zog mit dem Daumen kleine Kreise über mein Handgelenk.

»Ich kann das nicht«, stieß ich aus.

Ich wollte unsere Zeit nicht beenden. Ich wollte nicht schon morgen von ihr getrennt sein.

June erwiderte nichts. Sie wartete.

»Scheiße.« Ich entzog ihr meine Hände und schüttelte sie aus.

»Kian, bitte«, flehte sie. »Wenn du es mir nicht sagst, werde ich es irgendwann von anderen erfahren. Selbst Sirah weiß, wer du bist.«

Ich verkrampfte mich und zog fest an meinen Haaren.

»Du wirst mich mit anderen Augen sehen«, stieß ich aus und verzog das Gesicht. Junes Blick wurde warm, als sie leicht den Kopf schüttelte. Sie verringerte den Abstand zwischen uns, bis sie direkt vor mir saß. Langsam löste sie die Hände aus meinen Haaren und legte ihre an meine Wangen. »Das wird nicht passieren«, versprach sie.

Natürlich glaubte sie daran, weil sie noch nie jemanden getroffen hatte, der berühmt war.

»Ich bin dieser Mensch nicht mehr.«

»Das weiß ich, Kian.«

Ihr Daumen zeichnete Muster auf meine Wange. Ich konnte sie nicht ansehen. Mein Blick zuckte durchs Wohnzimmer und blieb an der Gitarre hängen, die Simon gegen das Regal gelehnt hatte. Ich seufzte. Vielleicht sollte ich es June einfach *zeigen*, dann müsste ich es wenigstens nicht aussprechen. Dann müsste ich wenigstens nicht in Worte fassen, wer ich war.

Schwer lag ihr Blick auf mir, als ich mich erhob.

Ich packte die Gitarre und setzte mich zurück aufs Sofa.

»Ich würde es dir gerne zeigen«, murmelte ich und legte meine Hände an das Instrument, um es zu stimmen.

June nahm einen Schluck Kaffee, ohne mich aus den Augen zu lassen.

Als ich fertig war, sah ich sie an. Sie brauchte mir ihren Lieblingssong nicht zu nennen, denn ich kannte ihn. Vorsichtig schlug ich die ersten Akkorde an, brach aber sofort wieder ab. Ich hatte diesen Songs seit Monaten nicht gespielt. Meine Finger krampften sich um den Steg.

June verdiente eine Erklärung. Sie hatte sich mir schon vor Wochen geöffnet, ich konnte mich nicht vor ihr verschließen. Außerdem musste ich morgen zurück nach Sydney. Ich konnte nicht aus ihrem Leben verschwinden, ohne sie wissen zu lassen, warum.

»Kian?« June suchte meinen Blick. »Nichts wird sich ändern. Ich werde dich immer lieben.«

Ich holte tief Luft.

Sie seufzte leise.

Ich zwang mich zu spielen. Obwohl sich alles in mir dagegen sträubte, spielte ich den Song, den ich Hunderte Male gespielt hatte.

Die Worte, die ich sang, waren vertraut, und doch fühlten sie sich fremd in meinem Mund an.

Ich sang *The World Between Us* von Shattered Tears.

Junes Lieblingssong.

Erst, nachdem ich den Refrain zum ersten Mal hinter mich gebracht hatte, konnte ich June ansehen.

Sie starrte mich an. Ihr Gesicht zeigte keinerlei Regung.

Es machte mich verdammt nervös. Wahrscheinlich hatte ich noch nie in meinem Leben so schlecht gespielt, aber es war egal. Sie musste es nur erkennen.

Ich brachte auch die zweite Strophe hinter mich, und bei den Worten, die über meine Lippen kamen, brannten Tränen in meinen Augen. Ich hatte einmal so viel Freude an diesem Song gehabt.

Als ich endete und die Gitarre zu meinen Füßen auf den Boden legte, hatte ich solche Angst wie noch nie in meinem Leben.

June schwieg. Sie starrte mich nur an.

»Sag etwas«, flehte ich und griff nach ihren Händen. Ich hielt es nicht länger aus, ohne sie zu berühren.

June räusperte sich.

»Du bist verflucht nah am Original.«

Ich stutzte.

Bitte?

Ich atmete ein, seufzte. Zog Luft in meine Lunge.

»Ich bin das Original.«

Kapitel 16

Junes Augen weiteten sich. Ich musste meine kurz schließen, um neue Worte zu finden.

»Ich bin der Leadsänger von Shattered Tears.«

Schweigen.

Sie starrte mich an, während ich darauf wartete, dass sie zum Fan-Girl mutierte. Darauf, dass ich sie verlor.

Als sie keine Anstalten machte, etwas zu sagen, redete ich einfach weiter, versuchte, die Stille zwischen uns zu füllen.

»Dave und ich haben die Band gegründet. Ein halbes Jahr nachdem wir nach Sydney gezogen sind.«

Jedes einzelne Wort lag schwer im Raum. Schweißperlen traten auf meine Stirn.

June blinzelte mehrmals.

Ich zwang mich weiterzusprechen.

»Als wir damals gingen, habe ich England schrecklich vermisst.« Ich seufzte. »Sydney war nie mein Zuhause, auch nach sieben Jahren nicht.«

June rutschte näher an mich heran und schlang die Arme um meine Taille.

»Ich habe viel Gitarre gespielt. In die Musik konnte ich flüchten und die Welt um mich herum vergessen.« Ich lächelte gequält. »Irgendwann war ich so gut, dass ich mit geschlossenen Augen spielen konnte.«

Ich hielt Junes Blick, als ich die nächsten Worte aussprach.

»Ich habe eigene Songs versucht.«

Die Erinnerung schnürte mir die Kehle zu.

Ich hatte den Sinn meines Lebens gefunden und meine Leidenschaft entdeckt.

»Irgendwann hat Dave mich spielen gehört.«

Schon bevor wir nach Sydney gingen, spielte er Gitarre, Klavier, Bass und Geige. Seltsame Mischung, aber er war brillant.

»Er hat mein Talent vergöttert und ich seines, wir haben uns immer öfter zum Proben zurückgezogen.«

Wieder lächelte ich gequält. »Dave kannte Carla, und über sie lernten wir Gage kennen.«

Ich lächelte bei dem Gedanken an die beiden. Gage war die Einzige, die mich wenigstens ab und zu verstanden hatte. »Zu viert haben wir die Band gegründet.«

Mein Lächeln verblasste langsam. »Wir wurden ziemlich schnell hip in den kleineren Clubs der Stadt. Die Leute haben uns geliebt.« Ich fuhr mir übers Gesicht. Am Anfang habe ich uns auch geliebt. Ich habe aus Leidenschaft gespielt und geglaubt, die Bühne wäre der verdammte Himmel.

»Eines Tages …« Ich holte kurz Luft. »… hat uns eine Plattenfirma angesprochen, und natürlich haben wir zugesagt, die Vorstellung, ein eigenes Album rauszubringen, war das Schönste, was wir uns erträumen konnten.«

Es war die beste Zeit meines Lebens gewesen.

»Zwei Jahre später hatten wir unser erstes Album auf

dem Markt und traten als Vorband für Fall Out Boy, Imagine Dragons und Yellowcard auf.«

Junes Augen weiteten sich.

»Oh, wow«, hauchte sie.

Ich grinste. »Ich habe Ryan Key getroffen.«

Ihre Finger krallten sich in meine Haut. »Oh, wow, Kian.«

Diesmal war mein kurzes Lachen echt, ihr Gesichtsausdruck war einfach zu gut.

»Krass«, stieß sie aus.

Tatsächlich hatte ich es damals ähnlich gesehen. Mein Fan-Boy-Herz hatte ziemlich hochgeschlagen, und ich war so hibbelig, dass ich das erste Lied von unserem Auftritt verpatzte. Gage lacht mich noch heute dafür aus.

»Inzwischen sind wir in Australien berühmter, als sie alle zusammen«, sprach ich weiter. »Und glaub mir, es ist alles andere als cool.«

»Früher, als wir noch Vorband waren, habe ich es geliebt. Ich hatte Spaß und stellte mein Heimweh in den Hintergrund.« Ich seufzte. »Aber als wir unser zweites Album aufnahmen, stellte Dave unsere Eltern als Manager ein.«

Ich versteifte mich bei dem Gedanken daran.

Bevor wir nach Sydney gingen, waren wir nicht reich gewesen, meine Eltern hatten nie viel Geld gehabt, und es war ihnen schon immer wichtig, dass es uns einmal besser gehen würde. Als die Band berühmt wurde, als wir Geld mit Musik machten, änderten sie ihre Taktik. Wir mussten nicht mehr gut in der Schule sein oder studieren. Sie wollten, dass wir unsere Zukunft absicherten.

»Sie begannen unsere Zukunft zu planen, bis ins kleinste Detail.« Ich schnaubte. »Plötzlich gab es tausend Deadlines. Ich sollte neue Songs liefern, mein Aussehen verbessern … Alles musste im besten Licht für die Presse stehen.«

June zog mich fester an sich.

»Es ging nur noch darum, was die Öffentlichkeit von uns hielt.«

Sie verzog das Gesicht. »Das ist der Grund, oder?«, fragte sie langsam. »Für deine ganzen Muskeln?«

Ich lachte gequält auf.

»Ein heißer Sänger verkauft sich nun mal besser als ein fetter.«

Zwischen Junes Stirn erschien eine tiefe Falte. Ich wusste, was sie sagen wollte. Mich selbst hatte es nie gestört, ein bisschen pummelig zu sein. Einzig wegen des öffentlichen Drucks und dem Druck meiner Eltern hatte ich zu Pumpen begonnen.

»Obwohl meine Eltern sich die größte Mühe gegeben haben, hat die Presse doch ziemlich viel Müll über uns geschrieben. Der Druck, gut dazustehen, wurde irgendwann unerträglich.«

Ich seufzte leise. »Plötzlich sehnte ich mich nicht mehr nach einem Leben als Rockstar, sondern nur noch nach einem normalen Leben.«

»Deshalb bist du zurückgekommen«, murmelte June leise.

Ich nickte.

»Ich hatte Angst, dass man mich auch hier erkennen

würde, also habe ich mir die Haare geschnitten, bevor ich hergeflogen bin.«

»Und immer eine Sonnenbrille getragen«, fügte June hinzu, sie schüttelte leicht den Kopf, als hätte ihr das schon viel früher auffallen müssen.

»Du hattest die tollsten Haare, und jetzt …« Sie zupfte an einer meiner blond gefärbten Locken und schnaubte. »Guck dir diesen Wischmopp an.«

Ich blinzelte. Sie zog mich noch immer auf?

Einfach so? Obwohl sie wusste, wer ich war?

Ich lächelte.

»Ey, das war kein Witz«, protestierte sie sofort.

Mein Lächeln wurde breiter.

Sie suchte meinen Blick und sah mir fest in die Augen. »Warum hattest du solche Angst davor, es mir zu erzählen?«

Ich versteifte mich. Mein Lächeln erstarb.

»Ich wollte, dass du mich so siehst, wie ich bin. Nicht so, wie ich nicht bin, aber alle denken …«

Ich blickte zu Boden. »Ich bin kein Heiliger.«

Ich schluckte. »Bei dir könnte ich es nicht ertragen, wenn du mich anders behandeln würdest.«

Lächelnd schüttelte sie den Kopf. »Kian, du wirst für mich immer der Junge bleiben, der keine Sandburgen bauen konnte.«

Ich grinste.

Wie hatte ich glauben können, zwischen June und mir würde sich irgendwas ändern?

Sie wurde wieder ernst.

»Was ist es noch?«, fragte sie leise.

Es war, als würde ein Eimer Eiswasser über mir ausgekippt. Ich hatte den schlimmsten Teil noch vor mir.

Ich straffte die Schultern, sackte in mich zusammen, straffte die Schultern wieder.

Ich konnte sie nicht ansehen.

»Ein Rockstarleben ist …«

Ich presste die Lippen fest aufeinander.

»Es gibt viele Drogen und viel Sex.«

Ausdruckslos sah sie mich an, aber sie konnte mir nichts vormachen, es ließ sie nicht kalt.

»Sprich weiter«, forderte sie mich auf.

Ich verknotete meine Hände ineinander. Endlich schaffte ich es, sie anzusehen.

»Weißt du noch, als du damals meintest, es würde dir nicht gefallen, dass ich die halbe Welt durchgevögelt hätte?«

Sie furchte die Stirn und nickte.

Damals war es ein Scherz gewesen.

»Es ist die Wahrheit.«

So viele Konzerte.

Nach jedem jemand Neues in meinem Bett.

June schluckte hart.

Schweigen.

Dann zuckte sie die Schultern.

»Dein Leben. Deine Entscheidung.«

Ich blinzelte mehrmals.

Das konnte doch nicht so einfach sein.

»Bist du dir sicher, dass du okay bist?«

Sie rollte die Augen.

»Dein Ego ist zu groß, mein Lieber.«

Ich liebte diese Frau. So, so sehr.

Ich ließ das Thema fallen, bevor es doch noch kompliziert werden konnte.

»Bis heute Morgen wusste niemand, dass ich hier bin. Dave habe ich gesagt, dass ich noch in Australien bin.«

Kurz schloss ich die Augen, um das Brennen dahinter zu stoppen.

»Ich will nicht zurück.«

June verzog leicht das Gesicht. »Aber Dave will dich zurück.«

Ich schnaubte. »Er hat mir den Chef vom Sicherheitsteam hergeschickt, damit er mich zurückbringt.«

Mein Bruder war vollkommen übergeschnappt.

»Was?« June setzte sich so plötzlich auf, dass ihr Kopf gegen mein Kinn stieß.

»Ziemlich wahrscheinlich, dass Richard morgen vor dieser Tür stehen wird, weil er, weiß der Teufel wie, herausgefunden hat, wo wir wohnen.« Ich rieb mir mit der Hand übers Kinn. So sympathisch Richard auch war, er gehörte zu der Welt, zu der ich nicht mehr gehören wollte.

»Nein.« Ihre Hände packten meine Nacken.

Ich sah ihr fest in die Augen. »Für nichts auf der Welt würde ich das hier aufgeben.«

Ich hob eine Hand und wischte eine Träne von ihrer Wange. »Uns«, murmelte ich leise.

Sie nahm mich in den Arm, und ich vergrub das Gesicht an ihrer Schulter.

Wir saßen ewig so da. Sie hielt mich fest. Sagte kein Wort, und auch ich sagte nichts. Genau das war der Grund, warum ich hier bei ihr war und nicht in Sydney. Weil ich hier ich selbst sein konnte. Weil sie keine Entscheidungen über meinen Kopf hinweg traf, oder so tat, als zählte meine Meinung nicht. Weil sie *mich* sogar noch sah, obwohl sie wusste, dass ich berühmt war.

»Danke«, murmelte ich in die Stille hinein. »Dafür, dass du nicht zum Fan-Girl mutiert bist.«

June lachte gezwungen. »Glaub mir, ich bin schon immer dein Fan.«

Ich lächelte.

Wieder schwiegen wir eine Weile.

»Sie haben dir deine Leidenschaft genommen.«

Mein Herz krampfte sich zusammen, als ich nickte.

»Früher hast du davon geträumt, in einer Rockband zu spielen.«

Der traurige Ausdruck in ihren Augen war mein Untergang.

»Dieser Traum hat dir alles bedeutet.«

Ich seufzte.

Früher.

Früher war so verdammt lange her.

Kapitel 17

Ich konnte nicht schlafen. Ich umklammerte Junes nackten Körper und versuchte, Halt zu finden. Seit ich ihr von Sydney erzählt hatte, hatte ich permanent das Gefühl, den Boden unter den Füßen zu verlieren. Die Angst vor morgen schnürte mir mit jeder Sekunde mehr die Kehle zu.

»Kian?«, fragte June verschlafen. Ihr Körper bewegte sich an meinem, und sie drehte sich zu mir um. Ich zog sie noch näher an mich. Im Halbdunkel betrachtete ich die Konturen ihres Gesichts.

»Ich habe nachgedacht«, sagte sie.

Ich legte die Stirn in Falten und wartete.

»Du solltest morgen nach Sydney fliegen.«

Mein Körper versteifte sich.

Ihre Hände fanden meine Brust und strichen darüber.

»Nicht, weil ich will, dass du gehst …«, sie suchte meinen Blick. »Aber ich habe in letzter Zeit festgestellt, dass es mir so viel besser geht, wenn ich mich meinen Ängsten stelle und nicht vor ihnen davonlaufe.«

Ich schloss kurz die Augen.

»June, ich will nicht zurück.«

Mir war klar, dass ich keine Wahl hatte, aber ich würde mich trotzdem mit allem, was ich hatte, gegen Richard stellen.

Sie seufzte. »Ich finde es nicht fair, dass du wegen anderen Menschen deine Leidenschaft aufgeben musstest.«

Ihr Gesicht kam meinem nah, und ich hielt die Luft an. »Ich weiß, wie viel dir die Musik bedeutet.«

Jetzt war ich derjenige, der seufzte. Es war schon lange zu spät, mir die Freude an der Musik zurückgeben zu wollen. Während ich es früher allem vorgezogen hatte, Zeit im Probenraum zu verbringen, war es heute nur noch eine dunkle Erinnerung, deren Tür ich so fest wie möglich verschlossen hielt.

»Noch immer«, fügte June hinzu. »Ich habe gesehen, wie du Gitarre spielst.«

Ich öffnete den Mund, um ihr zu widersprechen, doch sie verschloss ihn mit einem Kuss. »Versuch nicht, mich vom Gegenteil überzeugen, ich weiß, dass es stimmt.«

Natürlich schlummerte irgendwo in mir der Wunsch, dass alles wieder so werden könnte wie früher. Aber ich wusste auch, dass es unmöglich war. June konnte genau diesen Wunsch sehen. Sie konnte mich lesen wie ein offenes Buch.

»Bitte, versuche es.«

Ich starrte sie an, ohne etwas zu sagen. Es war ihr tatsächlich ernst. Sie wollte wirklich, dass ich zurückging und mich all den Problemen stellte. Das konnte sie unmöglich von mir verlangen, nicht nachdem ich sie endlich wiedergefunden hatte.

»June.« Ich streichelte über ihr Haar. »Vergiss es, ich werde nicht zurückgehen und das hier aufgeben.« Ich beugte mich näher zu ihr, bis unsere Lippen nur noch Zentimeter voneinander entfernt waren. »Du bist mir wichtiger als jeder Mensch in Sydney.«

Sie schloss die Augen, öffnete sie wieder und sah mich an.

»Wenn *das* das Problem ist, dann komme ich eben mit«, flüsterte sie.

Ich riss die Augen auf. »Was?«

»Dann komme ich eben mit«, wiederholte sie.

»Das ist keine gute Idee.«

»Vor der Vergangenheit davonzulaufen, auch nicht.«

Unfähig, etwas zu erwidern, musterte ich sie.

June mit nach Sydney zu nehmen, wäre ihr Untergang. Sie hasste es, im Mittelpunkt der Aufmerksamkeit zu stehen, und genau das würde zwangsläufig passieren, wenn sie die Freundin eines Rockstars war. Die Medien würden sie in der Luft zerreißen, und das konnte ich auf keinen Fall zulassen.

»Ich weiß, was du denkst«, murmelte sie leise. »Aber ich würde es aushalten.« Sie lächelte gezwungen. »Für dich.«

Mein Herz setzte einen Schlag aus.

Sie wusste nicht, worauf sie sich da einlassen wollte.

»Auf keinen Fall«, sagte ich leise.

June seufzte.

Ich schüttelte den Kopf und beugte mich vor, um sie zu küssen. Wir zogen uns gegenseitig näher aneinander. Ihr nackter Körper schmiegte sich an meinen, und ich wollte augenblicklich dasselbe tun, was wir schon vorhin getan hatten.

Ihre Küsse wanderten meinen Hals hinunter, bis sie

ihren Kopf an meine Brust schmiegte. Meine Finger fuhren in ihr Haar.

Ich hätte alles dafür gegeben, für immer so liegen zu bleiben und alle Probleme dieser Welt auszusperren.

Ich erschauderte, als sie wieder einmal die Linien meiner Tattoos nachfuhr. Ich konnte es nicht leiden, wenn sie das tat, aber gleichzeitig wünschte ich mir, sie würde nie wieder etwas anderes tun.

»Hör auf damit«, murmelte ich und zog ihre Hand beiseite. Sie stemmte ihre Hände auf meine Brust und zog sich nach oben, sodass unsere Gesichter auf einer Höhe waren.

»Jetzt, wo ich alles weiß, magst du mir nicht sagen, was sie bedeuten?«

Meine Hände krampften sich um ihren Körper, und ich presste die Lippen aufeinander. Langsam schüttelte ich den Kopf.

»Ich möchte es wissen, seit du vor vier Monaten in meiner Tür standst.«

Ich schloss die Augen und seufzte. Würde ich jemals gegen sie ankommen?

»Habe ich eine Wahl?«, fragte ich, ohne die Augen zu öffnen.

»Kian, du hast immer eine Wahl.«

Ich schlug die Augen wieder auf. Komischerweise waren es genau diese Worte, die etwas in mir auslösten. Es waren genau diese Worte, die mich June von mir schieben und mich aufsetzen ließen. Ich schob die Decke von meinen Armen und betrachtete die Tinte. June knipste die kleine Nachttischlampe an.

»Was die bedeuten, habe ich ja schon erzählt«, murmelte ich und deutete kurz auf die zwei kleinen Wörter auf meinem Arm. June lächelte. Wahrscheinlich konnte sie erst seit heute nachvollziehen, warum ich diese Erinnerung an mich selbst brauchte. Es war surreal, sie in diese Welt zu lassen. Auch wenn ich June vertraute. Blind. Es kostete mich enorme Überwindung.

Vorsichtig zog sie an meinem anderen Arm und strich über den Songtext, der dort eingraviert war. Ich musste lächeln, als sie sich ihn, so dicht sie konnte, vors Gesicht hielt. Die Schrift war winzig, ich hatte sie mit voller Absicht ausgesucht, um nicht alle, die mich ansahen, direkt in mein Inneres sehen zu lassen.

we cast out the shattered tears
we play music to be free
we hide behind the strophe
we try to wash away

June blinzelte mehrmals, bevor sie zu mir aufsah. Sie kannte die Worte. *Shattered Tears* war der erste Song auf unserem ersten Album. Dieser Song war die Grundlage unser Band, deswegen hießen wir so.

»Kian, das …« Ihre Stimme war dünn, und ich musste schlucken, bevor ich sprechen konnte.

»Es ist ein altes Tattoo, ich war siebzehn, als ich es mir gestochen habe.« Ich versuchte, gleichgültig zu klingen, aber es wollte mir nicht gelingen. »Damals war Musik das Einzige, was mich aufrecht gehalten hat.« Sanft zog ich meinen Arm aus ihrer Umklammerung und rieb über die Zeilen. Manchmal verwünschte ich dieses Tattoo, und manchmal stellte ich mich vor den Spiegel und sah es mir stundenlang an.

»Es hat dir viel bedeutet, oder?«, fragte June leise.

»Betonung auf *hat*«, gab ich zerknirscht zurück.

Sie schüttelte den Kopf und rieb sich mehrmals über die Augen. »Das ist schrecklich«, murmelte sie mehr zu sich selbst als zu mir.

»Und das hier …« Ich deutete schnell auf einen weiteren Schriftzug. »Das habe ich nur ein halbes Jahr später machen lassen, zusammen mit den anderen.« Ich schluckte hart. »Wir haben alle dasselbe.«

June riss die Augen auf und zog meinen Arm wieder zu sich heran, um die Worte lesen zu können. Es war erstaunlich, dass sie noch nicht heimlich einen Blick darauf geworfen hatte.

Dear Diary,
I'm addicted to the beat …

June starrte die Worte so lange an, dass ich unruhig wurde. »Ein Band-Tattoo?«, fragte sie schließlich. Ich nickte. Die Zeile stammte aus einem Song von Self Deception. Ich konnte nicht sagen, wie oft wir diesen Song gemeinsam gehört hatten. Es war mit Abstand der am häufigsten gespielte Titel in meinen Playlists gewesen. Jetzt hörte ich ihn gar nicht mehr.

»Kian, nimm mich morgen mit. Ich will diese Leute kennenlernen.«

Meine Miene verdüsterte sich. »Warum?«

»Sie sind mir sympathisch, sie haben Musikgeschmack.«

Ich verdrehte die Augen, konnte mein Lächeln aber nicht verbergen. *Sie* hatte Musikgeschmack. Endlich. Vor sieben Jahren war One Direction ihre unangefochtene Nummer eins gewesen. Meine Ohren bluteten noch heute.

»Self Deception ist dir also ein Begriff, ja?«, stichelte ich, und sie boxte mich in die Rippen.

»Willst du mich beleidigen?«, schoss sie zurück. »Ich liebe sie.«

Wir grinsten einander kurz an, bevor June wieder ernst wurde. »Bereust du diese Tattoos?« Sie strich über die Worte, und eine Gänsehaut breitete sich auf meiner Haut aus, als ich langsam nickte.

»Sie sind wunderschön.«

Mein Herz hämmerte hart in meiner Brust. Die Zeit, in der ich das ähnlich gesehen hatte, war lange vorbei.

June schob die Decke ein Stück beiseite und deutete auf den Gitarristen auf meiner Hüfte. Ich verzog das Gesicht. Dieses Tattoo wollte ich ihr nicht erklären.

Es zeigte einen Mann, der mit Leidenschaft Gitarre spielte. An seinem Bein war jedoch eine Kugel befestigt, die kleiner war als die Gitarre, durch die Perspektive aber einen viel größeren Raum einnahm. Genau so hatte ich mich die letzten Jahre gefühlt. Gekettet an etwas, das ich nicht loswerden konnte. Es war eines meiner neuesten Tattoos.

June zog die Decke wieder über meinen Körper und legte die Arme um mich. »Ich wünschte, ich könnte dich von dieser Kugel befreien.«

Ihre Worte trieben mir Tränen in die Augen. Ich blinzelte, um sie zu verscheuchen, aber es wurde nur noch schlimmer, also ließ ich sie laufen.

»Ich wünschte, du könntest«, brachte ich hervor und schloss die Augen.

»Bitte, lass uns morgen gemeinsam nach Sydney fliegen.«

Ich schüttelte den Kopf. Immer wieder, bis mir schwindelig wurde. »Du sollst diese Welt nicht kennenlernen.«

Sie legte die Stirn in Falten.

»Du hast meine Welt kennengelernt.«

Gutes Argument. Würde meine Meinung nicht ändern.

»Vergiss es, June.«

Sie rollte die Augen. »Was ist mit dem Tattoo auf deinem Rücken?«

»Du hast dir also doch schon welche angesehen, du Spanierin.«

Sie grinste. »Da du von dir selbst überzeugter Typ immer nackt rumlaufen musst ... ja.«

Auf meinem Rücken standen die Worte *First I am myself.*

»Es ist auch ziemlich neu ... Ich will mich nicht mehr verstellen, sondern ich selbst sein.«

»Hast du dich verstellt?«

»In Sydney, ja.« Ich suchte ihren Blick und hielt ihn fest. »Bei dir nie.«

Ihr Blick wurde weich. Kurz stemmte sie sich hoch, um mir einen sanften Kuss zu geben.

»Du musst es auch in Sydney nicht tun.«

Nein. Denn ich würde nie wieder zurückgehen.

Du musst.

Morgen.

Ich versuchte, die Stimmen auszublenden.

»Lass uns schlafen«, schlug ich vor.

Sie schüttelte den Kopf und deutete neben mein Schlüsselbein. »Nur noch das hier.«

Ich verzog das Gesicht. Die Bedeutung dieser Zeilen mit ihr zu teilen, fiel mir am schwersten.

Ich schluckte hart und versuchte, ihrem Blick standzuhalten. Ihre Finger wanderten zu dem Tattoo, fuhren die Worte nach und ließen keinen einzigen Kringel aus.

»Es ist auch ein Songtext«, sagte ich und schloss die Augen. »Jetzt lass uns schlafen.«

»Was bedeutet er?«

Ich verzog das Gesicht. »June, zwing mich nicht dazu.«

Sie schwieg, und als ich die Augen wieder öffnete, sah sie auf das Tattoo.

Ich seufzte.

»Es sind die ersten Zeilen aus dem ersten Song, den ich jemals geschrieben habe.«

Zu ehrlich.

Ich war einfach zu ehrlich in ihrer Gegenwart.

»Es ist der einzige Song, den wir nicht aufgenommen haben, weil ich ihn nie jemandem vorgespielt habe.«

June setzte sich auf und sah mich an. Als erwartete sie, dass ich endlich die Worte aussprach, die sie längst vermutete. Als wollte sie endlich laut hören, dass der Song von ihr handelte.

Ich brauchte nur zu nicken. Sie sprang vom Bett. Als sie keine Minute später mit der Gitarre in der Hand zurückkehrte, ahnte ich Böses.

»Oh nein, vergiss es.« Ich setzte mich auf und flehte sie mit meinen Blicken an, mich nicht zu zwingen, diesen Song zu spielen.

Ungerührt legte sie mir die Gitarre in den Schoß.

»Bitte.«

Meine Hände krampften sich um das Instrument. »Es war nicht vorgesehen, dass du diesen Song jemals hörst.«

Sie sah mich nur weiterhin auffordernd an. Ich schluckte hart. Keins meiner Argumente würde ihre Meinung ändern.

Besser, ich brachte es sofort hinter mich.

Wie von selbst tasteten meine Finger über das Griffbrett und suchten die ersten Akkorde. Ich musste nicht hinsehen. Ich hatte diesen Song Hunderte Male gespielt. Er war der einzige, den ich in den letzten Jahren gerne gespielt hatte, der einzige, der mich noch daran glauben ließ, dass Musik das Richtige für mich war.

Ich warf June einen kurzen Blick zu.

»Bereit?«

Sie nickte.

Ich spielte.

Begann zu singen.

Every single year in June
I'm singing that song …

Ich hielt ihren Blick, während ich sang. Versuchte, keine ihrer Emotionen zu verpassen. Es war, als würde ich nicht nur ihre Gefühle sehen können, sondern viel tiefer blicken.

There is no month
that takes me deeper
into the past …

Ihr Blick öffnete mir ihre Seele. Ich hatte freie Sicht auf alles, was in ihr vorging, und es ging eine Menge in ihr vor.

Als ich das erste Mal zum Refrain ansetzte, füllten ihre Augen sich mit Tränen. Obwohl ich die Gitarre am liebsten weggeschmissen hätte, um sie zu berühren, hielt ich durch und sang weiter. Auch mir trieb es die Tränen in die Augen, aber ich versuchte sie herunterzuschlucken, um meine Stimme nicht von ihnen beherrschen zu lassen. Es kostete mich viel, die letzten Worte zu singen.

Every single year in June
I'm singing that song …

Ich lächelte leicht.

Hope to see you soon

Ich legte die Gitarre zur Seite und zog June an mich. Wir hielten uns gegenseitig, umklammerten den Körper des und der anderen.

So lange, bis keine und keiner von uns mehr Tränen übrig hatte.

Kapitel 18

Als June und ich an diesem Morgen die Küche betraten, saßen Ella und Simon am Tisch.

Es war Samstag, trotzdem war ich erstaunt, Ella so früh morgens hier zu sehen.

»Kian, setz dich«, ordnete sie an.

»Wir müssen etwas Wichtiges klären«, fügte Simon hinzu. Ich wechselte einen Blick mit June. Sie zuckte nur die Schultern und ließ sich auf einen der Stühle fallen. Ich folgte ihrem Beispiel.

»Nämlich?«, fragte ich.

»Ich bin sauer auf dich«, informierte Ella mich.

Ich stöhnte. »Ella, ich schwöre dir, ich bin die letzten Wochen kein Auto gefahren, also keine Abgase, ich habe immer meinen Müll getrennt und –«

»Das erwarte ich sowieso«, unterbrach sie mich. »Davon rede ich nicht.«

Ich zog eine Augenbraue hoch und sah sie abwartend an.

»Ich kann nicht fassen, dass du ein verdammter Rockstar bist und mir nichts davon erzählt hast.«

»Uns allen nicht«, fügte Simon hinzu.

Ich blinzelte.

Mehrmals.

Das passierte gerade nicht wirklich, oder? Hatte sie gerade das Wort *Rockstar* ausgesprochen?

In diesem Moment war ich froh, June alles erzählt zu haben. Ich hätte es mir niemals verziehen, wenn sie auf diese Weise davon erfahren hätte.

»Ich weiß nicht, was du meinst«, nahm ich meine übliche Tarnhaltung an.

Ella verdrehte die Augen. »Bitte? Willst du mich verarschen?« Sie zog ihr Handy hervor, tippte darauf herum und hielt es mir unter die Nase. Sie hatte den Browser geöffnet und ein Bild von mir aufgerufen. Ich stand auf einer Festivalbühne und sang ins Mikrofon, meine Band hinter mir.

Ich verzog das Gesicht. Die Erinnerung schmerzte.

June riss das Handy an sich, den Blick starr auf den Bildschirm gerichtet.

Ich wollte nicht, dass sie mich so sah.

Meine beiden Welten krachten aufeinander, und ich hatte das ungute Gefühl, dass es nicht gut ausgehen würde.

»Scheiße, bist du heiß«, murmelte sie und zoomte auf dem Bild herum. Ich rollte die Augen. Also, bitte.

»Oh, ist das etwa Dave?« Sie hatte meinen Bruder herangezoomt. Wieder verdrehte ich die Augen und bejahte.

»Wusstest du davon?«, fragte Ella.

June hob den Kopf und sah sie an. »Erst seit gestern.«

Fassungslos schüttelte Ella den Kopf.

»June und ich sind deine besten Freundinnen, und du erzählst uns nicht, dass die ganze Welt dich kennt?«

»Sie kennen mich nicht«, hielt ich dagegen. »Ihr kennt mich.«

Junes Hand tastete nach meiner. Wir drückten gleichzeitig zu. Sie legte das Handy auf den Tisch und schob es zu Ella herüber. Die ließ es verschwinden.

»Wann, zum Teufel, hattest du vor, uns zu sagen, dass dein Traum in Erfüllung gegangen ist?«

»Gar nicht«, gab ich zu.

»Ich verlange eine Erklärung.« Ella sah mich auffordernd an. Ich senkte den Blick. Es hatte mich so verdammt viel Kraft gekostet, June alles zu erzählen. Ihr zu erklären, wie sehr mich Sydney zerstört hatte. Ich wusste nicht, ob ich schon bereit war, auch Ella und Simon davon zu erzählen.

June legte mir ihre freie Hand auf die Schulter und lehnte ihren Kopf dagegen. Eine Geste, die mich im Stillen zum Sprechen aufforderte. Ich atmete ein und wieder aus. Sie war hier, sie würde nicht gehen, egal was ich sagte.

Also erzählte ich die Kurzform. Ich erzählte Ella und Simon, wann wir die Band gegründet hatten, wie es dazu gekommen war. Wie groß wir geworden waren und dass der ganze Ruhm mir meine Freude an der Musik genommen hatte.

»Ich bin zurückgekommen, weil ich es nicht mehr ausgehalten habe.«

Wir schwiegen einen Moment.

»Krass«, murmelte Ella.

»Scheiße«, kam es von Simon.

Ella stand auf und kam um den Tisch herum, um mich in den Arm zu nehmen.

»Dass wir es nicht gemerkt haben …« Fassungslos schüttelte sie den Kopf an meiner Schulter.

Ein Lächeln stahl sich auf meine Lippen. »Das kommt davon, wenn man keinen Musikgeschmack hat.«

»Bitte?« Ella schnaubte, ließ mich los und setzte sich zurück auf ihren Platz.

June lehnte sich ein Stück vor, um Ella ansehen zu können. »Nicht mal *ich* habe es gemerkt, obwohl ich die Songs rauf und runter gehört habe.«

Fast schuldbewusst warf sie mir einen kurzen Blick zu. »Ich dachte immer, ich würde deine Stimme unter Tausenden wiedererkennen, aber ich habe sie nicht erkannt. Ich habe die Stimme meines besten Freundes nicht erkannt.«

»June, hey …« Ich rieb ihr über den Rücken und lächelte, so gut ich konnte. »Das war mein Ziel, du hast mir damit einen Gefallen getan.«

Sie schnaubte nur. »Weißt du, wie ironisch das ist? Ich habe eure Songs gehört, als ich Liebeskummer hatte. Wegen dir!« Sie schüttelte den Kopf, als könnte sie es selbst nicht glauben.

Meine Lippen verzogen sich zu einem Grinsen. »Du hast was?«

»Ja, mach dich nur lustig.« Sie warf mir einen entnervten Blick zu. »Die Songs haben sich nach Zuhause angefühlt, okay? Ich habe die ganze Zeit nach etwas außer den Texten gesucht, das mich eine so große Verbundenheit zu ihnen verspüren lässt.«

Mein Herz raste. »Sag so was nicht«, murmelte ich leise. June sah mich an.

»Jedenfalls weiß ich jetzt, was es ist.« Sie lächelte leicht.

Gänsehaut breitete sich auf meinem Körper aus, und es

lag nicht wie sonst daran, dass sie mich anlächelte, sondern ausschließlich an ihren Worten. Ich wandte den Blick ab, um sie nicht an mich zu ziehen und in meine Arme zu schließen.

»Als ich zurückkam, dachte ich, es wäre kein Problem, meine Berühmtheit vor euch zu verstecken. Ich dachte, ihr hättet beide keine Ahnung von Musik.« Ich fuhr mir durch die Haare.

»Blöd, dass sich inzwischen mein Geschmack geändert hat.« June lächelte leicht.

»Als du mir gesagt hast, dass Yellowcard deine Lieblingsband ist, hatte ich solche Angst, dass es rauskommen würde. Ab da habe ich nur noch versucht, es so lange wie möglich hinauszuzögern.« Wieder fuhr ich mir durch die Haare. »Wir kannten uns nicht mehr, und ich wollte, dass ihr mich wieder kennenlernt, ohne zu wissen, dass ich ein Rockstar bin.« Ich spuckte das Wort aus, als wäre es der letzte Dreck.

»Ich glaube, das kann ich nachvollziehen«, sagte Ella.

Toll.

»Ich glaube, darüber bin ich sogar froh«, murmelte June.

»Okay, wir verzeihen dir«, verkündete Ella.

Wie großzügig.

»Danke«, antwortete ich sarkastisch.

Ihr Grinsen wurde breit. »Das macht dann einmal Harry Styles kennenlernen.«

Ich brach in schallendes Gelächter aus. Ich hatte diese Frau in den letzten Jahren so sehr vermisst.

Unendliche Erleichterung überkam mich.

Es war so einfach.

»Oh, ich will Ryan Key kennenlernen und den Drummer von Fall Out Boy«, stieg June in Ellas Geplänkel mit ein.

Stöhnend verdrehte ich die Augen.

»Wen willst du kennenlernen?«, fragte Ella und boxte Simon in die Seite. Er rieb sich lächelnd die Stelle und legte den Kopf schief, als würde er nachdenken.

»Dan Reynolds vielleicht.«

Ellas Grinsen wurde noch breiter, als sie sich wieder an mich wandte. »Das organisierst du dann bitte, ja?«

»Klar.« Wieder verdrehte ich die Augen.

Die drei hatten keine Ahnung, dass ich es wirklich könnte.

Gegen zwei Uhr nachmittags saß ich mit Simon vor der Konsole von Pekka und lieferte mir ein Fußballspiel mit ihm. Er zog mich gnadenlos ab. Ich war zu abgelenkt. Meine Gedanken schweiften ständig nach Sydney. Ich fragte mich, wie lange Richard wohl brauchen würde, um Junes Wohnung ausfindig zu machen. Wahrscheinlich nicht lange.

»Es ist schrecklich, seine Leidenschaft zu verlieren, oder?«

Ich verlor den Ball.

»Ich meine, wenn ich das mit mir vergleiche …« Er ließ seinen Controller sinken und sah mich an. »Das Kochen ist manchmal das Einzige, was mich am Leben hält.«

Ich verzichtete darauf, mir den Ball zu schnappen, um

wenigstens ein Ehrentor zu schießen. Simon hatte längst gewonnen. Ich ließ meinen Controller ebenfalls sinken.

»Das war Musik auch lange Zeit für mich.«

»Glaubst du, du könntest es wiederbekommen?«

Ich presste die Lippen zu einer schmalen Linie zusammen. Darüber wollte ich nicht reden.

»Nein«, sagte ich und richtete den Blick wieder auf den Fernseher.

»Was tut die Band denn ohne dich, wenn du ihr Sänger bist?«

Ich zuckte die Schultern. »Feiern«, vermutete ich und machte mich doch noch daran, ein Ehrentor zu schießen. Schön, wie alle gegnerischen Spieler einfach dastanden, ohne mir in die Quere zu kommen.

»Entschuldige.« Er fuhr sich durch die Haare, wodurch sich einzelne Strähnen aus seinem Zopf lösten. »Es geht mich nichts an.«

Wieder ließ ich den Controller sinken. Ich verhielt mich schon wieder scheiße. Simon war mein bester Freund in England geworden, wir hatten viel Zeit zusammen verbracht, und zwar nicht, weil ich viel Geld hatte und berühmt war, sondern weil er mich mochte, weil ich einfach Kian war.

»Es fällt mir nicht so leicht, über den ganzen Mist zu reden«, gestand ich.

»Verständlich.« Er hob den Controller und sah mich fragend an. Ich grinste.

Wir widmeten uns wieder dem Bildschirm und verfielen in Schweigen.

»Hast du was von Pekka gehört?«, fragte ich schließlich.

Simons Gesichtszüge verhärteten sich, und er verlor den Ball.

»Er hat es schwer …« Seufzend widmete er sich wieder dem Spiel. »Aber er wird es schaffen, und Kate ist ihm eine große Stütze.«

Ich wollte gerade weiter nachfragen, da läutete es an der Tür. Ich verkrampfte mich.

»Ich geh schon«, kam Junes Stimme aus dem Flur. Sie und Ella hatten ein Gespräch unter sich führen wollen. Ich hatte das ungute Gefühl gehabt, dass es in diesem Gespräch um Beziehungen im Allgemeinen und mich und Dilan im Speziellen gehen würde.

Ella kam ins Wohnzimmer.

Wie von der Tarantel gestochen sprang ich auf. Als ich in den Flur hechtete, öffnete June gerade die Tür. Richard stand dahinter. Respekt. Er war wirklich schnell gewesen.

»Guten Tag«, begrüßte er June freundlich. »Sie müssen Ms Pepper sein?«

June bejahte.

»Ist Mr Winter bei Ihnen?«

Ich trat ein paar Schritte vor und schob June beiseite. »Nein, ist er nicht, auf Wiedersehen, Richard«, sagte ich und wollte die Tür schließen, doch er schob einen Fuß in den Spalt. Dieser verdammte Bodyguard.

»Mr Winter, Ihr Privatjet steht für Sie bereit.«

»Schön für ihn«, keifte ich und versuchte, seinen Fuß aus der Tür zu kicken. Erfolglos. »Dann benutz ihn doch bitte und flieg zurück.«

Er schüttelte den Kopf und versuchte, seinen ganzen Körper durch die Tür zu schieben. Dummerweise stand ich ihm im Weg.

»Ich werde meinen Job verlieren, wenn ich ohne Sie zurückkomme.«

Ich riss die Augen auf. »Damit hat Davie dir gedroht?«

»Er ist mein Boss, Sir.«

Ich lachte auf. »Richard, ich bin ebenfalls dein Boss, ich bezahle dich meinetwegen weiterhin, wenn Dave dich feuert, kein Problem, jetzt nimm bitte deinen Fuß aus der Tür.«

»Die Band braucht Sie.«

Pech für die Band. Ich würde nicht zurückgehen, und niemand würde meine Meinung ändern können. Aus den Augenwinkeln sah ich, wie Ella und Simon sich zu uns in den Flur gesellten.

»Richard, bitte geh jetzt«, versuchte ich es noch mal in einem freundlichen Ton.

»Das ist leider nicht meine Aufgabe, Sir.«

»Scheiße, verkneif dir dieses *Sir*, du kennst mich, seit ich ein Teenager war.«

»Ja, Sir.«

Ich verdrehte die Augen.

»Können Sie einen Moment warten?«, wandte June sich an meinen Bodyguard. Sie zupfte an meinem T-Shirt und deutete in die Küche.

»Sicher«, sagte Richard, ohne den Fuß aus der Tür zu ziehen. Da ich mich nicht bewegte, packte June kurzerhand meinen Arm und zerrte mich mit sich durch den Flur und in die Küche. Sie knallte die Tür hinter uns zu und funkelte mich an. »Was soll das? Hör auf, so ein Arsch zu sein.«

Ich zuckte zusammen. Sie wandte sich ab und räumte dreckiges Geschirr zur Seite.

»Dieser Mann hat dir nichts getan, oder?«

Ich schnaubte. »Er gehört zu Sydney.«

»Das ist kein Grund, so unfreundlich zu ihm zu sein.« Sie wandte sich mir zu und kam mir dabei so nah, dass unsere Füße sich berührten.

»Kian, glaubst du nicht, dass es sinnvoll wäre, mit ihm zu gehen?«

Ich dachte nicht mal darüber nach. »Nein.«

June verdrehte die Augen.

»Ich werde dich nicht verlassen, um wieder zu dem Mist zurückzukehren.«

»Kian ...« Behutsam legte sie mir die Hände auf die Schultern. »Ich habe dir schon mal gesagt, dass ich mitkommen kann, wenn du es möchtest.«

Diese Idee war noch viel beschissener.

»Ich habe meine Abschlussprüfung hinter mir, es war der Vortrag, und alles, was wir jetzt noch bis zu den Sommerferien machen, kann ich mir von Sirah schicken lassen.«

»Wir können bleiben, solange du es brauchst. Wenn du wieder zurückwillst, gehen wir zurück, aber ich möchte, dass du es versuchst.«

Es war merkwürdig, obwohl ich es nicht wollte, lösten ihre Worte den Wunsch in mir aus, ihr zu beweisen, dass ich mich meinen Problemen stellen konnte.

»Das ist eine beschissene Idee«, sagte ich und wich ihrem Blick aus.

Kapitel 19

Ich starrte aus dem Fenster meines Privatjets und konnte nicht glauben, dass ich das hier tatsächlich durchzog.

»Möchten Sie etwas trinken?« Richard hielt mir ein Tablett mit Getränken unter die Nase. Wir warteten noch auf das Okay vom Tower. Ich starrte die Getränke an. Dieser verfluchte Reichtum ging mir auf die Nerven.

»Nein«, fauchte ich und wandte den Blick ab.

June seufzte. Sie saß mir gegenüber auf einem genauso breiten und bequemen Sessel wie ich selbst. Über ihrem Kopf hing ein Shattered-Tears-Poster. Am liebsten hätte ich es abgerissen.

Auch June nahm kein Getränk von Richard an. Sie bemühte sich allerdings, freundlich zu ihm zu sein.

Nachdem sie mich zu dem Scheiß hier überredet hatte, hatte Richard gewartet, bis wir ein paar Sachen zusammengepackt und uns von Ella und Simon verabschiedet hatten.

»Brauchen Sie sonst noch etwas?«, fragte Richard. Ich schüttelte den Kopf, ohne ihn anzusehen.

»Dann würden wir jetzt starten.«

»Macht doch«, gab ich trotzig zurück. Mir war bewusst, dass ich mich anhörte wie ein Kind.

Zur Hölle mit guten Manieren, ich war ein Rockstar.

»Vielen Dank«, antwortete June ihm freundlich.

Ich schnaubte.

Als Richard hinter der schalldichten Tür verschwand und wir alleine waren, funkelte sie mich an.

»Kian, hör auf, so scheiße zu sein.«

Ich sah sie an und hielt ihren Blick fest. »So bin ich in Sydney nun mal.«

Meine Worte trafen sie härter als ein Schlag in die Magengrube. Sie schluckte und wandte den Blick von mir ab, stattdessen starrte sie auf die Startbahn, die langsam vor dem Fenster in Sichtweite kam.

»Das bist aber nicht *du*«, presste sie hervor, ohne mich anzusehen.

»Damit wirst du dich abfinden müssen«, antwortete ich.

Wir starteten. Ich wurde nach hinten in den Sitz gepresst, und das Schwerelosigkeitsgefühl entstand in meinem Bauch. Ich schloss die Augen.

Erst nachdem wir schon über eine Stunde in der Luft waren, öffnete ich sie wieder.

Junes Wimpern waren feucht.

Ich sagte nichts. Ich wandte einfach den Blick ab und ignorierte, dass sie weinte. Etwas, das ich niemals getan hätte, würden wir uns nicht im Anflug auf die Hölle befinden.

Ich hatte eine Sache in Großbuchstaben geschrieben, als ich Dave vor dem Abflug eine SMS geschickt hatte.

KEINE VERFLUCHTE LIMOUSINE!

Das hier war allerdings eine verfickte Limousine. Dave lehnte an der Außenseite des Wagens und winkte mir zu. Ein paar von Richards Sicherheitsleuten waren bei ihm. Er trug zerrissene Jeans und darüber ein schwarzes Hemd, dessen obere Knöpfe er offen gelassen hatte. Sein Standard-Outfit. Es wäre nichts Besonderes gewesen, wäre seine Haut nicht mit Tattoos übersät. Die Ärmel seines Hemdes hatte er hochgekrempelt, damit man die Tinten an seinen Armen besser sehen konnte. Auch die an seiner Brust blitzte hervor. Er sah gut aus. Wie eigentlich immer. Ich biss die Zähne fest aufeinander und stapfte wütend die Treppe des Fliegers nach unten. Was für einen Eindruck wollte er June eigentlich von uns vermitteln?

Privatjet. Limousine. Als ob wir etwas Besseres wären als andere Menschen.

»Hey, Arschloch«, begrüßte er mich, als ich vor ihm stehen blieb. Er zog mich in eine Umarmung und klopfte mir auf den Rücken. Meine Arme blieben schlaff an meinen Seiten hängen. »Selber. Was habe ich dir über Transportmittel gesagt?«

»Du hast gesagt, du möchtest so tun, als wären wir nicht steinreich.«

Jap. Er war ein noch größeres Arschloch als ich selbst.

Ich wollte mir nicht eingestehen, dass ich ihn ein bisschen vermisst hatte.

Er schielte an mir vorbei, und ein strahlendes Lächeln erschien auf seinem Gesicht. Es war sein *Ich-bin-ein-Rockstar-und-kann-jede-haben-Lächeln.*

»Oh, June …« Er ging an mir vorbei, nahm ihre Hand und drehte sie einmal um ihre eigene Achse. »Wie wunderschön du geworden bist.«

Sofort schrillten sämtliche Alarmglocken in meinem Kopf.

»Dave …«, warnte ich ihn.

»Keine Angst, deinen Zorn würde ich nicht riskieren.«

Er grinste mich an. Ich erwiderte es nicht.

»Wir sind ein Paar«, informierte ich ihn.

Dave riss die Augen auf. Als June lächelnd nickte, wurden sie noch größer.

»Heilige Scheiße«, stieß er aus und sah zwischen uns hin und her. »Hast du sie endlich rumbekommen?«

June entzog ihm ihre Hand. Eine Falte bildete sich auf ihrer Stirn. Ich funkelte Dave an.

»Nein. Stell dir vor, es gibt Beziehungen, die gehen über Sex hinaus.«

Dave hob grinsend eine Augenbraue.

»Noch nie davon gehört«, witzelte er.

Ich lachte noch immer nicht mit.

June starrte ihn an. »Du hast dich ja noch mehr verändert als Kian«, murmelte sie.

Oh ja. Mein großer Bruder war ein komplett anderer Mensch als vor sieben Jahren. Nicht nur, dass er noch makelloser und schöner geworden war, sein Körper jetzt von Tattoos übersät war und er alles bekam, was er wollte. Nein, auch die Art, wie er die Welt sah, hatte sich komplett verändert. Geld war für ihn ein Mittel zum Zweck geworden. Er führte das Leben eines Rockstars. Genau das Leben, vor dem ich hatte fliehen wollen.

»Ich nehme es als Kompliment«, sagte Dave grinsend und öffnete die Tür der Limousine. June grinste nicht zurück. Sie warf mir nur einen besorgten Blick zu und stieg ein. Ich folgte ihr und setzte mich neben sie. Dave und Richard nahmen uns gegenüber Platz. Die anderen Sicherheitsleute fuhren in ihrem eigenen Wagen. Typisch. Warum auch in einem Auto fahren, wenn man mehrere hatte?

»Also, bist du nur abgehauen, um dir das Mädchen deiner Träume zu krallen?«, fragte Dave, als wir losfuhren.

June keuchte neben mir. Ich ballte die Hände zu Fäusten.

»Nein«, fauchte ich. »Ich bin abgehauen, weil ich nur von Arschlöchern umgeben war und jemanden brauchte, bei der ich ich selbst sein konnte.« Mein Blick war eiskalt. »Ich erwarte nicht, dass du das verstehst.«

Er verdrehte nur grinsend die Augen. Für ihn waren Frauen nichts weiter als ein Teil von Partys. Er könnte niemals verstehen, wie viel June mir bedeutete.

Ihre Hand tastete nach meiner und drückte sie so fest, dass ich nicht wusste, ob sie mir oder sich selbst damit Halt geben wollte.

Ich hatte es gewusst.

Es war eine beschissene Idee gewesen, mit ihr hierherzufliegen.

»Heute Abend steigt eine Party«, informierte Dave uns.

Super. Also ein ganz normaler Abend im Palast Winter. Wie schön war es doch, wieder nach Hause zu kommen.

Nicht.

Die Straßen, die am Fenster vorbeizogen, wurde immer vertrauter. Wir näherten uns South Mosman. Einem

Stadtteil Sydneys, in dem ich lieber nicht gewohnt hätte, doch mittlerweile kannte ich die Reihenfolge der teuren Anwesen auswendig.

Als wir in die Straße, in der unsere Villa stand, einbogen, zog sich mein Magen zusammen.

Eine Horde Fans lauerte vor dem Gebäude. Anscheinend war es mal wieder öffentlich, dass eine Party stieg. Obwohl die Scheiben des Wagens getönt waren, setzte ich meine Sonnenbrille auf.

Ein paar von Richards Sicherheitsmenschen hielten die Leute davon ab, gegen unser Auto zu klopfen, als wir durch das riesige Tor fuhren. Übelkeit stieg meine Kehle hinauf.

Das hier war nicht mein Zuhause.

Ich wollte zurück nach Bath.

Die Party war schon im vollen Gange. Laute Bässe dröhnten bis nach unten in die Garage, als ich ausstieg.

Super, nach fast zweiundzwanzig Stunden Flug war Feiern auf jeden Fall das Richtige. Ich hätte mich ruhig mal bei Dave bedanken können. Dieser wippte schon jetzt mit dem Kopf im Takt.

Richard begleitete uns nach oben. Ich schaltete auf Durchzug, sobald wir das Haus betraten. Überall tummelten sich Menschen. Nichts hatte sich in den vier Monaten, die ich weg gewesen war, verändert.

Die Hälfte hatte zu viel getrunken, die andere zu viel gekifft, und dann gab es noch den Teil, der von beidem viel zu viel hatte, sich aber zusätzlich noch andere Drogen eingeschmissen hatte. Ein knutschendes Pärchen stand am Treppengeländer.

Meine Stimme dröhnte aus den Boxen.

Eine Frau schmiss sich an Daves Hals. Eine andere an meinen. Sie trugen nicht mehr als einen Bikini.

»Hast du nachher kurz Zeit für mich?«, fragte die Frau neben Dave ihn augenklimpernd. Ich presste die Lippen zu einer schmalen Linie zusammen und schob die Frau, die sich an mich klammerte, beiseite. Himmel, das hier war so was von gar nicht mehr meine Welt.

»Oh, Schätzchen, ich hab auch jetzt schon Zeit für dich.« Er schenkte ihr sein Rockstar-Lächeln. Uns warf er einen entschuldigenden Blick zu. »Bis später, Leute.« Schon war er verschwunden.

Meine Hände ballten sich zu Fäusten.

»Schön, dich wiederzusehen, Kian«, säuselte die Frau, die noch immer neben uns stand. Genervt sah ich sie an. Ich kannte ihren Namen nicht, hatte keine Ahnung, wer sie war.

»Heute nicht«, sagte ich in der Hoffnung, sie loszuwerden. Es half. Sie zog einen Schmollmund und wandte sich ab. Ich riskierte einen Blick zu June, sie starrte ihr mit großen Augen nach, bevor ihr Blick zu mir glitt.

»Wow«, murmelte sie leise.

»Soll ich die Taschen auf Ihre Etage bringen, Sir?«, fragte Richard mich.

»Du hast eine eigene Etage?« June sah mich mit hochgezogenen Augenbrauen an.

Ach, Scheiße.

»Ja«, antwortete ich beiden gleichzeitig. Die Villa hatte drei Etagen. Eine gehörte Dave. Eine mir, das Erdgeschoss nutzten wir beide, und im Keller befanden sich der Probenraum der Band und ein Fitnessstudio. Ebenfalls nur für die Band, versteht sich. Gage und Carla lebten im Grunde auch hier. Sie hatten drei Zimmer auf meiner Etage für sich beansprucht, und da ich eh nicht so viel Platz brauchte, hatte ich sie ihnen gern überlassen.

»Kiaaaaaaannnnn«, hörte ich von irgendwoher eine vertraute Stimme. Wenn man vom Teufel sprach. Einen Moment später hatte Gage sich schon in meine Arme geworfen. Ihr langes orangefarbenes Haar peitschte mir ins Gesicht, als sie sich der Länge nach an mich presste.

»Ich hab dich soooo vermisst.«

Ich verdrehte die Augen. Gage gehörte eindeutig zu der Hälfte, die auf diesen Partys zu viel trank.

»Ich dich nicht«, entgegnete ich und wuschelte ihr durch die Haare. Ich hatte sie vermisst, und wie.

»Du riechst sooo gut«, säuselte sie.

Ich stieß ein Lachen aus. »Du stinkst nach Alkohol.«

Empört riss sie den Kopf von meiner Brust und sah mich an. »Ich bin ein Rockstar, Kian, ich trinke auf Partys.«

Wieder verdrehte ich die Augen. Und was für eine. Rote und grüne Tattoos zierten ihre Unterarme, und ihre immer mit Laufmaschen versehenen Strumpfhosen trug sie sogar nachts.

»Wo hast du Carla gelassen?«

Gage löste sich von mir und machte eine wegwerfende Handbewegung. »Tanzt mit einem Typen.«

»Das lässt du zu?«, fragte ich, um sie aufzuziehen.

Sie grinste. »Ja.« Herausfordernd hob sie das Kinn.

Dann glitt ihr Blick zu June, und augenblicklich sah auch ich sie an. Sie hatte die Stirn in Falten gelegt.

Zeit, etwas zu sagen.

»Gage.« Ich legte einen Arm um June. »Das hier ist June, meine Freundin.« Ich lächelte sie an. »Und June, das hier ist Gage, unsere Bassistin.«

Gage deutete eine halbe Verbeugung an und zeigte mir damit, dass sie *viel* zu viel getrunken hatte. Zu gerne hätte ich für den restlichen Abend auf sie aufgepasst, aber sie ließ sich eh nichts sagen.

»Freut mich«, sagte June kühl.

»Ohhhh«, stieß Gage plötzlich aus. Anscheinend arbeitete ihr Gehirn nur noch halb so schnell wie sonst.

»*Die* June?«, kreischte sie mir ins Ohr. »Die, in die du unsterblich verliebt bist?«

Zum ersten Mal an diesem Abend meinte ich das Lächeln ernst. »Ja, *die* June.«

Gage war die einzige Person auf dieser Welt, der ich von meinen Gefühlen für June erzählt hatte. Hauptsächlich, weil es eine Zeit gegeben hatte, in der sie vor Liebeskummer nicht hatte einschlafen können und die Nächte weinend in meinem Bett verbracht hatte.

»Dort bist du also gewesen«, nachdenklich legte Gage den Kopf schief. Dann stürzte sie sich ohne Vorwarnung auf meine Freundin und zog sie in eine feste Umarmung.

»Wir sind übrigens zusammen«, informierte ich sie, und Gage kreischte in Junes Haar.

»Ich hab's dir gesagt!«, schrie sie so laut, dass es alle im Raum hören konnten. Und das bei der Musik.

June wirkte noch verkrampfter und angespannter, als ihr Gesicht wieder aus Gages Haaren auftauchte. Ich konnte es nicht ertragen. Vorsichtig griff ich nach ihrer Hand und schob Gage beiseite.

»Wir sind ziemlich müde, kannst du uns entschuldigen, falls jemand nach uns fragt?«

Ihr Grinsen war so dreckig, dass ich mit den Augen rollte. Himmel, ich hatte nicht mal an Sex gedacht.

»Wir sehen uns.« Damit rauschte sie davon.

June starrte ihr nach.

Wir schoben uns an dem knutschenden Pärchen vorbei und stiegen die Stufen bis zur zweiten Etage hinauf. Ich wohnte ganz oben, da Dave darauf bestanden hatte, sein Schlafzimmer näher am Kern der Partys zu haben.

»Bist du okay?«, fragte ich vorsichtig, als wir oben ankamen und die Bässe nur noch gedämpft zu uns durchdrangen.

»Ich weiß nicht«, sie sah mich nicht an. Ein sicheres Zeichen dafür, dass die wahre Antwort eher in Richtung *Nein* tendierte.

»Ich gebe dir morgen eine Führung durchs Haus, okay?« Vor einer großen Doppeltür blieb ich stehen.

»Hier ist mein Schlafzimmer, es hat auch ein Bad, wir müssen also nicht mehr raus.«

Ich zog meinen Schlüsselbund aus der Hosentasche und suchte den richtigen Schlüssel. Meine Hände zitterten. Als ich endlich den passenden gefunden hatte, steckte ich ihn ins Schloss und stieß die Tür auf. Dunkelheit und Muff empfingen mich. Es hatte wohl niemand der Putzleute für nötig gehalten, mein Zimmer während meiner Abwesenheit zu lüften.

June sagte noch immer nichts, als sie neben mich trat. Ich tastete nach dem Lichtschalter und erhellte den Raum.

Ihr Mund klappte auf.

Als sie es bemerkte, klappte sie ihn wieder zu und starrte nur weiter geradeaus. Ihr Blick glitt über das riesige Doppelbett, in dem man locker zu viert hätte schlafen können. Die Bettdecke war aus schwarzem Satin, ich konnte mich selbst nicht dafür leiden, dass ich so etwas besaß. Riesige Kronleuchter zierten die Decke. An der Wand hingen Gitarren. Akustik- und E-Gitarren der verschiedensten Marken … ich besaß so gut wie alles. Auch ein Flügel stand in der Ecke. An ihm hatte ich so manche Songs der Band geschrieben. Hinter dem Bett hatte ich ein paar Bücherregale aufgestellt. Ein Teil der Decke war gläsern, sodass man in den Himmel sehen konnte, und eine Treppe führte direkt auf die Dachterrasse. Ansonsten gab es noch die Badezimmertür, einen Schreibtisch und jede Menge Zeug, das schweineteuer gewesen war, das ich aber eigentlich nie brauchte. Das meiste meiner Einrichtung hatte Dave ausgesucht, weil er der Meinung gewesen war, ich würde zu sparsam einkaufen. June trat ein paar Schritte in den Raum hinein, ohne etwas zu sagen. Ich schwitzte. Nervös verknotete ich die Hände ineinander und schloss die Tür hinter uns. Dieser ganze Luxus war einer der Gründe gewesen, warum ich June nie hatte hierherbringen wollen.

»Das …«, setzte sie an, »… ist *ein* Zimmer in deiner Etage?«

Ich ging zu den Fenstern und riss alle fünf auf, um den muffigen Gestank zu vertreiben. »Ich hab mir das kleinste ausgesucht«, verteidigte ich mich, merkte aber im selben Moment, dass diese Worte den gegenteiligen Effekt von dem rüberbrachten, was ich sagen wollte.

Ich ließ mich aufs Bett fallen. June kam zu mir herüber und setzte sich neben mich.

»Ich weiß, wie scheiße das ist, ich weiß, dass man das Geld sinnvoller investieren könnte«, sagte ich, bevor sie es sagen konnte. Obwohl ich einen Teil meines Gehalts jährlich an Umweltorganisationen und Menschenrechtsvereine spendete, war es mir unangenehm, so viel Geld zu besitzen.

Unsere Blicke trafen sich.

»Ich wollte dir das nie antun«, murmelte ich leise. »Diese Welt.«

Sie lächelte. »Ich lerne sie gerne kennen.«

Ich schüttelte den Kopf. »Wir wissen beide, dass das eine Lüge ist.«

Sie schwieg, suchte wieder meinen Blick. »Diese Gage …« Sie fuhr sich durch die Haare. »Ist sie … Hast du mal mit ihr geschlafen?«

Ich runzelte die Stirn, aber als ich ihr Gesicht sah, musste ich grinsen und schließlich lachen. Ich zog sie mit mir, sodass sie unter mir lag. »June«, raunte ich. »Bist du etwa eifersüchtig?«

Sie verdrehte die Augen. »Ja.«

Mehr sagte sie nicht. Ihre braunen Haare lagen wie ein Fächer um ihren Kopf. Sie war wunderschön. Ich wollte ihren Körper an meinem spüren. Am liebsten sofort.

»Sie hat dich umarmt, als würdet ihr das ständig tun.«

»Tun wir auch«, gab ich zu.

Ihre Miene verdüsterte sich.

Es war zu süß.

Ich küsste ihre Mundwinkel. Sie zog den Kopf weg.

»June.« Ich nahm ihr wunderschönes Haar zwischen meine Finger. »Gage ist mit Carla zusammen.«

Wieder küsste ich ihre Mundwinkel.

»Schon ewig und für immer.«

Ihre Lippen formten ein O, und sie bedeckte das Gesicht mit den Händen.

»Und außerdem …« Ich lächelte. »*Ich* will nur dich.«

Langsam löste ich die Hände von ihrem Gesicht. Wir sahen uns an, bis sie den Kopf schüttelte.

»Tut mir leid«, brachte sie leise hervor. »Ich meinte es ernst, als ich sagte, es wäre deine Entscheidung, mit wem du schläfst.« Sie verzog das Gesicht. »Aber es tut verdammt weh, so direkt zu sehen, wie sich jemand an deinen Hals wirft.«

Mein Herz schmolz dahin. Ich zog sie an mich und küsste sie.

Es gab sie. Nur sie, für mich.

»Ich liebe dich, June.«

Ich stand auf, um das Licht zu löschen. June schälte sich aus ihrer Jeans und kroch unter die Decke. Ich legte mich neben sie, ohne sie zu berühren. Im Vergleich zu dem kleinen Bett, in dem wir die letzten Monate zusammen geschlafen hatten, war dieses hier riesig.

Ich rollte mich auf die Seite, um sie anzusehen.

Sie starrte an die Decke. »Fandst du es nicht schrecklich, in meiner kleinen Wohnung zu hausen?«

»Schrecklich schön.«

June runzelte die Stirn. »Kian, allein dein Bett ist ein Palast. Und wir haben monatelang zu zweit auf einer durchgelegenen Matratze geschlafen.«

»Ich habe es geliebt.«

Nicht nur die durchgelegene Matratze, sondern auch die engen Räume, in denen man sich zufällig berührte. »Es war normal, und Normalität hatte ich bitter nötig.« Ich lächelte leicht. »Es war schön, mit dir in einem Bett zu schlafen, in dem man sich berühren *musste*.«

Zaghaft erwiderte sie das Lächeln und rollte sich ebenfalls auf die Seite. Sie streckte ihre Arme nach mir aus. »Du bist zu weit weg.«

Ich rutschte näher. »Siehst du mich schon mit anderen Augen?«, fragte ich, als ich die Arme um sie legte.

»Ich werde dich niemals mit anderen Augen sehen.«

Es klang wie ein Versprechen.

Kapitel 20

Meine Hände zitterten, als ich den Deckel hob. Seit Monaten hatte ich nicht mehr Klavier gespielt. Es kam mir vor wie ein grauenhaftes Déjà-vu. Langsam fuhren meine Hände über die Tasten, ohne sie anzuschlagen.

Ich atmete einmal tief durch, schaffte es aber trotzdem nicht, zu spielen.

Jemand setzte sich neben mich. Ich drehte den Kopf. June hatte sich in die Bettdecke gewickelt. Ihr langes Haar hing ihr über die Schultern, und das Licht, das durchs Fenster hereinfiel, ließ es leuchten.

Ich nahm die Finger vom Klavier und legte meine Arme um sie. Lächelnd schmiegte sie sich an mich.

»Frühstücken?«, fragte ich leise. Ich drückte einen Kuss auf ihre Stirn, und sie erschauderte. Grinsend lehnte ich meinen Kopf gegen ihren.

»Wir können auch noch mal ins Bett gehen.«

Sie schüttelte den Kopf. »Ich muss eure Kaffeemaschine sehen.«

Oh ja.

Mein Grinsen wurde breit.

»Du wirst sie lieben.«

»Davon bin ich überzeugt.«

Lachend stand ich auf.

Ein Song von Yellowcard erklang, und June lief zu ihrer Tasche, um das klingelnde Handy hervorzuholen.

»Hey.« Sie presste es sich ans Ohr.

Ella war am anderen Ende der Leitung.

Gemächlich schlenderte ich zu ihr herüber und bat sie, den Lautsprecher anzustellen. Sie tat mir den Gefallen.

»Hey, Rockstar«, begrüßte Ella mich.

»Auch eine Freude, deine Stimme zu hören, Ellie.«

Ich konnte ihr Grinsen fast vor mir sehen.

June lachte.

»Ich wollte nur … *Wir* wollten nur kurz hören, ob ihr gut angekommen seid.«

Wir? War sie etwa mit Simon zusammen?

»Geht es euch gut?«, fragte er im selben Moment. June und ich wechselten einen Blick. Sie wackelte mit den Augenbrauen. Ich grinste. Eines Tages würden die beiden heiraten.

»Ja, es geht uns gut.« June lächelte. »Wir testen gleich die Tausend-Dollar-Kaffeemaschine.«

Am anderen Ende wurde gestöhnt.

»Du bist fies«, schimpfte Simon.

»Oh …«, klinkte ich mich wieder ein. »Soll ich dir mal die Küche beschreiben?«

Ein Schnauben auf der anderen Seite.

Ich lachte.

Ein echtes Lachen.

Ich wollte zurück in die WG in Bath.

»Ich glaube, ich möchte dieses Gespräch beenden«, entschied Simon.

June stellte den Lautsprecher aus und unterhielt sich noch eine Weile allein mit Ella. Ihre Miene war angestrengt, und sie sprach gedämpft, sodass ich nur einzelne Worte verstand. Ich hatte das ungute Gefühl, dass die beiden über mich sprachen. Als sie das Handy aufs Bett warf und sich zu mir umdrehte, bewegte sie sich für einen Moment nicht und starrte mich an.

Ich sah an mir herunter.

»Habe ich irgendwo einen Fleck?«

June blinzelte mehrmals und schüttelte über sich selbst den Kopf.

»Was ist?« Ich streckte eine Hand nach ihr aus, und sie legte ihre hinein.

»Du bist wunderschön.«

Mein Herz setzte einen Schlag aus.

Wir legten die Arme umeinander, während wir nach unten gingen. Im Erdgeschoss hatten wir einen Raum, der als Wohnzimmer, Esszimmer und Küche zugleich fungierte. Die offene Küche war riesig, und ich bedauerte tatsächlich ein wenig, dass Simon nicht hier war. Er hätte sie als Einziger gebührend gewürdigt. Als wir den Raum betraten, verstummten die Gespräche am Tisch, und drei Menschen sprangen johlend auf.

»Er ist zurück!«, kreischte Carla. Ihre großen Ohrringe schlugen gegen ihre Wangen, als sie auf mich zuhüpfte, und ihr Sommerkleid bauschte sich um ihren zierlichen Körper.

Ganz die Drummerin, ließ sie ihrem Temperament freien Lauf.

Ihre langen braunen Haare hatte sie schon vor Jahren abrasiert und trug seitdem eine stachelige Igelfrisur.

Ich rollte mit den Augen. Außer der Band war niemand zu sehen, offenbar hatten sie die Partygäste schon rausgeschmissen.

»Willkommen zu Hause.« Carla streckte ihre Arme, die mit einzelnen Tattoos verziert waren, nach mir aus. June ließ mich los, und Carla schloss mich in ihre Arme. Ich presste die Lippen fest aufeinander. Mein Zuhause war in England.

Auch June wurde von ihr in die Arme genommen, und ich stellte die beiden einander vor.

Heute wirkte June wesentlich entspannter.

Erst als ihr Blick den von Gage traf, sah sie beschämt zu Boden. Gage lächelte jedoch. Ihre langen orangen Haare hatte sie heute zu einem unordentlichen Knoten zusammengebunden. Ich konnte ihr ansehen, dass sie einen Kater hatte. June bemerkte ihr Lächeln und erwiderte es erleichtert.

»Ich habe euch schon Kaffee gemacht.« Gage klopfte auf den freien Stuhl neben sich. June setzte sich und nahm die Tasse, die Gage ihr hinhielt, entgegen. Das Frühstück war bereits aufgedeckt. Unser Haus wurde jeden Tag von Caterern beliefert, was wirklich lecker, aber auch verdammt abgehoben war.

»Tut mir leid, dass ich gestern so zickig war«, wandte June sich an Gage.

Ich setzte mich neben sie und lächelte.

»Ich dachte …«

Gage winkte ab. »Kein Ding, ich habe mich auch nicht gerade super verhalten, war ein bisschen durch.«

Ich lehnte mich ein Stück vor, um sie anzusehen. »Wirklich?«, witzelte ich. »Gage, du trinkst doch sonst nicht.« Ich griff mir an die Brust, als hätte sie mein armes Herz zum Stillstand gebracht.

Sie und Carla brachen in Gelächter aus.

»Wie konntest du nur«, pflichtete Carla mir bei.

Gage lachte noch einmal, dann grinste sie June an. »Ganz ehrlich, ich fand dich sofort sympathisch.«

Junes Augen weiteten sich. »Was, warum?«

»Ich würde Kian auch nicht teilen wollen, wahrscheinlich hätte ich mir die Augen ausgekratzt.«

Jetzt war June es, die lachte.

»Ich war kurz davor.«

Ich lächelte. Vielleicht konnten die beiden Freundinnen werden. Sie vergötterten Kaffee und mich, mehr Gemeinsamkeiten brauchten sie nicht.

Ich nahm mir ein Brötchen aus dem Korb.

»Können wir dann heute endlich wieder proben?«, schaltete Carla sich ein.

Dave, der mir gegenübersaß, nahm einen Schluck aus seiner Tasse.

»Wir werden proben«, sagte er, und seine Stimme ließ keinen Widerspruch zu.

Ich verkrampfte mich. Dafür war ich nicht hierhergekommen. Ich wollte nicht in den gleichen alten Trott fallen.

»Am nächsten Samstag haben wir einen Gig«, informierte mein Bruder mich.

Nächsten Samstag?

Das war in nicht mal einer Woche.

Ich ballte die Hände zu Fäusten. Junes Hand tastete nach meiner. Sie öffnete meine Faust und schob ihre Finger zwischen meine. Ich drückte sie fest, lehnte mich ein Stück vor und funkelte Dave an.

»Was, wenn ich nicht zurückgekommen wäre?«

»Dann hätte jemand anders gesungen, und ich hätte dich zusammengeschissen.«

»Kinder, beruhigt euch wieder«, ging Gage dazwischen.

Ich schnaubte.

Dave hatte noch immer nicht verstanden, worum es mir ging.

»Ich werde wieder zurückgehen, Dave. Spätestens, wenn Junes Sommerferien vorbei sind, gehen wir zurück nach England.«

Es wurde still am Tisch.

Der Zorn in Daves Augen war ein Spiegelbild seines Schmerzes.

»Willst du die Band verlassen?«, fragte Gage vorsichtig.

Die Traurigkeit in ihren Augen brach mir das Herz.

Ich zuckte die Schultern.

»Nein.« June beugte sich zu Gage hinüber und raunte ihr etwas zu, sodass es weder ich noch sonst jemand am Tisch verstand.

Ich zog die Augenbrauen zusammen. Vielleicht war ich doch gegen diese Freundschaft.

»Du bist scheiße berühmt, stinkreich und talentiert, was zur Hölle willst du mehr?«, fuhr Dave mich an.

»Okay, dass reicht.« Carla stand auf.

»Komm, Dave, lass uns schon mal nach unten gehen.«

Dave funkelte mich noch einmal an, dann erhob er sich und folgte Carla. Seinen Teller ließ er einfach stehen. Jemand würde ihn schon wegräumen. Typisch.

Gage seufzte, als die beiden verschwunden waren.

»Er meint es nicht böse.«

»Ich weiß.« Ich nahm einen Schluck Kaffee. Dave bedeutete die Musik alles. Es war das Einzige, für das er wirklich Liebe aufbringen konnte. Wenn ich die Band verließ, würde es ihn verletzen. Nur zerstörte mich der Ruhm, und ich konnte keine Rücksicht auf seine Gefühle nehmen, wenn ich mich selbst schützen wollte.

Die Zeiten, in denen wir eine Einheit gewesen waren und ich für ihn durchs Feuer gegangen wäre, waren schon lange vorbei.

»Können wir irgendwas tun, damit du wieder Freude an der Musik hast?«, fragte Gage.

Ich stand so plötzlich auf, dass der Stuhl über den Boden schabte und nach hinten umkippte.

Mit mehr Nachdruck als nötig stellte ich ihn zurück auf die Füße und drehte mich um.

»Ich geh duschen«, informierte ich die beiden.

Als ich den Raum verließ, hörte ich Gage seufzen.

»Ich hätte nicht zulassen dürfen, dass ihn dieser Ruhm zerstört.«

Ich wollte nicht lauschen. Echt nicht, aber ich konnte mich nicht mehr bewegen.

»Es ist nicht deine Schuld«, erwiderte June leise.

»Ich sehe nach ihm.«

Ein Stuhl wurde nach hinten geschoben, und keine zwei Sekunden später stieß June gegen mich.

»Hast du uns belauscht?«, fragte sie.

Ich zuckte mit den Schultern.

»Kian …« Sie nahm mich in den Arm. Ich vergrub das Gesicht in ihrem Haar. Keine Ahnung, wie wir es nach oben geschafft hatten, ich war zu sehr damit beschäftigt, sie zu berühren und mich von Gages Worten abzulenken.

»Weißt du, was das Schlimmste ist?« Ich zog mir das T-Shirt über den Kopf und warf es in eine Ecke. June sah ihm kurz nach, dann heftete ihr Blick sich auf meinen Oberkörper. »Wenn ich sie verlasse, zerstöre ich die Band. Kein Problem für mich. Nur würde ich den anderen ebenfalls ihre Leidenschaft nehmen.«

June suchte meinen Blick. Ihre Hände wanderten über meinen Oberkörper.

»Das ist der einzige Grund, weshalb du zugestimmt hast herzufliegen, oder?«

Sie konnte es einfach. Sie konnte in meinem Blick lesen, als wäre sie ein Teil von mir.

Langsam nickte ich.

Sie drückte einen Kuss auf meine Lippen. Meine Hände gruben sich in ihr Haar. Ich wollte sie fühlen. Wollte alle Probleme vergessen und mich nur noch auf sie konzentrieren. Ich zog am Saum ihres T-Shirts. Sobald ich es in der Hand hatte, warf ich es achtlos beiseite.

»Ich dachte, du wolltest duschen?«, murmelte June zwischen zwei Küssen.

Meine Gedanken verselbstständigten sich, und in meiner Hose wurde es zu eng.

»Lass uns zusammen duschen.« Die Worte hatten meinen Mund schneller verlassen, als ich sie aufhalten konnte.

Sie lehnte sich ein Stück zurück und grinste mich an. Ihre Augen funkelten.

Ich konnte nicht mehr klar denken.

Wir verloren keine Zeit, waren nackt, noch bevor wir das Badezimmer erreicht hatten.

Die Dusche war für meinen Geschmack viel zu groß. Wir hätten noch gut ein paar mehr Leute einladen können. Scheiß Rockstar-Leben. Ich wollte eine Dusche, die so eng war, dass uns keine andere Wahl blieb, als uns aneinanderzupressen. June legte den Kopf in den Nacken und ließ das warme Wasser über ihr Gesicht laufen. Lächelnd trat ich hinter sie und schlang die Arme um ihren Bauch. Ich verteilte kleine Küsse auf ihrem Hals, und sie neigte den Kopf zur Seite, um mir Platz zu verschaffen.

Wir wurden eins. Irgendwann konnte ich nicht mehr sagen, welches ihre und meine Körperteile waren. Meine Finger wanderten über ihre Haut. Ich erkundete jeden Teil ihres Körpers, verteilte den Schaum auf ihrem Bauch, zwischen ihren Brüsten und zwischen ihren Beinen. Sie schloss die Augen und lehnte sich gegen mich. Ich berührte sie so vorsichtig, als könnte sie in meinen Armen zerbrechen. Ich nahm mir alle Zeit der Welt, als ich den Schaum langsam abwusch, als ich sie an den Stellen berührte, die ihren Körper zum Glühen und in meinen Armen zum Beben brachten. Sanft umfasste ich ihre Brüste. Sie klammerte sich an meinem Nacken fest und keuchte, als ich meine Hand tiefer wandern ließ. Inzwischen kannte ich sie fast so gut wie mich selbst, vielleicht sogar besser. Ich wusste genau, was sie mochte und was sie um den Verstand brachte, und als sie in meinen Armen zitterte, hatte ich fast das Gefühl, ebenfalls zu explodieren.

Sie klammerte sich an mich und brauchte ein paar Sekunden, bis sie wieder zu Atem kam und sich bewegen konnte. Langsam drehte sie sich um und küsste meine Lippen. Auch sie verteilte Seife auf meinem Körper. Ich schloss die Augen.

Sie berührte mich noch behutsamer, als ich es bei ihr getan hatte, bedeckte jedes einzelne Tattoo mit Schaum, strich vorsichtig über diese Stellen und berührte mich so ziemlich überall, außer da, wo mein Körper es am dringendsten verlangte.

»June«, flehte ich. Sie lächelte, gab sich nicht die Mühe, mir zu antworten, sondern umfasste mich endlich. Ich keuchte auf, sah Sterne, als sie sich mir intensiver widmete. Ich vergaß, wo wir waren, warum wir hier waren oder dass überhaupt irgendjemand außer uns beiden existierte.

Wie so oft, löste sie Gefühle in mir aus, die ich zuvor nicht gekannt hatte.

Ich wusste nur noch, dass der Orgasmus mich überwältigt hatte. June schlang ihre Arme um meinen Hals und küsste meinen Mund. Ich schlang meine Arme um ihre Taille und verlor mich noch ein bisschen in der Welt, in der nichts zählte außer ihr und mir.

Kapitel 21

Seufzend legte ich mir den Gurt meiner Gitarre um die Schultern. »Womit fangen wir an?«, fragte ich, während ich die Finger an die Saiten legte. Himmel, mit diesem Instrument verband ich zu viele Erinnerungen.

Dave öffnete den Mund, um etwas zu sagen, doch Gage schnitt ihm das Wort ab. »Spiel dich ein bisschen ein, wir hatten ja schon Zeit dazu.«

Ich funkelte sie an. »Ich möchte das hier so kurz wie möglich halten, Gage. Fangen wir an.«

Sie schüttelte traurig den Kopf und wechselte einen schnellen Blick mit June, die auf dem Sofa des Probenraums saß.

Es war merkwürdig, sie hier zu sehen. Ihre Welt und diese passten einfach nicht zusammen.

Alle warteten, selbst June. Ich hasste diesen Zwang. Genervt spielte ich ein paar Akkorde, spielte die Anfänge von Liedern, brach wieder ab und seufzte.

»Zufrieden?«, fragte ich Gage bissig.

Sie nickte, hatte die Lippen allerdings zu einer schmalen Linie zusammengepresst.

»Hier ist die Songliste, die wir bei dem Konzert nächste Woche spielen.« Dave reichte mir ein Stück Papier.

Schön, dass ich kein Mitspracherecht hatte. Alles beim

Alten. Ich sah mir die Songs kurz an. Die meisten davon waren unsere Hits. Typisch.

»Ich würde sagen, wir spielen alle einmal durch«, meldete Carla sich hinter ihrem Schlagzeug zu Wort. Ohne mich zu ihr umzudrehen, nickte ich.

»Kian …« Gages Hände krampften sich um ihren Bass. »Möchtest du irgendeinen Song nicht spielen?«

Ich warf ihr einen genervten Blick zu. »Ja, alle.«

Wieder presste sie die Lippen zu einer schmalen Linie.

»*The World Between Us*«, sagte Dave, ohne uns zu beachten. »Haben alle ihre Akkorde?«

Wir nickten.

Das hier war ein grauenhaftes Déjà-vu.

Dave zählte ein, und ich spielte. Langsam trat ich ans Mikro. Die ersten Worte fühlten sich an, als würde ich Nägel schlucken.

Ich schloss die Augen, als der Refrain einsetzte, aber es war genau, wie immer in den letzten Jahren. Ich wurde nicht mehr eins mit der Musik. Sie erfüllte mich nicht mehr von innen heraus. Ich hörte nur noch die Töne, die ich nicht traf. Nur noch die Stimmen, die mir sagten, wir müssten noch besser werden. Widerwillig spielte ich den Song bis zum Ende.

Die anderen schienen wie immer voll in ihrem Element zu sein.

»Können wir noch mal den Übergang zwischen Asus4 und G besprechen?« Gage spielte die Akkorde auf ihrem Instrument an. »Zupfst du C?«

»Ja, das Strumming beginnt erst bei G«, antwortete ich

ausdruckslos und ohne sie anzusehen. Ich spielte es ihr vor, und sie bedankte sich.

Wir gingen den Song noch einmal durch. Als wir diesmal endeten, riskierte ich einen Blick zu June. Sie starrte mich mit weit aufgerissenen Augen an. Sie sah so schockiert aus, dass sich mein Herz zusammenkrampfte.

»Nächster«, ordnete Dave an.

Wir spielten *The Rest Of Time*. Ich hatte diesen Song vor Jahren geschrieben. Es war ein langsames Stück. Dave tauschte seine Gitarre gegen eine Geige.

Als wir den Song das erste Mal mit Daves Geige probiert hatten, war ich ausgerastet, weil es so gut geklungen hatte, ich hatte den ganzen Tag nicht aufhören können zu grinsen. Jetzt blieb meine Miene ausdruckslos. Ich spielte den Song, weil ich es musste, nicht, weil ich Freude dabei verspürte.

Wir harmonierten ziemlich gut. Gage unterstützte meine Stimme, Dave spielte perfekt.

Wir mussten keine einzige Stelle wiederholen und nichts besprechen. Nahtlos gingen wir zum nächsten Song über.

June schaute uns zu. Auch nach der Hälfte der Liste hatte sie ihre Haltung noch nicht verändert.

Ich sah von ihr zur Tür, die sich öffnete.

Meine Finger umklammerten die Gitarre.

Früher oder später hätte ich sie wiedergetroffen, früher oder später wäre ich meinen Eltern begegnet, aber jetzt war ich noch lange nicht bereit dafür.

Noch lange nicht.

Meine Mutter schob sich zuerst in den Raum. Wie immer war sie schick gekleidet und trug ein Kostüm, das ihre Vorzüge zur Geltung brachte. Mein Vater, der hinter ihr eintrat, trug einen maßgeschneiderten Anzug und war selbst für sein Alter noch attraktiv. Dave und ich waren ihm wie aus dem Gesicht geschnitten, wir hatten unser gutes Aussehen zweifellos von ihm geerbt.

Als meine Mutter mich sah, stieß sie einen Schrei aus. Allerdings nicht vor Freude, wie mir im selben Moment bewusst wurde.

»Heilige Scheiße, Kian, was hast du mit deinen Haaren gemacht?«, gellte sie.

Mein Vater kam auf mich zu, breitete herzlich die Arme aus und drückte mich so fest, dass ich Angst um meine Gitarre bekam. Verflucht, ernsthaft?

»Schön, dich zu sehen«, sagte er, als er sich wieder von mir löste.

Ich schnaubte nur. Klar, trieb ja auch den Kontostand hoch, wenn der Junge wieder spielte.

Meine Mutter starrte mich an.

Ich rollte mit den Augen.

»Geschnitten und gefärbt«, kommentierte ich trocken und hob den Gurt der Gitarre über meinen Kopf, um sie abzustellen.

»Steht dir.« Mein Vater versuchte zu lächeln.

Emotionslos hob ich einen Mundwinkel. »Der war gut.«

»Bist du verrückt?«, fuhr meine Mutter dazwischen. »Deine Fans kennen dich mit Zopf, nicht mit Wischmopp.«

Eben.

»Mum, ich bin erwachsen«, erinnerte ich sie.

Sie gab nur ein Schnauben von sich.

»Ich bin deine Managerin.«

Und genau das war das Problem dieser Band.

Ich straffte die Schultern und gab mir wirklich große Mühe, sie nicht anzukeifen.

»Und nicht meine Friseurin.«

»Wir finden es alle hässlich.« June war von ihrem Platz auf dem Sofa aufgestanden und neben meine Mutter getreten. »Hallo, Mrs Winter.«

Das Gesicht meiner Mutter war zu gut. Ich hatte sie selten sprachlos gesehen, aber gerade war sie kurz davor. Ein Grinsen stahl sich auf meine Lippen, obwohl sie sich wieder fing.

»June?« Verwirrt starrte sie die Frau an, die ihr nur als kleines Mädchen in Erinnerung geblieben war.

June lächelte meine Mutter herzlich an. Ich hätte sie knutschen können, weil sie mich vor einem weiteren Angriff bewahrte.

»Glauben Sie mir, ich habe ihm oft genug gesagt, dass blond ihm nicht steht.«

Ich schnaubte. »Komm schon, ich weiß, dass du meine Haare liebst.«

June warf mir einen mitleidigen Blick zu. Traurig schüttelte sie den Kopf, aber das Lächeln auf ihren Lippen verriet, dass sie es nicht ernst meinte. Dass sie mich so liebte, wie ich war, im Gegensatz zu meinen Eltern.

»Dann hat er sich also bei dir versteckt?« Die Stimme meiner Mutter war eisig.

Ich wechselte einen kurzen Blick mit Dave. Ein Wunder, dass er unseren Eltern nicht mitgeteilt hatte, wo ich gewesen war.

»Ich hab mich nicht versteckt«, zischte ich, obwohl genau das der Fall gewesen war. Mein Vater ging auf June zu und nahm auch sie in den Arm.

»Mensch, bist du groß geworden.«

»Eher klein geblieben«, witzelte ich, obwohl mir kein Stück danach zumute war.

June funkelte mich an.

»Tja, nicht alle können zu riesigen Rockstars werden.«

Autsch. Das hatte gesessen. Ich schwieg.

June riss die Augen auf und verzog das Gesicht.

Shit, formten ihre Lippen.

Mein Vater brach in schallendes Gelächter aus.

»Ihr habt euch kein Stück verändert.«

Wenn er wüsste, wie sehr wir uns verändert hatten, würde er jetzt nicht so ruhig bleiben. Ein wichtiger Punkt der Marketingstrategie der Band war, dass wir keine Partnerinnen und Partner haben durften, weil Fans sich sonst abwenden könnten. Meine Eltern hatten keine Ahnung, dass Gage und Carla seit Jahren zusammen waren, und würden definitiv nichts von mir und June erfahren. Dieses Theater wollte ich mir ersparen.

Meine Mutter gab ein Schnauben von sich. »Ich werde gleich den Friseur anrufen, er muss wenigstens dieses Blond beseitigen.«

Wahnsinn. Ehrlich, sie hatte kein Stück dazugelernt.

»Mir gefällt es, es bleibt«, sagte ich kühl.

»Caro, beruhige dich, eine andere Frisur ist nicht der Untergang der Band.« Dad legte einen Arm um meine Mutter und lächelte mich an.

Ich presste die Lippen zu einer schmalen Linie zusammen. Klar, wie immer tat er so, als wäre er auf meiner Seite. Später würde er doch zu ihr halten.

»Probt ihr schon für die Show am Samstag?«

Mum reckte den Hals, um auf die Songliste zu schielen.

»Der Manager des Festivals hat sich noch mal gemeldet, ihr sollt doch schon eine Stunde früher da sein.«

Dave nickte. »Habe ich schon gesehen.«

Gage klimperte ein bisschen auf ihrem Bass.

»Wir waren eigentlich gerade beim Proben.« Als wäre es ihr peinlich, sah sie meine Eltern an.

Meine Mundwinkel hoben sich. Es war ihr nicht peinlich. Kein Stück.

»Klar, wir wollen auch gar nicht stören.« Dad lächelte freundlich.

»Wir wollten nur sichergehen, dass Kian tatsächlich hier ist.«

Meine Mundwinkel fielen wieder nach unten. Diese Frau war unglaublich.

»Stimmt, ich könnte ja wieder *weglaufen* und mich *verstecken*«, fauchte ich Mum an.

Als ich einen Blick zu June riskierte, bekam ich das dumpfe Gefühl, dass sie enttäuscht von mir war.

»Tja, das hast du ja durchaus schon versucht«, erwiderte meine Mutter ruhig.

Ich ging an die Decke.

»Ich wusste nicht, dass dieses Haus ein verficktes Gefängnis ist!«, schrie ich sie an.

Es wurde still.

Niemand der anderen wagte es, ein Geräusch zu machen, und in dem schallisolierten Probenraum war diese Stille unerträglich.

Mums Lippen wurden schmal. »Es ist kein Gefängnis, Kian, aber du kannst nicht einfach um die halbe Welt fliegen, wann immer es dir passt.«

»Warum, verdammt noch mal, nicht? Wir sind Millionäre, wir haben einen verdammten Privatjet!«

Warum? Weil du damit den Planeten zerstörst, hallte Ellas Stimme in meinem Kopf wider.

»Himmel, Kian, achte auf deine Ausdrucksweise!«

Was? Kam sie mir jetzt ernsthaft damit?

Wo waren die Zeiten, in denen wir uns geliebt hatten?

June öffnete den Mund, um etwas zu sagen, aber sie traute sich nicht, ich konnte es in ihren Augen lesen.

Wäre die Sache mit Jase nicht gewesen, hätte sie mich jetzt verteidigt. Verzweifelt warf sie Gage einen Blick zu, die sofort ihren Bass beiseitelegte. Jetzt verstanden die beiden sich schon ohne Worte.

»Das reicht«, Gages Stimme war schneidend und ließ keinen Widerspruch zu.

»Warum gehen Sie nicht schon mal nach oben, und Kian kommt nach, wenn er sich abreagiert hat? Dann können wir alle in Ruhe reden!«

Ich schnaubte. Ich wollte nicht *in Ruhe* mit den beiden reden.

Mein Vater legte den Arm fester um meine Mutter und nickte. »Gute Idee.«

Obwohl Mum sich sträubte, ließ sie sich von ihm mitziehen.

Sobald sie weg waren, stieß ich einen leisen Schrei aus. Diese Menschen machten mit fertig. Ich trat gegen einen Verstärker, der krachend umfiel.

»Kian, hör auf.« Junes Hände rissen an meinen Schultern. Mein Körper bebte, als ich sie anstarrte.

Es war zu viel.

June trat einen Schritt vor und nahm mich in den Arm. Ich vergrub das Gesicht an ihrer Schulter und atmete ihren vertrauten Duft ein.

Zitronen.

Sie roch nach Zuhause.

Es trieb mir die Tränen in die Augen, und ich schluckte hart.

Ich war so ein verdammtes Weichei.

»Gibt es hier einen Garten?«, fragte June. Gage antwortete ihr. June bedankte sich und schob mich ein Stück zurück, um mich ansehen zu können.

»Lass uns kurz an die frische Luft gehen.«

Gerne. Am liebsten kilometerweit entfernt von hier.

»Ich habe es nicht so gemeint«, murmelte June auf dem Weg nach oben. Sie hatte ihre Finger mit meinen verflochten und ihren Blick auf mich gerichtet. Ich brauchte eine Weile, um zu verstehen, was sie meinte.

»Schon vergessen«, murmelte ich, weil es tatsächlich so war.

»Es sollte keine Beleidigung sein, *Rockstar* ist eigentlich etwas ziemlich Cooles.«

Ich schnaubte. Am Anfang vielleicht. Irgendwann ging man daran kaputt.

»Im Ernst, Kian.« Sie hielt mir eine Tür auf. Wir traten in den Garten, und ich nahm einen tiefen Atemzug. Nebeneinander setzten wir uns auf die Treppenstufen der Veranda.

»Ich weiß, du willst das nicht hören, aber du bist unglaublich talentiert.«

Ich schnaubte. Das wollte ich tatsächlich nicht hören. »Diese Band ist dein Ding, auch wenn du das gerade nicht glaubst.«

»June, hör auf«, fuhr ich ihr dazwischen. »Das kann ich gerade echt nicht gebrauchen.«

Sie rutschte näher zu mir und schlang die Arme um meine Mitte.

Ich legte einen Arm um sie.

»Ich liebe dich, Kian.«

Gegen meinen Willen stahl sich ein Lächeln auf meine Lippen. »Das hört sich schon besser an.«

Sie boxte meine Schulter. »Idiot.«

»Das bin ich wirklich.« Seufzend fuhr ich mir mit den Händen über das Gesicht.

»Weißt du noch, als du immer gesagt hast, ich sei eingebildet?«

June nickte und legte ihren Kopf an meine Schulter. Ich gab ein gequältes Stöhnen von mir. »Du hattest vollkommen recht.«

Sie drehte den Kopf, um zu mir hochzusehen. »Das war nie wirklich ernst gemeint.«

Ich erwiderte ihren Blick und zog eine Augenbraue hoch. »Okay, vielleicht ein bisschen«, gab sie zu.

»Alle haben mich geliebt. Die Leute haben angefangen zu kreischen, wenn sie mich gesehen haben. Da war es ziemlich schwer, mich selbst nicht großartig zu finden.«

Meine Finger strichen über ihre Schulter. »Genau das war einer der Gründe, warum ich zurück zu dir wollte. Ich wusste, dass du mir sagen würdest, ich sei eingebildet.«

Junes Augen glänzten leicht.

»Es war das, was ich gebraucht habe. Realität.«

Ich versuchte zu lächeln, schaffte es aber nicht. »Ich habe jemanden gebraucht, die mich liebt, weil ich ich bin, und nicht, weil ich ein Rockstar bin.«

June blinzelte mehrmals. Ihre Augen hatten sich mit Tränen gefüllt. Langsam beugte sie sich zu mir und legte ihre Lippen auf meine. Flatternd schloss ich die Augen.

June ließ ihre Stirn an meiner liegen. »Kian, nur weil deine Eltern …« Sie unterbrach sich selbst und suchte nach den richtigen Worten. »Sie lieben dich auch.«

Ich schnaubte. Na klar. Wer's glaubt.

»Ich bin nicht die Einzige, die dich liebt, weil du du bist. Denk an Ella und Simon.«

Sie zog ihren Kopf ein Stück zurück und sah mich eindringlich an. »Und an Gage.«

Ich musste den Blick abwenden.

»Rede mit deinen Eltern, okay?« Ihre Hand legte sich auf meinen Arm. »Wenn du möchtest, komme ich mit.«

»Ich raste jedes Mal aus, wenn ich mit ihnen reden muss«, sagte ich, ohne sie anzusehen.

»Bitte, versuch es.«

Sie stand auf und stellte sich vor mich. Auffordernd streckte sie mir ihre Hände entgegen. Ich wollte mich nicht von ihr hochziehen lassen, ich wollte sie auf meinen Schoß ziehen und sie küssen, bis wir beide nicht mehr wussten, wo oben und unten war. Aber natürlich gewann sie. Wir gingen nach drinnen, steuerten den Wohnbereich an.

»Ich bin hier, okay?«, sagte June, bevor sie eine Hand auf die Klinke legte. Ich seufzte, als wir eintraten.

June schob ihre Hand in meine. Ich klammerte mich an sie.

Meine Band und meine Eltern saßen auf dem riesigen Sofa und hatten sich anscheinend unterhalten. Auf dem Couchtisch lagen ein paar Papiere ausgebreitet.

Als sie uns bemerkten, verstummte ihr Gespräch.

Obwohl ich am liebsten wieder umgedreht wäre, ließ ich mich von June mitziehen.

Wir setzten uns neben Gage. Sie drückte kurz meinen Arm. Ich ignorierte sie.

»Wieder abreagiert?«, fragte meine Mutter spitz.

Ich umklammerte Junes Hand fester, und dieses Mal drückte sie mindestens genauso stark zurück. Sie hatte die Lippen zusammengepresst und funkelte meine Mutter an.

»Caro …«, warnte mein Vater sie.

Mum verdrehte die Augen.

»Wir besprechen gerade die nächsten Konzerte und wann ihr ein neues Album aufnehmen könnt«, ging meine Mutter nahtlos zum Geschäftlichen über. »Du müsstest also bald anfangen, neue Songs zu schreiben, und außerdem …«

»Alter«, fuhr Gage dazwischen. »Mrs Winter, Sie haben Kian nicht mal *Hallo* gesagt, er war Monate nicht hier.«

Meine Mutter hob eine Augenbraue.

Ich schnaubte.

»So ist es doch immer. Ich zähle nicht mehr als Mensch.«

June versteifte sich neben mir.

»Kian, bitte sei nicht so kindisch.« Meine Mutter runzelte die Stirn. In diesem Moment platzte June der Kragen.

»Ganz ehrlich, es wundert mich überhaupt nicht, dass Kian hier wegwollte«, fuhr sie meine Mutter an. Als alle sie anstarrten, riss sie erschrocken die Augen auf und schüttelte entschuldigend den Kopf.

Ein kleines Lächeln breitete sich auf meinen Lippen aus.

Sie konnte es noch!

Jase hatte ihr nicht alles genommen.

»Wer hat dich eigentlich in unsere Besprechung gelassen?«

June erstarrte, und jetzt platzte mir der Kragen. »Ich weiß nicht, ob du dich noch erinnern kannst, aber June gehört zu mir, klar? *Ich* habe sie hier *hereingelassen*, weil ich diese Hölle nämlich ohne sie nicht durchstehe.« Ich schrie, und meine Stimme hallte laut von den hohen Wänden wider. June klammerte sich an mich und ich mich an sie. Gage neben mir lächelte.

Sie lächelte tatsächlich.

Dave hatte seine Arme vor der Brust verschränkt. Carla wirkte, als wäre sie am liebsten woanders, und mein Vater grinste. So ein Arsch. Die Krönung war meine Mutter, sie schüttelte nur verächtlich den Kopf.

»Das ist doch Schwachsinn.«

Ich ballte die freie Hand zur Faust.

»Nein.« Ich stand auf und zog June mit mir. »Weißt du, was Schwachsinn ist? Mich noch länger mit dir rumzuschlagen.« Ich ging um das Sofa herum und steuerte die Tür an. Obwohl June versuchte, mich zurückzuhalten, ging ich einfach weiter. Erst kurz vor der Tür blieb ich stehen. »Ich schreibe keine Songs mehr, weil ich es nämlich nicht mehr kann.«

Dank ihr. Oder dank all des Ruhms.

Ich knallte die Tür so laut hinter uns zu, dass June zusammenzuckte.

»Entschuldige.« Ich ließ ihre Hand los und rieb mir über das Gesicht. Sie schüttelte leicht den Kopf und strich mir über die Schultern.

»Was sie gesagt hat …«, begann ich. »Hör nicht auf sie, das war Bullshit.«

June schüttelte den Kopf. »Das Gleiche gilt für dich, du solltest ihr auch nicht so genau zuhören.«

Ich schnaubte.

»Seit wann ist sie so?«

Ich stieß einen gequälten Laut aus. Als unsere Familien noch befreundet gewesen waren, war meine Mutter anders gewesen. Komplett anders. Offen und herzlich. Sie hatte sich um mich und Dave gekümmert, als wären wir das

Wertvollste dieser Welt. Tränen sammelten sich in meinen Augen. Ich vermisste diese Zeit.

»Seit wir berühmt sind«, presste ich hervor.

June streckte die Arme nach mir aus, und ich ließ mich bereitwillig in eine Umarmung ziehen, vergrub das Gesicht an ihrer Schulter und versuchte erst gar nicht, die Tränen zu verbergen. June würde sie nicht bewerten.

Erst jetzt nahm ich die lauten Stimmen auf der anderen Seite der Tür wahr. Ich konnte Gage heraushören, verstand aber nicht, was sie sagte. Ich hörte meine Mutter schreien.

Die Tür ging auf, und mein Vater trat heraus.

»Sie zerstören ihn!«, brüllte Gage, bevor Dad die Tür wieder zuzog.

»Oh, entschuldigt«, sagte er, als June und ich uns voneinander lösten. »Ich wollte nur sehen, ob ihr in Ordnung seid.«

June schnaubte. »Nein«, sagte sie ehrlich.

Mein Vater warf mir einen kurzen Blick zu.

»Oh, Kian …« Er trat auf mich zu und nahm mich in die Arme. Ich versteifte mich. Erst als er mir beruhigend über den Rücken strich, konnte ich mich etwas entspannen. Es fühlte sich an wie früher, wenn ich hingefallen war und er mich getröstet hatte. Die Erinnerung drückte auf meine Tränendrüsen. Heulend schlang ich die Arme um meinen Dad und ließ mich von ihm halten.

Als wir die Umarmung aufgaben, hatte auch June Tränen in den Augen. Ich hasste es so sehr, wenn ich der Grund dafür war.

»Sie hat das Falsche gesagt.«

Ich sah Dad eindringlich an. »Sie sagt immer das Falsche.«

»Ich weiß, Kian, und das sage ich ihr auch jedes Mal.«

»Ich werde nicht hierbleiben, Dad, ich werde wieder nach England gehen.«

Er lächelte, warf June einen kurzen Blick zu und sah mich wieder an. »Das dachte ich mir schon.«

Warte, was?

»Du versuchst nicht, mich daran zu hindern?«

Dad schüttelte den Kopf.

»Ich möchte, dass du glücklich bist, Kian, und das warst du die letzten Jahre nicht.« Wieder ein bedeutungsschwangerer Blick zu June. Auch sie lächelte leicht.

Dad hatte gesehen, wie viel mehr June und ich inzwischen waren. Einfach so, ohne dass wir etwas hätten sagen müssen.

»Danke«, murmelte ich. Es bedeutete mir unendlich viel, auch wenn ich wusste, dass die Meinung meines Vaters in diesem Haus nicht besonders viel zählte.

Aber vielleicht hatte June recht gehabt, vielleicht war sie doch nicht die Einzige, die mich liebte.

Kapitel 22

Schweißgebadet fuhr ich hoch. Mein Herz hämmerte. Ich brauchte einen Moment, um mich zu orientieren.

Ich war in meinem Bett.

Nicht mehr im Traum.

Die Bilder der Fans, der Instrumente und von mir selbst schwirrten allerdings noch immer vor meinen Augen.

Ich sprang auf und tigerte nur in Boxershorts durchs Zimmer.

»Kian …«, murmelte June.

Mist. Hatte ich sie geweckt?

Vorsichtig setzte ich mich auf die Bettkante.

»Schlaf weiter«, flüsterte ich.

Ruckartig setzte sie sich auf.

Ich wich zurück, begann wieder durch den Raum zu laufen.

June stand auf und schloss sich meiner Joggingrunde an.

Ich stöhnte. »Ich hab beschissen geträumt, und jetzt muss ich Energie loswerden, geh wieder schlafen.«

»Vergiss es.« Sie blieb vor mir stehen, ich prallte gegen sie. »Was hast du geträumt?«

Oh nein, das wollte sie mir nicht antun, oder?

Ich presste die Lippen aufeinander und schüttelte den Kopf.

Ihre Hände legten sich auf meine Schulter.

»Ich bin es«, erinnerte sie mich. »Das einzige Mädchen, das deine Sandburgen damals nicht ausgelacht hat.«

Mein Kopf sackte nach vorne auf ihre Schulter. Sie vergrub die Hände in meinem Haar.

»Von Konzerten«, murmelte ich leise. »Von der Band.« Ich schluckte hart. Es tat so verdammt weh.

June schob mich zurück und sah mich lange an.

»Zieh dir eine Hose an.«

»Hä?«

Sie war schon zu ihrer eigenen Tasche gegangen, um neue Klamotten herauszuziehen.

»Na los, wir machen einen Ausflug.«

»Einen Ausflug wohin?«

»Kian, vertraust du mir?«

Ich rollte mit den Augen und machte mich daran, mir etwas überzuziehen. Als ich auch ein T-Shirt anzog, zog sie einen Schmollmund.

»Ich habe nicht gesagt, dass du deinen wundervollen Oberkörper bedecken sollst.«

Ich grinste. »Ich ziehe mein T-Shirt nur aus, wenn du es auch tust.«

Sie funkelte mich an. »Keine Chance.« Sie öffnete mir die Tür. »Dein Anblick ist auch mit T-Shirt schön genug.«

Grinsend betrat ich den Flur.

Als wir den obersten Absatz der Kellertreppe erreichten, blieb ich, wie angewurzelt, stehen.

»Oh nein, June, bitte«, flehte ich, doch sie schüttelte nur leicht den Kopf.

»Entspann dich.« Sie schob ihre Finger in meine und zog mich weiter.

Nur widerwillig betrat ich den Probenraum. Sie machte das Licht an.

Wir ließen uns auf das Sofa fallen, auf dem June am Morgen gesessen hatten.

All die Instrumente.

Ich schloss die Augen und lehnte mich gegen June. Sie umarmte mich.

»Versuch, dich zu erinnern, wie es war, bevor ihr berühmt wurdet.«

Ich öffnete die Augen und sah sie an. »Du möchtest, dass ich spiele, oder?«

Sie schüttelte den Kopf. »Nein.«

Stirnrunzelnd betrachtete ich meine Gitarre, die nur wenige Meter von mir entfernt stand.

»Ich möchte nur, dass du dich erinnerst.«

Ich schloss die Augen wieder, lehnte mich ein Stück zurück und machte den Mist mit. Ich versuchte wirklich, mich zu erinnern. Dachte an all die schönen Momente, in denen die Musik mich getragen hatte.

Eine Stunde lang.

Erst dann öffnete ich die Augen.

June sah mich an.

Ich lächelte leicht.

Sie erwiderte es.

»Ich glaube, ich möchte spielen.«

Ihr Lächeln wurde breiter. »Musst du nicht.«

»Ich weiß.« Ich stand auf. Zur Abwechslung zitterten meine Hände mal nicht, als ich mir die Gitarre umhängte.

Ich setzte mich wieder neben June und spielte eine Melodie, ohne einen bestimmten Song anzuspielen. Ich klimperte einfach ein bisschen herum. Bis die Saiten die gewohnten Rillen in meine Finger gruben.

Junes Augenlider waren halb geschlossen, als wollte sie ihre ganze Energie darein stecken, mir zuzuhören.

»June?«

»Mh?«

»Ich weiß, was du versuchst, aber es ist ziemlich schwer, eine Liebe neu zum Leben zu erwecken, wenn man sie schon längst aufgegeben hat.«

Sie lächelte, rückte näher zu mir und schlang die Finger um meinen Oberarm. Ihren Kopf legte sie auf meiner Schulter ab.

»Du musst nicht spielen, ich zwinge dich nicht dazu, und ich erwarte auch nicht, dass du wieder zu lieben beginnst, was du tust.«

Ich seufzte. Schon klar, aber erreichen wollte sie es trotzdem.

Ich legte die Finger wieder an die Saiten.

Ich war einfach hier, ich musste nicht zwingend die richtigen Töne treffen oder versuchen, ein Publikum aufzuheizen.

Mit June war alles anders als mit der Band.

Nach einer Weile stand ich auf und tauschte die Akustikgitarre gegen eine E-Gitarre. Es juckte mir in den Fingern, auszuprobieren, ob sich auch das so unkompliziert anfühlen würde. Ich stellte das Mikro an, schloss die Gitarre an den Verstärker und sah wieder zu June. Sie hatte sich kerzengerade aufgesetzt und beobachtete mich mit zusammengezogenen Augenbrauen.

»Sag mir einen Song«, verlangte ich.

Obwohl die Falten auf ihrer Stirn nicht verschwanden, erschien ein Lächeln auf ihren Lippen.

»Ich will nicht, dass du spielst, Kian.«

Ich rollte mit den Augen. Klar.

»Mein Ziel war nur, dass du dich in diesem Raum entspannst.«

Ich schüttelte leicht den Kopf. »Aber gerade fühlt es sich ganz gut an, und solange ich keinen von unseren Songs spiele …«

Ihre Miene hellte sich auf.

»*Ocean Avenue*.« Sie grinste breit.

Dieser Song von Yellowcard war mein Einstieg in die Rockwelt gewesen. Erst nach ihm entdeckte ich Bands wie Alice Cooper oder Guns N' Roses.

Noch heute bekam ich Gänsehaut, wenn ich den Song hörte.

Ich hatte ihn live gehört, ich hatte mit der Band über ihn gesprochen. Es war das einzige Album, das ich mir hatte signieren lassen, obwohl ich schon Hunderte Stars getroffen hatte.

Ich suchte die richtigen Akkorde, hob den Blick und sah June an. Ich spielte die ersten Takte, konnte ihre Gänsehaut bis hierher sehen. Ihr Lächeln wurde immer breiter, aber ihre Augen füllten sich mit Tränen.

Wir waren wirklich beide verdammt nah am Wasser gebaut.

Ich schloss die Augen und konzentrierte mich nur auf die Musik. Ich versuchte nicht, die richtigen Töne zu treffen, sondern nur zu fühlen.

Mitten im Song brach ich ab.

Ich zog die Hände von der Gitarre, als hätte ich mich verbrannt.

Mein Herz hämmerte. Ich hatte es gespürt.

Eine einzelne Sekunde lang hatte ich gespürt, was ich früher beim bloßen Anblick einer Gitarre gefühlt hatte.

Nur eine Sekunde, die mich zum Fallen brachte.

Fassungslos starrte ich auf das Instrument. Tränen brannten hinter meinen Augen.

June sprang auf und zog mich in eine Umarmung.

»Du darfst das hier auf keinen Fall aufgeben.«

Ich schwieg.

Wir schwiegen.

Lange.

»Spielst du noch einen?«, fragte June. Sie setzte sich ein paar Schritte von mir entfernt auf den Boden.

Ich zwang mich dazu, die Hände wieder an die Gitarre zu legen.

Ich spielte noch drei weitere Songs von Yellowcard, aber das Gefühl von absoluter Hingabe zur Musik kam nicht zurück.

June bewegte die Lippen zum Text, aber sie sang nicht. Ihr Blick lag auf mir, kein einziges Mal wandte sie ihn ab. Auch nicht, als ich die Gitarre zur Seite stellte und mich ihr gegenübersetzte. Sie grätschte die Beine, zog meinen Körper dazwischen und schlang ihre Arme um mich. Es tat so unfassbar gut.

Es fühlte sich an, als würde ich wenigstens nicht allein durch die Hölle gehen.

Kapitel 23

»Kiaaaaannnn!« Eine schrille Stimme ließ mich herumfahren. Eine Frau kam auf mich zugerannt.

Es war Samstag. Der Tag des Konzertes. Wir traten auf dem Splendour-in-the-Grass-Festival auf. Es war eines der größten des Landes und wie immer ausverkauft. Unser Gig würde allerdings erst am Abend starten, und es war gerade mal Mittag. Also saßen wir im Backstage-Bereich herum – offiziell, um uns auf den Auftritt vorzubereiten, in Wahrheit, um draußen keine Autogramme geben zu müssen.

Gage und Carla saßen, eng umschlungen, neben mir und June auf dem Sofa. Dave saß uns gegenüber auf einem Stuhl und klimperte auf seiner Gitarre herum. Der Raum war voller Menschen, überall liefen Roadies und Tontechniker durch die Gegend. Auch Leute von der Plattenfirm hatte ich schon gesehen. Hervorragend, ich freute mich schon jetzt auf die Frage, ob ich schon an neuen Songs arbeiten würde.

»Es ist ja so schön, dich wiederzusehen!«

Die Frau hatte uns inzwischen erreicht. Ich zog die Augenbrauen zusammen. Vielleicht hatte ich sie doch schon mal irgendwo gesehen.

»Wo bist du nur all die Zeit gewesen?« Ohne zu fragen,

rutschte sie auf meinen Schoß und vergrub die Hände in meinem Haar.

»Ehm …«, machte ich höflich.

Sie beugte sich vor, bis ihre Lippen mein Ohr berührten. »Ich habe mich nach dir gesehnt.« Dabei rieb sie ihr Becken an meinem Oberschenkel.

June keuchte neben mir auf.

Verfluchte Scheiße.

Endlich erwachte mein dämliches Hirn zum Leben.

»Könntest du von mir runtergehen?«

Verwirrt zog die Frau den Kopf zurück. Sie musterte mich.

»Ehm …«, machte jetzt sie. »Was soll das heißen?«

»Er ist nicht interessiert«, kam es von Dave. »Er ist zum Spießer mutiert.«

Da ich nichts hatte, was ich nach ihm werfen konnte, beschränkte ich mich auf einen giftigen Blick.

Die Frau auf meinem Schoß zog einen Schmollmund.

»Komm schon, früher hattest du nichts gegen ein bisschen Spaß.«

Daher kannten wir uns also. Interessant.

»Tja, früher ist vorbei«, sagte ich und stemmte meine Hände gegen ihre Beine, um sie von mir zu schieben. Sie klammerte sich an meinem Hals fest. »Liegt es an dem Outfit? Du kannst es mir gerne ausziehen.«

Ich runzelte die Stirn und betrachtete sie. Wenn ich ehrlich war, hatte ich nicht einen einzigen Blick darauf verschwendet, wie sie aussah. Sie trug ein hautenges Oberteil und einen kurzen Rock. Was auch sonst? Ich schnaubte und stemmte meine Hände fester gegen sie, leider ließ sie sich nicht vertreiben.

»Nur ein bisschen Spaß«, säuselte sie.

»Wer warst du noch gleich?«, fragte ich betont gelangweilt.

Sie fuhr zurück und sah mich mit weit aufgerissenen Augen an.

»Amilie«, nannte sie mir ihren Namen.

Ich legte die Stirn in Falten und überlegte. Ich konnte mich nicht an sie erinnern, beim besten Willen nicht.

Sie seufzte. »Vor zwei Jahren. Laneway Festival, Auckland?«

Wieder dachte ich angestrengt nach.

»Da klingelt nichts«, sagte ich und versuchte erneut, sie von meinem Schoß zu schieben. Diesmal klappte es. Sie stemmte die Hände in die Hüften und funkelte mich an.

Ich stand auf, um mir ein Glas Wasser zu holen.

»Frag mich«, kam es von Dave. »Ich bin gerade frei.«

Ich warf ihm einen bösen Blick zu, doch er lächelte nur zuckersüß. Amilie sah mich ein letztes Mal hochnäsig an, dann ging sie zu Dave, nahm ihm die Gitarre vom Schoß und setzte sich selbst drauf. Keine zwei Minuten später lagen ihre Münder aufeinander, und Dave trug sie aus dem Zimmer.

Es war unglaublich.

Während ich mir ein Glas nahm, riskierte ich einen Blick zu June. Sie starrte auf die Tür, durch die die beiden verschwunden waren. Ich verzog das Gesicht.

Ich wollte mich gerade wieder neben sie setzen, als sich von hinten zwei Arme um meine Mitte schlangen.

Genervt drehte ich mich um.

Und taumelte einen Schritt zurück.

»Kathrin?«

Sie lächelte.

Mit weit aufgerissenen Augen starrte ich die Frau vor mir an. Dieses Lächeln hatte ich einst an meinen Lippen gespürt.

»Oh, wow, hey!«, stieß ich hervor, als ich endlich meine Sprache wiedergefunden hatte.

Darauf bedacht, nichts von dem Wasser zu verschütten, breitete ich die Arme aus, und sie kuschelte sich hinein.

»Wie geht's dir?«, fragte sie.

Ich starrte sie an.

Kathrin war eine Freundin aus der Highschool, wir hatten damals unser erstes und noch viele weitere Male geteilt.

Als wir mit der Schule fertig waren, zog sie nach Europa, um für eine Plattenfirma zu arbeiten, und wir verloren den Kontakt.

»Gut«, brachte ich hervor und lächelte.

Diese Frau hatte die Anfänge unserer Band miterlebt.

Sie war mir einmal so wichtig gewesen.

»Hast du Zeit, dich zu unterhalten?«

Ich zog eine Augenbraue hoch, um zu analysieren, wie viel sie in diese Worte hineininterpretierte.

»Ehm …«, machte ich zum zweiten Mal an diesem Abend.

»Er wird nicht mit dir schlafen, spar dir die Mühe«, kam es vom Sofa. Ich warf Gage einen warnenden Blick zu.

Kathrin klappte der Mund auf.

»Scheiße, sag mir nicht, dass der große Kian Winter sich verliebt hat?«

Ich schnaubte. »Der große Kian Winter hat einfach keine Lust mehr, sich betatschen zu lassen.«

»Es war nicht meine Absicht, dich zu betatschen.«

»Ich brauche frische Luft.« June stand so plötzlich vom Sofa auf, dass sie leicht ins Straucheln geriet.

Mein schlechtes Gewissen packte mich.

Bevor ich jedoch reagieren konnte, war sie schon nach draußen verschwunden.

»Wer ist das?«, fragte Kathrin.

Ich drückte ihr mein Wasserglas in die Hand.

»Die einzige Frau, von der ich mich betatschen lasse.«

Ich setzte mich in Bewegung.

»Kannst du warten? Dann können wir uns später unterhalten?«

Sie lächelte. »Gerne.«

Ich holte June erst am Ende des Flurs ein.

»Hey.« Ich versuchte, nach ihrer Hand zu greifen. »June?«

Sie wandte sich ab und legte eine Hand auf die Klinke der Hintertür.

»Lauf nicht vor mir weg.«

Sanft zog ich an ihrer freien Hand.

Sie seufzte und drehte sich zu mir um.

»Lass mich los, Kian.«

Was?

»Nein.« Ich gab ihre Hand frei und trat einen verzweifelten Schritt auf sie zu.

»Ich möchte allein sein.« Sie griff erneut nach der Türklinke.

»June, was du gesehen hast …«

Sie wirbelte zu mir zurück. »Ich möchte kurz allein sein.«

»June–«

»Kian, kommst du bitte? Wir müssen noch etwas besprechen.« Die schneidende Stimme meiner Mutter unterbrach mich.

Langsam drehte ich mich um.

Sie stand direkt hinter uns und hatte unsere letzten Worte vermutlich gehört. Ich funkelte sie an.

»Gleich.«

»Jetzt«, entgegnete sie spitz.

Nur mit Mühe konnte ich es mir verkneifen, mit dem Fuß aufzustampfen.

»Mum, was immer du besprechen willst, ist mir gerade nicht so wichtig wie das hier. Ich komme in zehn Minuten, so lange werdet ihr euch gedulden *müssen*.«

Meine Mutter schnaubte. Sie packte meinen Arm und zerrte daran.

»Euer Auftritt ist in zwei Stunden, du wirst jetzt mitkommen.«

Obwohl ich in den letzten Jahren Muskeln aufgebaut hatte, kam ich in diesem Moment nicht gegen meine Mutter an. Sie zog mich von June weg, und ich konnte mal wieder nichts dagegen tun. Ich konnte meiner Freundin nur stumm dabei zusehen, wie sie durch die Hintertür verschwand.

»Du bist ein Monster«, fuhr ich meine Mutter an. »Ich hasse es, mich mit June zu streiten, ich bin Fan davon, es gleich zu klären.«

»Und ich bin Fan davon, wenn du pünktlich zu Meetings erscheinst.«

Welches verfickte Meeting? Ich hatte nicht mal gewusst, dass es eins gab.

Sie zerrte mich in einen Raum, an dessen großem Tisch schon meine Bandkolleginnen saßen. Selbst Dave hatte sich anscheinend von seiner neuen Bekanntschaft gelöst. Neben ihm saß Richard und daneben der Typ, der sich um den Merch kümmerte. Auch Leute von der Plattenfirma waren da.

Großartig.

Ich setzte mich auf den freien Platz neben Gage.

»Wo ist June?«, fragte sie.

Hilflos hob ich die Schultern.

Gage griff unter dem Tisch nach meiner Hand und drückte sie kurz.

Wie immer wurde das Meeting von meiner Mutter geleitet. Ich hörte nicht richtig zu. Wenn ich gefragt wurde, nickte ich nur. Mein Kopf war zu sehr damit beschäftigt, wie ich June am besten erklären konnte, was sie da gesehen hatte.

»Kian?«

»Hä?«

Alle am Tisch verdrehten die Augen. Aus Reflex tat ich das Gleiche.

»Wann du neue Songs vorlegen kannst.«

Ich schnaubte.

Gab es denn keine andere Frage mehr?

Wurde ich wirklich nur auf das reduziert, was ich konnte, und nicht auf das, was ich war?

Wut sammelte sich in meinem Magen.

Ich ging an die Decke.

Mein Stuhl schabte laut über den Boden, als ich aufsprang und die Hände auf dem Tisch abstützte. »Hat mich überhaupt irgendjemand gefragt, ob ich neue Songs schreiben *will*?«, rief ich. Mein Brustkorb hob und senkte sich. »Es gibt keine neuen Songs, verdammt, ich bin gerade nicht in der Stimmung, welche zu schreiben.« Ich trat einen Schritt zurück. »Und jetzt entschuldigt mich, es gibt eine Person, die mich dringender braucht.«

»Du bleibst hier, wir sind noch nicht fertig!«, brüllte meine Mutter zurück.

»Mir scheißegal!«, schrie ich. Es war wie in einem Battle, in dem ich versuchte, ihre Lautstärke zu übertönen.

»Es wird doch sowieso über meinen Kopf hinweg entschieden, warum soll ich hier sitzen, wenn meine Meinung niemanden interessiert?«

Das Gesicht meiner Mutter war rot angelaufen, alle anderen hüllten sich in Schweigen. Außer Gage, die aufstand, meinen Arm packte und mich aus dem Raum zerrte. Erst als die Tür hinter uns ins Schloss fiel, konnte ich wieder atmen.

»Reagier dich erst ab, bevor du sie suchen gehst.«

Ich schnaubte. Sie klopfte mir auf die Schulter und ging wieder nach drinnen. Ich reagierte mich nicht ab, ich sprintete los, den Gang hinunter bis zu der Hintertür. Ich riss sie auf und trat ins Freie. In dem kleinen abgetrennten Bereich, in dem die Bands sich draußen aufhalten konnten, ohne von einer Horde Fans belagert zu werden, war gähnende Leere. Ein Typ saß auf einer Holzkiste und rauchte. Als er mich bemerkte, hob er den Kopf und grüßte mich. Ich kannte ihn vom letzten Festival, er war der Bassist einer etwas unbekannteren Rockband. Eigentlich hatte ich vorgehabt, sie ein bisschen mehr zu promoten.

Ich ließ meinen Blick weiterschweifen. Ein paar Roadies standen in der gegenüberliegenden Ecke und rauchten. June war nirgends zu sehen.

Fluchend verschwand ich nach drinnen. In dem Raum, in dem wir vorhin gesessen hatten, fand ich ihre Sachen, von June selbst aber keine Spur.

Ich sprintete weiter. Ich schaute in jedem Raum nach, an dem ich vorbeikam. Sogar auf der Frauentoilette, wofür ich einen Schlag auf den Hinterkopf kassierte, aber es war mir egal.

Irgendwann fing Dave mich ab und teilte mir mit, dass wir in einer Viertelstunde auf die Bühne mussten und ich, verdammt noch mal, mitkommen sollte. Missmutig ging ich mit ihm. Fünf Minuten vor der Show stand ich am Bühnenrand und starrte vor mich hin. Jemand tippte mir auf die Schulter, ich fuhr herum und blickte in wundervolle, mir so sehr vertraute Augen. Ich hätte heulen können.

»Hey«, flüsterte June.

Ohne darüber nachzudenken, zog ich sie in meine Arme. Dass die Gitarre sich dabei in meinen Bauch bohrte, beachtete ich nicht.

»Du bist hier«, flüsterte ich.

»Ich konnte dich nicht auf die Bühne lassen, ohne dir Glück zu wünschen.«

Ich lehnte mich zurück und sah sie eindringlich an.

»Ich werde nicht auf die Bühne gehen, bevor wir das hier nicht geklärt haben.«

June schüttelte leicht den Kopf. »Erkläre es mir später.«

Gage und Carla tauchten hinter ihr auf.

»Bereit?« Carla schwenkte ihre Drumsticks.

Mein Magen zog sich bei dem Anblick zusammen. Ich schüttelte den Kopf.

»Drei Minuten.« Dave stellte sich zu uns. »Willst du von hier aus zusehen?«, fragte er June.

Als sie nickte, ging er an ihr vorbei und spähte durch einen kleinen Spalt in der Rückwand der Bühne aufs Publikum.

»Ziemlich viele Leute«, informierte er uns.

Meine Hände krampften sich um die Gitarre. Ich wollte nicht da raus. Ich wollte nicht der ganzen Welt mein Inneres geben. Hände legten sich auf meine. June lächelte mich an.

»Denk an die Nacht im Probenraum«, flüsterte sie.

Ich schluckte.

Seitdem waren ein paar Tage vergangen, und wir hatten viele Male geprobt. Ich hatte diese Nacht in die hinterste Ecke meines Gehirns geschoben. Sie war ein wundervoller

Traum der Vergangenheit, nichts weiter. Ich entzog mich Junes Händen.

Als uns das Zeichen gegeben wurde, betraten wir die Bühne. Dave nahm seine Show-Haltung an, und auch Carla und Gage johlten der Menge zu.

Mein Name wurde gekreischt.

Ich achtete nicht darauf, sondern trat hinter mein Mikrofon und wartete darauf, dass Carla den Einsatz gab. Die untergehende Sonne blendete mich, und die Massen zu meinen Füßen nahmen kein Ende.

Als die Drumsticks in der Luft klackten, spielte ich. Ich schloss die Augen und wünschte mich weit weg. An einen Ort, an dem es kein Publikum gab, keine Eltern, die hinter der Bühne jeden Fehler notierten, um ihn mir danach unter die Nase zu reiben. Keinen Druck. Nur mich selbst. Und vielleicht June. Ich sang, das Publikum johlte.

Früher war das ein magischer Moment gewesen.

Jetzt spürte ich gar nichts mehr. Ich tat einfach, was ich tun musste. Meine Finger tanzten über die Gitarre, meine Stimme schallte durch die Lautsprecher. In meinen Ohren hörte ich mich selbst.

Da ich mich erfolgreich davor gedrückt hatte, sprach Dave mit dem Publikum. Er heizte der Menge ein wie kein Zweiter. Nicht mal ich konnte es so gut.

Die Menge kreischte meinen Namen trotzdem genauso laut wie seinen.

Ich starrte stur auf meine Gitarre, als würde ich die Akkorde des nächsten Songs suchen und sie nicht schon längst auswendig kennen.

»Viel Spaß mit: *Still Hear Our Song.*«

Kreischen folgte auf Daves Worte. Ich spielte, ohne aufzusehen. Dieser Song war einer meiner ersten gewesen. Einer, der mir wirklich viel bedeutet hatte. Inzwischen spielte ich ihn wie vom Tonband, und ich hasste, dass es so war. Ich spielte mir die Finger wund und sang meine Stimme kratzig.

Wenn ich nach meiner Flasche griff, um etwas zu trinken, warf ich einen Blick zur Seite, dahin, wo June stand. Ihre Wangen waren mit jedem Mal röter. Sie tanzte, sang mit und genoss die Show in vollen Zügen.

Verräterin.

Immer, wenn sie meinen Blick bemerkte, lächelte sie. Ich konnte es nie erwidern.

Nach der Zugabe war ich so fertig, dass mir der Schweiß von der Stirn tropfte. Dave, Gage und Carla klatschten sich ab und johlten. Ich wusste, wie sie sich fühlten. Konnte aber nicht mehr das Gleiche empfinden. June und ich folgten den anderen schweigend, meine Eltern waren zu uns gestoßen, und, oh Wunder, zur Abwechslung gratulierten sie uns zuerst zu dem Auftritt, bevor sie uns sagten, was wir beim nächsten Mal besser machen mussten.

Backstage ließen wir uns auf die Sofas fallen. Ein paar Roadies stießen zu uns, Kathrin war auch wieder da.

Mir fiel ein, dass ich sie gebeten hatte zu bleiben. Also ging ich zu ihr und verschob unser Gespräch auf morgen. Ich wollte nicht mit ihr reden, bevor ich nicht mit June gesprochen hatte. Ich bot ihr an, mit der Band im Hotel zu schlafen.

»Das werde ich sowieso«, sagte sie. Ich zuckte die Schultern und dachte nicht weiter über diesen Kommentar nach.

Wir mussten die Party ewig über uns ergehen lassen.

Es war nach Mitternacht, als wir endlich in unsere Hotelzimmer gehen durften. June riss die Augen weit auf, als ich die Tür öffnete. Natürlich hatten meine Eltern nur das Beste gebucht. Durch eine riesige verglaste Fensterfront konnten wir auf die Stadt hinuntersehen. Die Möbel waren alle schick und hochmodern. Ich verzog das Gesicht und sehnte mich nach Junes kleinem Bett in England.

»Können wir reden?«, drängte ich und schloss die Tür hinter uns. June trat ein paar Schritte vor, um alles genauer zu betrachten. Ich schnippte mit dem Finger vor ihrem Gesicht.

Endlich sah sie mich an.

»Ich weiß nicht …« Sie verschränkte die Finger ineinander. »Ich weiß nicht, ob ich hören möchte, dass sie nur zwei von vielen waren.«

Mein Herz sank mir in die Hose.

»June …«

Ich trat auf sie zu, und augenblicklich wich sie einen Schritt zurück. Ich seufzte.

»Können wir uns setzen?«

Ohne eine Antwort abzuwarten, ging ich an ihr vorbei zu dem riesigen Sofa, von dem aus man den Ausblick auf die Stadt genießen konnte.

June setzte sich zögerlich neben mich. Sie ließ nur einen kleinen Abstand zwischen uns, aber im Vergleich zu sonst war er riesig. Ich fuhr mir durch die Haare.

Ich wusste nicht, wie ich anfangen sollte. Wie ich alles erklären sollte, ohne wie ein kompletter Arsch dazustehen.

Schließlich zuckte sie die Schultern.

»Du bist ein Rockstar, Rockstars haben Groupies.« Sie seufzte. »So ist es nun mal.«

Sie verzog das Gesicht. »Mir ist nur jetzt erst klar geworden, *wie* viele …«

Oh nein, falsch. Genau so wollte ich nicht mehr sein.

Ich öffnete den Mund, um etwas zu sagen, doch sie winkte ab.

»Die Vorstellung, dass du früher genauso warst wie Dave, tut weh.« Sie rieb sich kurz über die Stirn. »Aber es ist okay, ich habe nur einen Moment für mich gebraucht, um damit klarzukommen.«

Ich schüttelte den Kopf.

Die Zeiten, in denen ich nach jeder Show mit einer anderen geschlafen hatte, waren lange vorbei.

»Diese Frauen«, begann ich zögernd. »Ja, sie waren nur zwei von vielen.« Ich konnte sehen, wie es June traf.

»Aber Kathrin war die Einzige, bei der ich dachte, ich könnte sie vielleicht ein bisschen toll finden.« Ich lächelte schief, allerdings ohne Freude. »Das war ein Jahr, nachdem wir hergezogen waren.« June starrte auf das Lichtermeer der Stadt hinaus. »Zuvor hatte ich keine andere Frau auch nur angesehen, weil …« Ich schluckte hart, jetzt erst kam der schwierige Teil. »Weil ich eigentlich keine andere wollte als dich.« Ihr Blick schnellte zu mir. Mit weit aufgerissenen Augen sah sie mich an.

Schnell redete ich weiter. »Ich hatte mein erstes Mal

mit ihr, da war die Band erst in den Anfängen.« Seufzend wandte ich den Blick ab. »Sex war eine ziemlich gute Ablenkung von dem ständigen Heimweh nach England. Also habe ich nach jedem Konzert getrunken, Sex gehabt und mich nicht mehr ganz so beschissen gefühlt.« Bei dem Gedanken daran verzog ich das Gesicht.

»Kathrin und ich waren so etwas wie Freunde.« Ich wagte wieder einen Blick zu ihr. Freunde mit gewissen Vorzügen.

Ihre Stirn war in Falten gelegt und ihre Lippen zu einer schmalen Linie zusammengepresst.

Ich wagte ein Grinsen. »Guck nicht so, ich musste mit Pekka unter einem Dach leben.«

Jetzt hob sie eine Augenbraue.

»Dem Mann, der dich entjungfert hat«, erinnerte ich sie.

Ohne Vorwarnung breitete sich ein Lächeln auf ihrem Gesicht aus, ihre Züge glätteten sich, und sie lachte.

»Pekka war großartig, okay?!«

Ich knurrte. »Ich wäre besser gewesen.«

»Natürlich.« Sie tätschelte meine Schulter.

Ich rollte die Augen, dann sah ich sie ernst an.

»Ich habe die halbe Welt durchgevögelt, und ich habe ein Rockstar-Leben geführt.« Ich holte tief Luft. »Aber diese Zeiten sind vorbei.«

»Was ist mit der Frau, die sich auf deinen Schoß gesetzt hat?«

Ich runzelte die Stirn. »Keine Ahnung«, gab ich zu. »Ich wusste nicht, wer sie war.«

»Sie kannte dich aber ziemlich gut.«

»June, ich würde vermutlich keine meiner Sexbekanntschaften wiedererkennen. Ich war immer betrunken, und es war meistens dunkel.«

»Das ist arschig.«

»Ich weiß.« Seufzend ließ ich meinen Rücken an die Lehne sinken. Ich fing ihren Blick auf und sah ihr fest in die Augen. »Ich kann mich schon jetzt nicht mehr an den Namen dieser Frau erinnern.« Ich wandte mich ihr komplett zu, um ihr meine volle Aufmerksamkeit zu schenken. »Deinen dagegen habe ich sieben Jahre nicht vergessen.«

Junes Hände krallten sich in den Stoff des Sofas. Ihr gesamter Körper war angespannt, als hätte ich etwas Schlimmes gesagt.

»Darf ich dich berühren, June?« Meine Stimme zitterte, und ich rollte innerlich über mich selbst die Augen.

Als sie zaghaft nickte, zog ich sie mit wenigen Bewegungen auf meinen Schoß.

»Keine andere Frau hat mir je so viel bedeutet wie du.«

Ihre Stirn sackte gegen meine. Ich umfasste ihre Wangen, zog sie näher und küsste ihre Lippen.

»Idiot«, murmelte sie nach einem langen Kuss.

»Wie bitte?« Entrüstet lehnte ich mich zurück. »Das war eine Liebeserklärung, hatten wir nicht mal ausgemacht, dass die Beleidigungen nur davor kommen?«

Lächelnd kuschelte June sich an mich.

»Hast du je darüber nachgedacht, wie sich jede einzelne dieser Frauen fühlen muss?«

Ich legte die Stirn in Falten. Es war so typisch June, dass sie sich um die anderen sorgte.

»Ich glaube, es ist besser, wenn ich diese Frage nicht beantworte.«

»Wahrscheinlich.« Kopfschüttelnd schlang sie die Arme um meinen Bauch. »Du hast großes Glück, dass ich dich liebe.«

Ich grinste. »Na bitte, da ist ja doch noch eine Liebeserklärung.« Eine Faust traf meinen Oberarm.

Ich schnaubte. »Willst du meinen wundervollen Körper mit blauen Flecken verunstalten?«

June lachte auf. »Oh ja, ein bisschen weniger perfekt würde dir ganz gut stehen.«

»Ohne blaue Flecken bin ich also perfekt?«

Sie drehte ihren Kopf, bis wir uns in die Augen sehen konnten. »Nein, aber genau dafür liebe ich dich.«

Ich lächelte.

Ich konnte nicht anders.

Diese Frau war ein Traum.

Wahrscheinlich strahlte ich wie ein kleiner Junge.

Aber es war mir egal, denn June kannte mich auch als kleinen Jungen.

Ich zog sie mit mir ins Liegen, und wir wurden zu einem einzigen Wirrwarr aus Beinen und Armen. Auch nach einiger Zeit konnte ich ihr Lächeln noch an meinen Lippen spüren. Ich löste mich und wanderte mit dem Mund ihren Hals hinunter.

»Soll ich dir zeigen, wie gut ich beim ersten Mal gewesen wäre?«, murmelte ich.

June lachte, dann traf ihre Faust wieder dieselbe Stelle wie gerade eben.

Das würde wirklich einen blauen Fleck geben. Zugegeben, verdient hatte ich ihn.

»Du bist unmöglich.«

Kapitel 24

Lichtgewitter empfing uns, als wir die Tür des Hotelzimmers öffneten. Ich blinzelte. Schnell zog ich June zurück in den Schutz des Raumes und wollte die Tür hinter uns zuknallen.

Ein Reporter schob seinen Fuß in den Spalt. Eine Kamera wurde mir direkt vors Gesicht gehalten.

»Wieso haben Sie sich die Haare gefärbt, wer ist diese Frau? Ihre Freundin? Müssen sich die Mädchen da draußen Sorgen machen? Wann wird es ein neues Album geben?«

Der Typ war schmal, und ich war breit. Ich musste nur wenig Kraft aufwenden, um ihn aus der Tür zu schieben. Ich knallte sie zu und stapfte wütend durchs Zimmer. June folgte mir schweigend. Ich kramte mein Handy heraus und wählte Richards Nummer. Als er endlich dranging, brüllte ich ins Telefon. June trat neben mich und strich beruhigend über meine Arme. Ich steigerte mich weiter in meine Wut hinein. Wozu, verflucht noch mal, hatte man eine ganze Security-Mannschaft, wenn sie einem die Reporter nicht vom Hals hielt?

Draußen wurde es laut, und fünf Minuten später öffnete Richard die Tür.

»Kommen Sie, ich bringe Sie zum Frühstück.«

Während June sich artig bedankte, funkelte ich ihn nur an. Shattered Tears hatte eine ganze Etage nur für sich. Selbstverständlich besaßen wir auch einen Frühstücksraum allein für Mitarbeiter der Band. Der Raum war groß, aber brechend voll. Roadies und Bekanntschaften der letzten Nacht tummelten sich darin.

Kathrin kam uns entgegen.

»Hey.« Sie lächelte. »Frühstücken wir zusammen?«

Sie nickte in Richtung Büfett.

Ich zuckte die Schultern. Warum nicht?

Wir gingen zu den Tischen, die so vollgestellt waren, dass trotz der Menge an Leuten wohl einiges übrig bleiben würde.

Großartig.

Ich entschied mich für eine riesige Portion Müsli und klatschte die Schale ordentlich mit Obst voll.

June holte sich einen Kaffee.

Ich grinste.

Zu dritt setzten wir uns etwas abseits auf ein Sofa.

»Wie geht es dir?«, fragte ich Kathrin.

Sie strahlte. »Hervorragend, ich arbeite in England bei einer Plattenfirma und manage ein paar kleinere Bands in der Region.«

Wow.

»Welche Bands?«, fragte June.

Kathrin nannte ihr die Namen, und June und ich rissen gleichzeitig die Augen auf. Ja, sie waren klein, aber verdammt gut.

»Wenn ihr das nächste Mal Vorbands braucht …« Sie

zwinkerte mir zu. Ich nickte knapp. Ich wollte keine Konzerte mehr geben, auf denen ich Vorbands brauchte.

»Warum bist du in Yelgun?«, fragte ich, um das Thema zu wechseln. Kathrin biss sich auf die Lippe und wich meinem Blick aus.

»Deine Mum hat mich eingeladen. Sie dachte, du könntest ein bisschen Spaß vertragen.«

Ich riss die Augen auf. June tat das Gleiche.

»Das hat sie nicht?«

»Doch«, Kathrin zog den Kopf ein, als wäre sie an allem schuld. »Es tut mir leid, Kian.«

Übelkeit kroch meine Kehle nach oben.

Mum war unglaublich.

»Ich wusste nicht, dass du eine Freundin hast.« Sie warf June einen entschuldigenden Blick zu. »Deine Mum hat den Flug bezahlt, und ich dachte, es wäre nett, dich wiederzusehen, nur als Freund, ich schwöre, dass ich nicht auf mehr aus war.« Kurz lächelte sie schief. »Ich war nur darauf aus, dir meine Bands als Vorbands schönzureden.«

Ich starrte sie einen Moment lang an.

»Wo ist sie?«, fauchte ich.

»Wer?«, fragte Kathrin.

»Meine Mum?«

June packte meinen Arm. »Kian, das ist keine gute Idee.«

Das war mir scheißegal. Ich drückte ihr meine Müslischale in die Hand und sprang auf.

Meine Mutter saß neben dem Büfett und unterhielt sich mit Dad. Ohne auch nur eine Sekunde darüber nachzudenken, stapfte ich auf sie zu und baute mich in voller Größe vor ihr auf.

»Was fällt dir ein?«, brüllte ich. Ganz langsam wandte sie mir den Kopf zu und runzelte die Stirn.

»Bitte?«, fragte sie und musterte mich mit ihrem üblichen *Was-ist-mit-dir-falsch*-Blick. Ich schnaubte und ballte die Hände zu Fäusten. »Reicht es denn nicht, dass du meine Zukunft schon jetzt bis ins kleinste Detail geplant hast? Reicht es denn nicht, dass du alles entscheidest und ich meine Meinung nicht mal *sagen* darf?«

Mit jedem Wort wurde meine Stimme lauter.

Um uns herum wurde die Luft angehalten.

»Willst du mir jetzt echt noch meine Sexpartnerinnen aussuchen?« Eine Hand legte sich um meinen Arm und versuchte, mich von der Stelle zu ziehen. Ich stieß sie weg und funkelte meine Mutter an.

Sie schnaubte nur.

»Kian, wir haben Publikum.«

»Mir scheißegal!«, brüllte ich zurück. Wie konnte sie, verdammt noch mal, so ruhig bleiben?

»Ich dachte, ich tue dir damit einen Gefallen«, säuselte sie. Kurz machte mich ihre Dreistigkeit sprachlos.

»Du bist unglaublich«, zischte ich dann.

»Findest du das nicht ein bisschen übertrieben?«, fragte Dad neben ihr.

»Ich wollte doch nur, dass er sich ein bisschen entspannt.«

Ich stieß ein Fauchen aus. »Solange du meine Managerin bist, werde ich mich niemals entspannen.«

Meine Mutter runzelte verärgert die Stirn. »Kian, das reicht jetzt.«

»Ja, genau!«, schrie ich zurück. »Es reicht!« Damit drehte ich mich um und stapfte durch den Raum auf die große Tür zu. Jemand folgte mir, aber ich achtete nicht darauf, wer es war. Auch nicht, als ich die Tür aufstieß und den Gang entlangstürmte.

Ich verlor die Kontrolle.

Ich blieb so abrupt stehen, dass jemand gegen mich stieß. Ich fuhr herum. Meine Band, Kathrin und June standen hinter mir.

»Bringt mir eine Gitarre«, fauchte ich. June und Gage wechselten einen Blick, und obwohl es, zum Teufel noch mal, kein Stück angebracht war, lächelten sie. June strahlte beinahe.

Was sollte der Scheiß?

»In zwei Minuten in deinem Zimmer«, sagte Dave.

Ich stapfte weiter.

In meinem Zimmer boxte ich die Luft. Es stank bis zum Himmel, der ganze Ruhm, die teuren Möbel und das teure Essen. Ich wollte ein verdammtes normales Leben, nicht dieses hier.

June versuchte, mich zu berühren, aber ich konnte gerade niemanden an mich heranlassen.

Kathrin hatte sich aufs Sofa gesetzt und das Gesicht in tiefe Falten gelegt, dabei war nichts hiervon ihre Schuld.

Mütter sollten so etwas einfach nicht tun.

»Hier.« Gage überreichte mir meine Gitarre.

Wann waren die anderen in den Raum gekommen?

Sie selbst hatte ihren Bass umgehängt. Dave hatte seine Gitarre dabei, und Carla trug eine Cajón unter dem Arm.

June ließ sich neben Kathrin aufs Sofa fallen und lächelte. Keine Ahnung, was sie und Gage so witzig fanden.

Ich legte mir den Gurt der Gitarre um die Schultern und spielte ohne ein weiteres Wort. Meine Finger huschten über die Saiten, ohne dass ich mich groß konzentrieren musste. Die anderen stiegen mit ein, passten sich meiner Melodie an. Ich achtete kaum darauf, schloss die Augen und versuchte, mich ganz auf mich selbst zu konzentrieren, wieder eine innere Ruhe zu finden. Es klappte tatsächlich. Genau wie früher schien die Musik meine Wunden zu heilen, und ich konnte wieder klarer denken.

Ich konnte wieder klarer denken.

Was tat ich hier?

Als hätte ich mich verbrannt, zog ich die Hände von den Saiten und starrte auf das Instrument hinunter.

Hatte ich gerade freiwillig gespielt?

Meine Mutter war eine Schlange.

Wutschnaubend nahm ich die Gitarre von meinen Schultern, lehnte sie gegen die Sofakante und stapfte in Richtung Schlafzimmer. Ich knallte die Tür so laut, dass meine Mutter es hoffentlich am anderen Ende des Hotels hören konnte. Ich ließ mich mit dem Rücken aufs Bett fallen und starrte an die Decke.

Das war gerade nicht wirklich passiert, oder?

Die Tür ging auf und wurde wieder geschlossen. June legte sich neben mich. Schweigend starrte sie mit mir an die Decke.

»Darf ich fragen, was so verdammt lustig war?«, brummte ich. Wieder erschien dieses Lächeln auf ihrem Gesicht.

»Du hast eine halbe Stunde gespielt, und es hat dir geholfen.« Sie formulierte es weder als Vorwurf noch als eine große Sache, sie stellte es einfach nur fest. Ich runzelte die Stirn. Hatten wir tatsächlich so lange gespielt?

»War ein Fehler«, gab ich zurück. June setzte sich auf. »Sieh mich an«, verlangte sie. Stöhnend zog ich mich hoch und suchte ihren Blick.

»Nichts, was dich glücklich macht, ist ein Fehler.«

Glücklich?

Musik machte mich nicht mehr glücklich.

»Du warst sauer.« Sie hob die Hand, als wollte sie mich berühren, ließ sie aber wieder sinken. »Und wonach hast du zuerst verlangt? Nach einer Gitarre.« Grinsend schüttelte sie den Kopf. »Nicht nach mir, obwohl Sex dich wahrscheinlich viel besser abgelenkt hätte.«

Ich hob einen Mundwinkel, ohne wirkliche Freude zu empfinden.

»Bist du eifersüchtig auf eine Gitarre?«

Sie schnaubte. »Sei nicht so eingebildet, Mr Rockstar.«

Bam, Schlag in die Magengrube.

Sie bemerkte es.

»Ich steh drauf«, sagte sie und wackelte mit den Augenbrauen.

»Darauf, dass ich Gitarre spiele, oder darauf, dass ich eingebildet bin?«, versuchte ich ein ernsthaftes Gespräch zu umgehen.

June lachte leise. »Eindeutig die Gitarre.«

Ich grunzte.

Unsere Blicke trafen sich, und sie wurde wieder ernst.

»Du hast die Musik noch nicht aufgegeben, Kian.«

Ich schwieg.

Hatte ich doch.

Sie schüttelte den Kopf, als hätte sie meinen Gedanken gelesen.

Ich wich ihrem Blick aus.

»Kian?«

»Mhh.«

»Manchmal kennst du mich besser als ich mich selbst.« Sie schwieg einen Moment. »Und manchmal kenne ich dich besser als du dich.«

Mein Herz blieb stehen.

Ich schüttelte den Kopf, als wollte ich ihr widersprechen, obwohl ich genau wusste, dass sie recht hatte. So verflucht recht.

»Du musst etwas verändern.« Sie sah mir fest in die Augen.

»Wenn du die Musik aufgibst, wird es dich zerstören.«

Kapitel 25

Ihre Worte trafen mich wie Fausthiebe.

Langsam verschwamm sie vor meinen Augen. Ich erinnerte mich an die Nacht, als ich *Ocean Avenue* gespielt hatte und einen einzigen Moment so wie früher empfunden hatte.

Ich wünschte mir dieses Gefühl zurück.

June schlang die Arme um meine Taille.

Ich vergrub das Gesicht an ihrem Hals, um die Tränen, die sie längst gesehen hatte, zu verbergen.

Lange saßen wir da, bis das Beben meinen Körper verließ.

Als June mir versicherte, ich würde nicht mehr aussehen, als hätte ich geheult, straffte ich die Schultern, und wir verließen das Schlafzimmer.

Die anderen saßen auf dem Sofa. Auch Kathrin war noch da.

Dave winkte uns zu sich. »Setzt euch.«

Ich kannte diesen Tonfall meines Bruders.

Es war etwas passiert.

Ich tastete nach Junes Hand, als wir uns neben ihn setzten.

Wortlos reichte er mir sein Tablet. Ein Zeitungsartikel war darauf aufgerufen. Ich starrte auf das Foto, das darüber prangte. Es zeigte mich und June in der Hotelzimmertür. Wir waren beide nicht sehr vorteilhaft getroffen. Dazu die Überschrift:

Lässt Kian Winter sich beeinflussen? Stachelt seine neue Flamme ihn zur neuen Frisur an?

Was zur Hölle?

Meine Hände krampften sich um das Tablet. June beugte sich vor, um zu sehen, worauf ich starrte. Schnell drehte ich den Bildschirm in die entgegengesetzte Richtung und umklammerte das Gehäuse.

»Alter, das Tablet kann nichts dafür.« Schnaubend nahm Dave es mir aus der Hand.

»Wofür?« Junes Stimme war eine Oktave höher gewandert. Ich stützte meine Ellenbogen auf die Knie und vergrub das Gesicht in den Händen. »Ich dachte, wir hatten ausgemacht, uns diesen Scheiß nicht mehr anzugucken«, sagte ich, ohne June zu beachten.

»Welchen Scheiß?«, fragte sie.

»Hab es nur zufällig gesehen«, murmelte Carla.

»Es ist ein Foto von dir und Kian im Internet«, antwortete Dave auf Junes Frage.

Ich riss den Kopf herum und funkelte ihn an. Er hatte keine Ahnung, wie verletzlich June war.

»Was?«, keuchte sie.

Wenn Blicke töten könnten, wäre Dave hundert qualvolle Tode gestorben.

Stattdessen richtete ich meinen Blick auf June.

»Mach dir keinen Kopf. Es ist nur ein dämliches Bild, in ein paar Tagen wird es sich keiner mehr ansehen.«

»Der Artikel ist auch nicht schlimm«, sagte Dave und versuchte zu lächeln. Idiot.

»Lass mich ihn lesen«, verlangte sie. Dave wollte ihr das Tablet reichen, doch ich riss es ihm aus der Hand.

»Nein«, sagte ich bestimmt.

Reporterinnen und Reporter könnten June härter verletzen, als Jase es jemals getan hatte.

»Das ist keine gute Idee.« Flehend sah ich sie an.

Sie kämpfte mit sich.

»Bitte, June, ich kenne dich besser, deine Worte.«

Seufzend ließ sie den Kopf gegen die Lehne fallen.

»Dir ist schon klar, dass ich einen Laptop mit Internetzugang habe, oder? Und ein Handy.«

Ja, verdammt. Ich sollte das Internet kappen.

»Im Netz wird nur Bullshit geschrieben.«

Angst spiegelte sich in ihren Augen, und mein Herz zog sich auf qualvolle Weise zusammen. Ich war der Grund für diesen Gesichtsausdruck. Ich war der Grund dafür, dass die Presse über sie schrieb.

Ich wünschte, ich könnte ihr das alles ersparen.

In diesem Moment wurde an der Tür gerüttelt, und die wütende Stimme meiner Mutter verlangte, dass ich öffnete.

Carla war die Einzige, die sich bewegte und meine Mutter hereinließ.

Mum schoss wie eine Furie ins Zimmer. Sie baute sich in voller Größe vor mir auf und hielt mir ein Tablet unter die Nase.

Super. Das versprach lustig zu werden.

»Was ist das?«, fauchte sie. Ich riss ihr das Tablet aus der Hand, bevor June einen Blick darauf werfen konnte. Ich entschied mich, nicht unter ihren Blicken zu schrumpfen, sondern fauchte zurück.

»Tja, das kommt davon, wenn man ein Sicherheitsteam hat, das sich einen feuchten Dreck um den Frontsänger schert.«

Meine Mutter schnaubte.

Ich war ein Arsch.

Ich tat Richard und seinen Leuten unrecht, denn eigentlich machten sie ihre Arbeit hervorragend. Ich war normalerweise derjenige, der versuchte, sie mir so oft wie möglich vom Hals zu halten.

»Hast du ihnen eingeredet, dass June deine *Flamme* ist?« Sie spuckte das Wort aus.

June zuckte zusammen.

»Nein, verdammt, wir wollten frühstücken, haben die Tür aufgemacht, wurden fotografiert und haben die Tür wieder zugemacht. Du weißt genau, dass die Presse genug Fantasie hat, um etwas hineinzuinterpretieren.«

Meine Mutter schnaubte. »Sieh zu, dass du ein Statement dazu abgibst.«

»Einen Scheiß werde ich.«

»Kian, nicht in diesem Ton.«

Das hatte sie nicht gesagt, oder?

»Ich bin erwachsen, Mum.«

»Ja, aber manchmal benimmst du dich wie ein Teenager.«

»Nein, er versucht lediglich, sich nicht zerstören zu lassen«, schaltete Gage sich ein.

June und sie wechselten einen Blick.

Mum sah Gage an, als wäre sie zu bemitleiden.

Ich verdrehte die Augen. Gage wusste so viel besser, wer ich war, als meine Mutter.

Als wir das Hotel verließen, um die acht Stunden von Yelgun zurück nach Sydney zu fahren, wartete eine Horde Reporter vor der Tür. Dummerweise lag das Parkhaus des Hotels einen Block weiter, und wir mussten durch sie hindurch. Ich fluchte leise. Sogar Dave schien ausnahmsweise genervt von unserer Berühmtheit.

Die Sicherheitsleute schafften es, uns einen kleinen Weg zu bahnen. Ich hatte meine Baseballkappe tief ins Gesicht gezogen und eine Sonnenbrille aufgesetzt. Wie wir alle. Sogar June und Kathrin. Ich hatte Kathrin in unsere Villa eingeladen und sie gebeten, noch ein paar Tage zu bleiben. June hatte zwar die Augen verdreht, aber hey, das Argument, dass ich mit Pekka unter einem Dach gelebt hatte, war unschlagbar gewesen.

Der Gedanke an ihn ließ mich die Stirn runzeln.

Wie es ihm wohl ging?

Ein Reporter schaffte es, sich an einem von Richards Leuten vorbeizuschieben. Ein Mikrofon wurde mir unter die Nase gehalten.

»Kian, ist die Frau deine Freundin?« Er deutete auf June, die den Kopf einzog.

Ich ignorierte den Typen, legte June eine Hand auf den

Rücken und schob sie vorwärts. Einer der Sicherheitsmenschen packte den Reporter grob und schob ihn zurück in die Menge. Das hier war die verdammte Hölle, und ich hatte keine Chance, ihr zu entkommen. Was aber noch viel schlimmer war: Ich konnte June nicht vor ihr beschützen.

Wieder wurde mir ein Mikro unter die Nase gehalten. Wieder wurde mir dieselbe Frage gestellt. Diesmal richteten sie auch noch eine Kamera auf mich. Ich stöhnte genervt.

Hatten diese Menschen eigentlich keine eigenen Probleme? Richard packte den Reporter und schob ihn zurück in die Menge.

Für die wenigen Schritte zum Parkhaus brauchten wir eine gefühlte Ewigkeit. Immer wieder wurden wir aufgehalten.

Erst als wir in unserer Limousine saßen, konnte ich durchatmen.

Das war doch verrückt. Ich verstand einfach nicht, wie man so viel Interesse an uns haben konnte, bloß weil wir ein bisschen gute Musik machten.

Ebenfalls unbegreiflich war mir, wie normal die anderen es fanden. Gage und Carla hatten sich entspannt in ihren Sitzen zurückgelehnt, und Dave schien das Ganze fast zu genießen, jetzt, wo er im sicheren Wagen saß.

Schon nach einer halben Stunde Fahrt hatte er Lust auf ein Eis und verlangte, dass wir eins kauften.

Ich rollte die Augen.

Wir hielten an der nächsten Ausfahrt. Es gab hier tatsächlich eine Kette, die Eis verkaufte.

Allerdings war der Drive-in geschlossen. Ein großes Schild entschuldigte sich für die Umstände.

»Lasst uns zum nächsten fahren«, schlug Carla vor.

Ich schnaubte. »Ja, oder wir könnten einfach wie ganz normale Menschen in den Laden gehen.«

Dave rollte die Augen. »Kian, du weißt, dass diese Idee beschissen ist.«

Ich zuckte die Schultern.

»Ihr könnt ja hierbleiben.« Ich öffnete die Autotür. Dave nickte und bestellte ein Himbeereis.

Auch Gage und Carla nannten mir ihre Sorten. June, Kathrin und ein paar der Sicherheitsleute aus dem anderen Auto folgten mir nach drinnen.

Ich entspannte mich ein wenig, als June meine Hand nahm und wir uns in die Schlange einreihten. Wie alle anderen auch. Wir waren nichts Besonderes. Und schon gar nichts Besseres. Trotzdem hatte ich meine Sonnenbrille aufgelassen und die Cap tief ins Gesicht gezogen.

»Das Eis ist göttlich hier«, meldete Kathrin sich neben uns zu Wort. »Ich habe hier auf der Hinfahrt gehalten.«

Erst jetzt bemerkte ich, wie angespannt June war.

Scheiße.

Das letzte Mal, als wir Eis gekauft hatten, war nicht gerade witzig gewesen.

»Alles okay?«, fragte ich vorsichtig. Ihre Hand krampfte sich um meine. Sie presste die Lippen zu einer schmalen Linie zusammen und starrte auf die riesigen Speisekarten über der Kasse.

»Ja«, brachte sie langsam hervor. Wobei sie nervös von

einem Bein aufs andere trat. Ich wollte meine Arme um sie schlingen, sie an meine Brust ziehen und von dieser Welt fernhalten, stattdessen beugte ich mich nur ein Stück zu ihr hinunter, damit Kathrin uns nicht verstehen konnte. »Ich bestelle, okay? Du musst nichts sagen.«

Ihr Gesichtsausdruck verfinsterte sich, aber sie entspannte sich ein bisschen. Nur noch zwei Leute standen vor uns in der Schlange. Langsam schüttelte June den Kopf.

»Nein, ich bestelle«, sagte sie. Ihr Blick suchte meinen und bettelte um Zustimmung.

Ich legte die Stirn in Falten.

Die Schlange wurde um eine Person kürzer, gleich waren wir dran.

Sie legte ihre freie Hand auf meinen Arm.

»Kian, ich möchte es.« Sie setzte ein angespanntes Lächeln auf. Die Schlange vor uns löste sich auf, wir waren dran. June ließ mich los und schob sich vor mich, ihre Hände zitterten, und ich konnte ihr Herz beinahe bis hierher schlagen hören, trotzdem fing sie an zu reden.

Sie zählte alle Bestellungen auf, die die anderen uns genannt hatten. Für mich suchte sie einfach irgendwas aus, da ich sie nur anstarren konnte, als sie mich und Kathrin nach unserer Bestellung fragte.

»Und dann nehmen wir noch …« Sie drehte sich kurz zu uns um. »Wie viele sind wir mit Richards Leuten und den Roadies?« Stirnrunzelnd nannte ich ihr die Zahl.

»Einundvierzigmal Cookie-Eis.« Ich konnte das Lächeln in ihrer Stimme hören.

»Einundvierzig?«, fragte die Frau hinter dem Tresen. June nickte.

»Wollen Sie Soße?«

June nickte.

»Schokoladen- oder Karamellsoße?«

Die entscheidende Frage.

June straffte die Schultern, und ihr Lächeln war in ihrer Stimme zu hören. »Karamell.«

»Alle?«

June nickte.

Stöhnend machte sich die Frau hinter dem Tresen an die Arbeit. Wir würden die Schlage wohl für eine ganze Weile aufhalten.

Eine Welle von unfassbarem Stolz überrollte mich. June drehte sich zu mir um und strahlte. Tränen stiegen mir in die Augen.

Sie war so stark.

Ich packte ihre Hüften, hob sie hoch und wirbelte sie herum.

Ihre Füße stießen gegen andere Menschen, aber es war mir egal. Ich setzte sie wieder ab, drehte den Schirm meiner Kappe nach hinten und drückte einen Kuss auf ihre Stirn.

»Ich liebe dich«, flüsterte ich.

Junes Lächeln wurde breiter. Sie schloss die Augen und ließ ihren Kopf nach vorne an meine Brust sinken, ich konnte ihr klopfendes Herz spüren.

Ich war so stolz auf sie.

Sie tat all diese Dinge, vor denen sie Angst hatte, um

dadurch stärker zu werden. Um nicht mehr von ihrer Vergangenheit beherrscht zu werden.

Ich sollte mir eine Scheibe davon abschneiden.

»Ooh, das ist Kian Winter«, drang von irgendwoher eine Stimme zu mir durch.

»Tatsächlich!«, folgte eine zweite.

Mir egal. In diesem Moment zählte nur June.

»Zeit, zu gehen.« Kathrin griff nach meinem Arm. Widerwillig löste ich mich von June.

Kathrin zog uns beide nach draußen und schob uns in den Wagen. Sobald wir saßen, griff ich nach Junes Hand.

Von außen wurde gegen die Fenster geklopft. Fans brüllten unsere Namen. Ich nahm sie kaum wahr.

Irgendwann öffnete Richard die Tür und steckte unsere Eiswaffeln hindurch, während drei andere Sicherheitsleute die fünfzehn kreischenden Mädchen zurückhielten. Dave winkte ihnen, und das Kreischen wurde lauter.

Richard lächelte uns an. »Danke für das Eis, meine Leute haben sich sehr gefreut.«

»Bedank dich bei June.« Ich nahm ihm zwei Waffeln aus der Hand und reichte eine an June weiter. Richard nickte ihr zu, und sie strahlte zurück.

Es dauerte eine Weile, bis unsere Wagen wieder auf der Straße waren und uns kein Auto, in dem Fans saßen, mehr folgte, aber zur Hölle, es hatte sich so was von gelohnt.

»Habe ich erwähnt, wie sehr ich dich liebe?«, fragte ich June, die sich gerade das letzte Stück ihrer Waffel in den Mund schob.

Grinsend sah sie mich an. »In der letzten Viertelstunde nur ungefähr hundert Mal«, erinnerte sie mich trocken.

»Reicht dann langsam auch«, kommentierte Dave.

Es würde niemals reichen.

»Du bist toll«, sagte ich.

Ihr Grinsen wurde noch breiter. »Gleich werde ich noch verlegen.«

Ich lachte. Seit Langem mal wieder ein echtes Lachen.

Junes Blick schnellte zu mir, und sie starrte mich einen Moment an. Blinzelnd schüttelte sie den Kopf. »Weißt du, was toll ist? Dieses Geräusch«, murmelte sie leise.

»Oh ja«, kam es von Gage. »Ganz fantastisch.«

Ich schüttelte den Kopf, war allerdings noch zu glücklich, um mit dem Grinsen aufzuhören.

Ich hatte mich gerade noch mehr in June verliebt, als ich es schon mein ganzes Leben lang war.

Kapitel 26

In dieser Nacht schlich ich mich in den Probenraum. Nicht, weil ich besonders große Lust dazu verspürte, sondern weil ich mich mit meiner Vergangenheit konfrontieren wollte. Junes Vergangenheit war wesentlich beschissener als meine, und sie hatte es geschafft, sich ihren Ängsten zu stellen. Sie arbeitete an sich und wurde stärker.

Ich war es mir selbst schuldig, dass ich es ebenfalls versuchte.

Ich schaltete das Licht an, und der Raum erstrahlte.

Vorsichtig trat ich einen Schritt weiter hinein.

Ich nahm meine Akustikgitarre, zog einen Stuhl heran und ließ mich darauf fallen. Meine Hände zitterten. Ich verdrehte die Augen.

Großartig.

Ich hielt doch nur eine Gitarre in den Händen! Langsam zupfte ich die einzelnen Saiten an und stimmte die Gitarre. Das Zittern meiner Finger ließ nach einer Weile nach, und als ich fertig war, schloss ich für einen Moment die Augen, um mich zu sammeln.

Genau wie in der Nacht, in der ich mit June hier unten gewesen war, spielte ich eine leise Melodie, ohne dass ich sie irgendeinem Song entnommen hätte. Ich spielte einfach, was mir gerade in den Sinn kam.

Akkorde, die es gar nicht gab. Riffs, die ich liebte.

Erst als ich der Gitarre eine Melodie entlockte, die ich noch nie zuvor gehörte hatte, zog ich meine Hände zurück.

Ich starrte das Instrument an.

Wieder fanden meine Hände einen Weg zu den Saiten. Ich spielte dieselbe Tonfolge ein zweites Mal. Sie war gut. Verflucht gut.

Ich schüttelte den Kopf, spielte die Melodie wieder und wieder, bis eine Textzeile in meinem Kopf herumgeisterte.

Ich sprang auf und zerrte ein Notizbuch aus dem kleinen Schränkchen neben dem Verstärker. Ich kritzelte die Akkorde hinein und schrieb den Satz dazu. Einen Moment lang starrte ich darauf, ohne mich zu bewegen. Das tat ich gerade nicht wirklich, oder?

Das Schlimmste war, dass ich nichts dagegen tun konnte. Ich zog die Gitarre wieder auf meinen Schoß und spielte von Neuem. Ich variierte die Akkorde hier und da, und je länger ich mich mit ihnen beschäftigte, desto mehr Textzeilen schossen mir auch durch den Kopf.

Ich war in Trance, als hätte ich zu viel gekifft und wüsste einfach nicht mehr, wo oben und unten war.

Ein kleiner Teil von mir blickte kopfschüttelnd auf mich hinab, war aber nicht stark genug, um den anderen davon abzuhalten, weitere Akkorde und Worte in das kleine Buch zu schreiben. Dasselbe Buch, in dem ich auch unsere Hits das erste Mal niedergeschrieben hatte.

Rote Rillen fraßen sich in meine Finger, und mein Rücken schmerzte irgendwann, weil ich mich die ganze Zeit nach vorne beugte, um etwas zu notieren.

Zum ersten Mal seit Langem gab es nur noch mich und die Musik. Ich ließ mich darauf ein, gab mich ihr hin, obwohl ich wusste, dass ich es später bereuen könnte.

Aufhören war keine Option.

Ich versuchte, den Text über die Akkorde zu singen, und … es war gut.

Ein Schlagzeug hallte in meinem Kopf wider.

Ich sprang auf und legte die Gitarre zur Seite, bevor ich mich hinter Carlas Instrument klemmte. Ich griff mir Sticks und spielte, was in meinem Kopf war.

Hammer. Es passte perfekt. Das Schlagzeug müsste den Song leise mit Akustikschlägern begleiten. Auch eine Geige war in meinem Kopf, aber da ich dieses Instrument nicht mal im Ansatz beherrschte, konnte ich es nicht ausprobieren. Trotzdem schrieb ich alles nieder. In den ersten Jahren hatte ich mir angewöhnt, immer alle Ideen aufzuschreiben und keine wegzuwerfen. Es war der Schlüssel zum Erfolg gewesen. Ein Fluch und Segen zugleich.

Ich starrte auf das Papier hinunter. Ich hatte tatsächlich wieder geschrieben. Obwohl ich mir geschworen hatte, es nie wieder zu tun.

»Kian?« Dave starrte mich an, als wäre ich nicht mehr zu retten. Ich ließ die Gitarre sinken und starrte zurück.

Es war, als ob ein Eimer Eiswasser über mir ausgeschüttet wurde.

Dave musterte mich. Mir wurde übel.

Was hatte ich mir nur dabei gedacht, Gitarre zu spielen?

»Ich konnte nicht schlafen«, versuchte ich mich zu verteidigen.

Lahm, richtig lahm.

Dave runzelte die Stirn, zog sich einen Stuhl heran und setzte sich neben mich.

»Oookay …« Er zog das Wort in die Länge. »Irgendwie hätte ich nie gedacht, dass du dann ausgerechnet hierherkommst.«

»Ich auch nicht«, gab ich zu.

Daves Blick flackerte zu dem Notizheft, und er riss die Augen auf.

»Du hast geschrieben?«

Panisch schlug ich das Heft zu.

»Nein«, stieß ich hastig aus und stand auf. Ich stopfte das Heft in die hintere Ecke des Schränkchens und schüttelte noch einmal den Kopf. »Nein, wehe, du erzählst Mum davon.«

»Entspann dich, werde ich nicht.« Er lehnte sich in seinem Stuhl zurück, den Blick auf mich gerichtet.

»Was genau hasst du so sehr? Unsere Eltern?«

Die Frage überforderte mich. Dave hatte noch nie in seinem Leben über Gefühle gesprochen.

»Ehm …«, machte ich, um Zeit zu gewinnen. Er verschränkte die Arme vor der Brust.

»Ich hasse unsere Eltern nicht«, murmelte ich. »Nur, dass sie unsere Manager sind.«

Dave runzelte die Stirn. Ich sprach weiter.

»Die ganzen Verpflichtungen machen mich wahnsinnig.«

Er erwiderte meinen Blick. Ich glaube, es war das erste Mal, dass er mir richtig zuhörte.

»Ich habe meine Freude an der Musik verloren.«

Dave riss die Augen auf. Scharf zog er Luft in seine Lunge.

»Heilige Scheiße.« Er fuhr sich durch die kurzen Haare und sah mich kopfschüttelnd an. »Mann, das ist schlimm.«

Ich lächelte matt.

»Bist du deshalb abgehauen?«, fragte er.

Ich nickte langsam.

»Du bist nur wegen June zurück, oder?«

Wieder nickte ich.

»Und wegen euch.«

Ich seufzte.

»Es war eine beschissene Idee, mich dazu überreden zu lassen.«

»Okay, Kian.« Er erhob sich und baute sich in seiner vollen Größe vor mir auf. »Ich gebe dir jetzt einen guten Rat, als dein großer Bruder.«

Na, da war ich aber mal gespannt. Seine Mundwinkel zuckten, und auch meine hoben sich ein kleines Stück. Feierlich breitete Dave die Arme aus. »Musik ist das Beste im Leben.« Er lächelte. »Sie hält dich, wenn niemand anders es kann, sie macht dich glücklich, wenn alles beschissen ist, aber das Wichtigste ist, sie beschert dir ein niemals endendes Sexleben.«

Mein Lächeln war verschwunden, aber bei seinen letzten Worten zupfte es wieder an meinen Lippen.

»Und genau deshalb bin ich gegangen, Dave.« Ich lehnte mich zurück und verschränkte die Arme.

»Wegen des Sexlebens? Himmel, Kian, du machst definitiv etwas falsch.«

Jetzt musste ich doch lachen.

»Ich bin nur an Sex mit einer einzigen Frau interessiert«, gab ich zu, und Dave legte die Stirn in Falten, als wäre ich ernsthaft zu bemitleiden.

»Schon immer«, fügte ich hinzu.

Grinsend schüttelte er den Kopf.

»Du weißt nicht, was du verpasst.«

Doch, ich hatte es schließlich jahrelang erlebt.

»Na ja, wir müssen ja auch nicht in allem einer Meinung sein.« Dave sah sich im Raum um. »Aber hast du dir gemerkt, was ich sonst noch über Musik gesagt habe?«

Ich presste die Lippen zu einer schmalen Linie zusammen und nickte.

»Stimmst du dem zu?«, fragte er, während er nach einer Gitarre griff.

Ich starrte auf das Instrument.

»Nicht mehr«, murmelte ich.

»Okay.« Mitsamt Gitarre ließ er sich wieder neben mich fallen. »Lass uns spielen.«

Ich verkrampfte mich und schüttelte den Kopf.

Dave rollte mit den Augen.

»Wie früher, Kian.« Er schenkte mir ein ehrliches Lächeln. »Ohne Verpflichtungen.«

Ich starrte mein eigenes Instrument an. Ich müsste nur die Hand ausstrecken.

»Ich weiß, dass die Musik dich damals eine ganze Weile am Leben gehalten hat«, kam es von Dave. Mein Blick zuckte wieder zu ihm. »Und heute Morgen in dem Hotel, als du nach der Gitarre gefragt hast …«, er brach ab und fuhr sich durch die Haare. »Vielleicht hast du deine Freude am Spielen verloren, aber, Kian, du hast die Musik noch lange nicht aufgegeben. Verflucht, du hast gerade einen Song geschrieben, und lass mich raten, wahrscheinlich ist er so verdammt gut wie alle anderen zuvor?!«

Ich starrte ihn einen Moment an, blinzelte und versuchte wieder zu mir zu kommen.

Er hatte das Gleiche gesagt wie June.

Konnte diese Welt es denn nicht kapieren?

Ich war fertig mit der Musik.

»Musik machen ist deine Leidenschaft, Kian. Du kannst sie nicht loswerden.«

Ich hatte Dave niemals zuvor so reden hören. Ich hatte nicht gewusst, dass Wörter wie *Leidenschaft* überhaupt in seinem Wortschatz existierten, aber scheinbar kannte ich meinen großen Bruder nicht so gut, wie ich gedacht hatte.

»Ich weiß es, weil es bei mir auch so ist.«

Wow.

»Ich würde euch dasselbe antun, was mir passiert ist«, krächzte ich. »Wenn ich die Band verlasse.«

Dave riss die Augen auf und schwieg einen Moment, dann schüttelte er den Kopf. »Darum geht es gar nicht, Kian.«

Er stand auf, nahm meine Gitarre und legte sie in meinen Schoß. »Ich möchte, dass du wieder Freude hast an dem, was wir tun, denn du und ich wissen, dass es das gottverdammt beste Gefühl ist, auf der Bühne zu stehen oder einfach in diesem Raum hier zu sein und sich in der Musik zu verlieren.«

Ich zupfte an einer Saite, ohne Dave zu antworten.

Er spielte ein Lied an. Ich erkannte es schon bei den ersten Akkorden und musste gegen meinen Willen lächeln.

Unser erstes Lied, das wir jemals auf Gitarre gespielt hatten.

Wie von selbst fanden meine Finger einen Weg zu den Saiten.

Ich stieg ein. Spielte die gleichen Akkorde wie mein Bruder und lächelte.

Der Song war grauenvoll. Eine Beleidigung für unseren Musikgeschmack, aber es war egal.

Mit einem Mal waren wir nicht mehr in Sydney, wir waren nicht mehr über zwanzig, sondern wieder sechs und acht Jahre alt. Wir strahlten wieder wie Honigkuchenpferde, weil wir zum ersten Mal einen Song spielten.

Wir hielten uns für verdammt cool.

Ich war so stolz gewesen, als ich June den Song zum ersten Mal vorgespielt hatte. Sie hatte mir versichert, dass ich eines Tages ein großer Rockstar werden würde, und ab diesem Moment hatte ich mir nichts sehnlicher gewünscht als genau das.

Tja, manchmal konnten Träume schneller in Erfüllung gehen, als es gut war.

Dave lächelte mich an. Seit damals war so verdammt viel Zeit vergangen. Wir waren nicht mehr die lieben kleinen Brüder von nebenan. Wir waren muskelbepackte, tätowierte Rockstars geworden.

»Kian?«, fragte Dave, als wir den Song dreimal durchgespielt hatten. Meine Finger huschten noch einmal über die Saiten, dann hob ich den Kopf, um ihn anzusehen.

»Ich habe dir was verschwiegen.«

Ich hob eine Augenbraue. Sein Grinsen wirkte gezwungen. »In zwei Wochen geben wir ein Konzert, hier in Sydney.«

Ich blinzelte. Einen verdammt langen Moment lang.

»Was?«, krächzte ich. »Wir touren doch gar nicht.«

»Mum meinte, es wäre gut, weil wir so lange nicht mehr aufgetreten sind.« Er zuckte die Schultern.

Tickte sie noch richtig? Wir hatten doch erst gestern Abend auf dem Festival gespielt.

Ich öffnete den Mund, um etwas zu sagen, doch Dave kam mir zuvor.

»Willst du es absagen?«, fragte er.

Ich senkte den Blick auf meine Gitarre. In zwei Wochen. Dann war die Halle längst ausverkauft, Dutzende Fans würden schon jetzt dem Konzert entgegenfiebern. »Das wäre nicht fair.«

Dave schüttelte den Kopf. »Mann, Kian du denkst echt immer nur an andere, oder?«

Ich schüttelte ebenfalls den Kopf. »Ich finde, ich sollte dem Ganzen hier noch eine Chance geben.«

Kapitel 27

Wütend starrte ich auf die umherschaukelnde Masse. Wie hatte ich das hier früher genießen können? Dave presste seine Hüften gegen den Hintern einer Frau und schlang die Arme um sie. Als sich unsere Blicke für einen Moment trafen, lächelte er. Seit der Nacht, in der wir das Kinderlied zusammen gespielt hatten, standen wir uns wieder näher. Er hatte mich mehrmals gegenüber Mum verteidigt und in den Proben mehr darauf geachtet, womit ich klarkam und womit nicht. Obwohl ich diese neue Entwicklung toll fand, hieß es nicht, dass ich mochte, was ich gerade sah. Ich wandte den Blick von meinem balzenden Bruder ab und ließ ihn weiter über die Menge schweifen. Carla und Gage schaukelten eng umschlungen und viel zu langsam für den schnellen Rhythmus der Musik.

Jemand nahm meine Hand.

June. Endlich war sie wieder da.

»Lass uns tanzen«, schrie sie gegen die laute Musik an.

Ich stöhnte. Ich verspürte keine große Lust, mich in das Meer aus betrunkenen Menschen zu stürzen.

Sobald ich die Tanzfläche betreten hatte, hängten sich zwei Frauen an mich. Seufzend schob ich sie zur Seite. Sahen sie denn nicht, dass June meine Hand hielt? Wir fanden eine Stelle, die noch nicht völlig überfüllt war.

Ich legte meine Hände auf Junes Hüfte und zog sie an mich. Es schüttelte eine der Frauen ab. June bemerkte die andere und erdolchte sie mit Blicken. Ein Lächeln stahl sich auf meine Lippen.

Gut zu wissen, dass sie mich für sich allein haben wollte. Ich beugte mich vor.

»Eifersüchtig?«

Sie funkelte mich an. »Nicht im Geringsten.«

Ich lachte. Sie verdrehte die Augen. Ich drehte mich zu der anderen Frau um und lächelte sie zuckersüß an.

»Sorry, aber heute habe ich mir schon jemanden ausgesucht.« Vielsagend deutete ich auf June, die daraufhin von oben bis unten gemustert wurde. Im Gegensatz zu den ganzen Miniröcken und bauchfreien Tops trug sie T-Shirt und Jeans. Sie sah so viel besser aus als alle anderen. Die Frau zog ab: Ich war mir zu hundert Prozent sicher, dass sie auf der nächsten Party in Jeans erscheinen würde. Ich grinste zufrieden. Ein bisschen weniger nackte Haut würde diesen Partys im Palast Winter ganz guttun.

»Du bist so ein Idiot«, schrie June, um die Musik zu übertönen.

»Ich dachte, du wolltest sie loswerden«, antwortete ich grinsend und zog sie ein Stück näher. June verdrehte die Augen. Sie hatte sie loswerden wollen.

Ich küsste ihre Wange und wandte mich zum Gehen. »Bleib genau hier stehen«, sagte ich. Sie hob eine Augenbraue.

»Ich muss einen anderen Song anstellen«, erklärte ich und drehte mich um. Mit wenigen Schritten war ich bei der DJ-Anlage. Kurze Zeit später dröhnte mein gewünschtes Lied aus den Boxen.

Ich fand meinen Weg zurück zu June und schlang die Arme um ihre Mitte.

Lachend folgte sie meinen Bewegungen. Als der Refrain einsetzte, suchte ich ihren Blick. Sie sah mich schon längst an, und wir brüllten die Textzeilen zusammen.

»I just want to tell you so you know …«

Ich zog sie näher. June lächelte, als ich ihre Wangen umfasste.

»You are my only one …« Ich wisperte die Worte und beugte mich vor, um sie zu küssen. Ich legte meine Lippen auf ihre. Ihr Geschmack war so vertraut, dass ich leise seufzte.

Wir wurden zu einem der unerträglichen Pärchen, die in der Mitte der Tanzfläche standen und sich eigentlich dringend ein Zimmer nehmen müssten. Den Song nahm ich nur noch aus der Ferne wahr, June beanspruchte alle meine Sinne. Ich wurde angerempelt, nahm aber auch das kaum wahr. Erst als mich jemand von June wegriss, kam ich wieder zu mir.

»Jemand hat ein Foto gemacht«, schrie Gage mir über die Musik hinweg zu. Ich entzog mich ihrem Griff. »Wer?«

»Keine Ahnung, irgendein Typ, ist verschwunden.«

Nein. Nein. Nein.

Ich riskierte einen Blick zu June. Panik spiegelte sich in ihren Augen. Damit war es um mich geschehen.

Wut drang in jede einzelne Faser meines Körpers.

Dieses verflucht beschissene Rockstar-Leben.

Es waren schon oft Kussfotos von mir kursiert, ich hatte sie mir nie angesehen und auch die Kommentare dazu ignoriert, aber bei June war es etwas anderes. June bedeutete mir alles, und June würde diesen Kommentaren vielleicht nicht standhalten.

»Wie sah der Wichser aus?«

»Kian, du wirst ihn nicht finden.«

Ich schnaubte, wahrscheinlich war es längst zu spät, und das Arschloch hatte das Foto schon auf diversen sozialen Netzwerken hochgeladen.

Im Grunde war es mir egal, würde die ganze Welt über uns Bescheid wissen. Meine einzige Sorge bestand darin, dass June verletzt werden könnte.

»Ich habe keine Lust mehr zu feiern«, informierte ich meine Freunde. Gage und Carla nickten mitfühlend. Ich nahm Junes Hand und führte sie aus der schaukelnden Masse heraus.

Neben der Treppe stand ein Typ, der auf seinem Handy herumtippte. Aus einem Reflex heraus riss ich es ihm aus der Hand und starrte auf den Bildschirm. Kein Foto von June und mir. Nur Textnachrichten. *Babe*, stand in großen Buchstaben darüber.

»Entschuldigung«, ich reichte dem Typen das Handy zurück.

Er war Jovi, einer unserer Roadies. Er grinste.

»Kein Ding, jetzt kann ich es für Millionen verkaufen, einmal von Kian Winter berührt worden …«

Ich rollte mit den Augen. Ich ging an ihm vorbei die Treppe nach oben. June folgte mir. Von jedem Partygast, an dem oder der wir vorbeikamen, fingen wir uns einen merkwürdigen Blick ein. Das Bild war also schon im Netz. Großartig.

Als wir endlich im Schutz meines Zimmers ankamen, ließ ich die angehaltene Luft entweichen. June stand mit hängenden Schultern neben mir.

»Ich mache alles nur noch schlimmer, wenn ich hier bin«, murmelte sie so leise, dass ich sie zuerst nicht verstand.

Was? Nein!

»June, nicht.« Ich trat auf sie zu und griff nach ihren Händen. »Ich halte es nur aus, weil du hier bist.«

Sie lächelte schwach. »Aber so sollte es nicht sein.«

Ich schwieg.

June betrachtete unsere verschlungenen Hände.

Ich zog leicht daran.

»Komm«, murmelte ich. »Wir waren noch nicht fertig mit Tanzen.«

Ich nahm eine Musikbox aus dem Regal und zog sie mit mir zu der Treppe, die auf die Dachterrasse führte. Hier oben war genug Platz, um mit einer ganzen Partygesellschaft Silvester zu feiern. Nicht dass wir das jemals getan hätten.

Gemütliche Sitzsäcke und Kissen lagen in der einen Ecke, während in einer anderen Gartenstühle und große Topfpflanzen standen. Es war fast still hier oben. Die Geräusche der Stadt drangen nur noch gedämpft zu uns herauf, und auch die Musik von unten war nicht mehr zu hören. Sterne funkelten über unseren Köpfen, leider nicht so viele wie in Bath, dafür war Sydney zu groß, aber immerhin einige. June zog scharf die Luft ein.

»Ist nicht so toll wie dein Balkon in England«, sagte ich, als ich die Musikbox auf dem Tisch abstellte und sie mit meinem Handy verband.

»Nee«, antwortete sie sarkastisch. Ich stellte einen Song von Yellowcard an. Augenblicklich traf Junes Blick meinen. Sie kam zu mir herüber, nahm mir das Handy aus der Hand und stellte *Sing for Me* an. Es war der Song, bei dem wir uns zum ersten Mal richtig geküsst hatten, in ihrer kleinen Küche, tanzend, nach dem Abwaschen. Allein bei dem Gedanken daran regte sich etwas in mir. Ich hatte eine Scheißangst gehabt, als ich sie damals geküsst hatte. Mein Herz hatte so laut geschlagen, dass ich mich gewundert hatte, warum die Nachbarn nicht geklopft hatten. Als sie jetzt ihre Hände in meinem Nacken verschränkte und wir uns genau wie damals leise im Takt der Musik bewegten, lief mein Herz wieder einen verdammten Marathon. Wir sahen uns nur an, warteten auf die eine ganz bestimmte Stelle, die erst gegen Ende des Liedes kam. Ich wusste, dass wir uns küssen würden, und allein das jagte mir ein Kribbeln über die Haut.

»Follow your heart, it's never wrong …«

Ich beugte mich vor und legte meine Lippen auf ihre. Wir küssten uns sanft.

Als wäre es das erste Mal.

Als wären wir wieder in Junes kleiner Küche in England. Ich wünschte, es wäre so. Ich wünschte, ich könnte in der Zeit zurückreisen und all diese wundervollen Momente noch einmal erleben.

Meine Songs waren auf Zufall gestellt, und als jetzt

Always von Bon Jovi in der Nacht erklang, lächelte June an meinen Lippen.

Mein Klingelton unterbrach den Song. Fluchend löste ich meine Lippen von ihren und zwang mich, zum Tisch zu gehen, obwohl ich das Handy zu gerne ignoriert hätte. Ellas Name blinkte mir entgegen. Seufzend nahm ich ab.

»Was fällt dir ein, du hast gerade den besten Kuss meines Lebens unterbrochen«, sagte ich statt einer Begrüßung.

Ich hörte June leise lachen. Auch Ella lachte, allerdings eher gezwungen. »Findet der zufällig auf einer Party inmitten betrunkener Menschen statt?«

Verflucht.

»Nein«, sagte ich leise. »Bitte, sag mir, dass das nicht wahr ist.«

Ella seufzte. »Es geht durch alle Klatschmedien.«

Nein. Oh, bitte nicht.

»Hör zu.« Ellas Stimme war eindringlich. »June darf diese Scheiße, die zu eurem Bild geschrieben wird, auf keinen Fall lesen.«

Ich warf einen Blick zu June, die mich mit einem leichten Lächeln auf den Lippen und hochgezogenen Augenbrauen ansah. »Ich weiß.«

All diese Worte könnten sie wieder um Längen zurückwerfen, dabei war sie in den letzten Wochen so stark geworden.

Ella seufzte am anderen Ende. »Kian, mir ist das wichtig, okay?«

»Mir auch«, entgegnete ich. »Ich weiß, was damals passiert ist. Und glaub mir, ich mache mir viel mehr Sorgen als du.«

Junes Lächeln verblasste. Sie legte die Stirn in tiefe Falten und war mit wenigen Schritten bei mir. »Hört auf, über mich zu reden, wenn ich danebenstehe.«

Sie nahm mir den Hörer aus der Hand und pflaumte auch Ella an. Ich hörte nicht, was Ella sagte, aber Junes Gesicht verdüsterte sich nur noch mehr.

»Ella, ich vertraue dir, aber ich bin nicht mehr so wie in den letzten Jahren.«

Die beiden diskutierten noch eine Weile, bevor June auflegte und wieder leise Musik durch die Nacht schallte.

»Lass mich raten, jemand hat das Bild hochgeladen und Scheiße über mich geschrieben?«

Schweigend starrte ich auf meine Füße hinunter.

»Und jetzt habt ihr Angst, ich könnte verletzt werden.«

Voll ins Schwarze getroffen.

»Kian? Will Ella mir deshalb verbieten, das Internet zu benutzen?«

Ich suchte ihren Blick. »Ich benutze das Internet auch kaum noch, jedenfalls suche ich mich nicht mehr selbst.«

»Das beantwortet nicht meine Frage.«

Ich fluchte leise in mich hinein.

»Ja, verdammt, es steht Scheiße über uns im Internet, ich habe es mir aber nicht angesehen, und du wirst das auch nicht tun.«

June kniff die Augen zusammen. »Du hast wirklich großes Glück, dass ich dich gernhabe, sonst würde ich dir diesen befehlenden Unterton richtig übel nehmen.«

Sie ging an mir vorbei und stapfte die Treppe nach unten. Fluchend sah ich in den Himmel, auf die Stadt hinunter und ging ihr schließlich nach.

»June …« Sie hatte das Zimmer schon betreten, wirbelte zu mir herum und funkelte mich an. Der Sturm, der in ihren Augen tobte, war kaum auszuhalten.

»Ich kann dir nicht verbieten, im Internet nachzulesen«, sagte ich leise. »Aber ich möchte dich darum bitten.« Ich trat einen Schritt näher und umfasste ihre Wangen. »Ich möchte dich darum bitten, weil ich dich liebe, June, und weil ich dich kenne, besser, als du dich manchmal kennst, wie du selbst gesagt hast.« Ich strich ihr eine lose Haarsträhne hinters Ohr. »Weil ich eine Scheißangst davor habe, dass du verletzt werden könntest.«

June schloss die Augen, und die Falten verschwanden von ihrer Stirn. Ich umfasste ihren Hinterkopf, als ihr Körper an meine Brust sank und sie die Arme um mich schlang.

»Ich kann dir nicht versprechen, dass ich nicht ins Internet gehe, aber kannst du mir etwas versprechen?«

Ich drückte sie fester und nickte. »Alles, was du willst.« Und das meinte ich ernst. Ich hätte alles für sie getan, wenn sie mich darum gebeten hätte.

»Kannst du für mich da sein, falls ich es mir ansehen werde?«

Oh, verfluchter Mist.

»Immer.«

»Imer?«

»Imer.«

Kapitel 28

Nervös fummelte ich am Griff meiner Gitarre herum. June legte mir beruhigend ihre Hände auf die Schultern. Ich schloss für eine Minute die Augen. Wir hatten die Kommentare im Internet ignoriert. Sie waren nicht wichtig gewesen. Die letzte Woche hatten wir uns nur für uns genommen. Neben den vielen Bandproben, die ich nicht umgehen konnte, hatte ich June die Stadt gezeigt. Wir waren ein Wochenende ins australische Outback gefahren und an einem anderen Tag essen gewesen. Abends hatten wir Sex. So viel Sex.

Kathrin wohnte noch immer bei uns, und mit Dave verstand ich mich besser denn je. Er sorgte dafür, dass unsere Eltern bei keiner Probe dabei waren und dass ich genug Zeit bekam, wenn ich mich vor einem Song sammeln musste.

Fast fühlte ich mich wieder wohl bei den Proben.

Fast.

»Bereit?«, fragte mein Bruder und lächelte mich an. Ich öffnete die Augen und starrte einen Moment auf die noch leere Bühne des Opera House. Wir traten auf Sydneys schillerndster Bühne auf. Ich hätte mich darüber freuen sollen. Die Vorband hatte bereits gespielt und war strahlend von der Bühne gekommen.

Es tat weh.

Ich hatte einmal genauso gestrahlt.

Langsam schüttelte ich den Kopf.

»Versuch einfach, Spaß zu haben«, kam es von Gage. June ließ mich los, und ich drehte mich zu ihr um. Auch sie lächelte mich an und nickte mir zu. Warum waren eigentlich alle so überzeugt davon, dass Musik zu machen und auf einer Bühne zu stehen mein Ding war?

»Gehen wir, ich werde nie bereit sein«, murmelte ich. Ich sah Junes Blick einen Moment zu dem Tattoo an meinem Arm flackern. Sie schüttelte leicht den Kopf, bevor sie uns allen viel Glück wünschte.

»Genieß die Show deiner Lieblingsband.« Gage klopfte ihr auf den Rücken.

June grinste sie an. »Werde ich.«

In der Halle vor der Bühne gingen die Lichter aus, und die Leute kreischten. Mein Magen zog sich zusammen. Gage griff nach meiner Hand und drückte sie einmal fest. Ich presste die Lippen aufeinander.

»Wir wechseln uns ab mit Reden«, erinnerte Dave mich an das Grauen, das mich erwartete. Ich straffte die Schultern und versuchte, das flaue Gefühl in meinem Magen zu ignorieren. Wieder in einer Konzerthalle zu spielen, war viel beängstigender, als unter freiem Himmel auf einem Festival und als eine von vielen Bands zu spielen.

Draußen ging der Countdown los. Meine Hände zitterten. Ich umklammerte den Steg meiner Gitarre.

Der Countdown verklang. Wir sahen uns an, alle außer mir grinsten. Pure Vorfreude stand in ihren Gesichtern, und ich entschied, das Ganze durchzuziehen. Nicht für mich, sondern für die Band. Diese Menschen bedeuteten mir etwas, ob ich es nun wollte oder nicht.

Wir betraten die Bühne, und ich stellte mich ans Mikro.

Ich achtete nicht auf das Publikum. Es war ohnehin nur eine schaukelnde Masse. Das Gekreische wurde lauter. Ich riskierte einen Blick zu June. Sie kreischte ebenfalls. Als sie meinen Blick bemerkte, klappte sie den Mund zu und lächelte den Boden an. Ich rollte mit den Augen und konzentrierte mich aufs Singen.

Wir spielten zwei Songs, dann legte ich die Hände ans Mikro.

»Guten Abend, Sydney!«, rief ich, und die Menge rastete aus. Dave verdrehte neben mir die Augen und trat an sein eigenes Mikro. »Mein Bruder ist mal wieder viel zu förmlich, aber was soll ich sagen, dafür lieben wir ihn ja.« Er warf mir einen Blick zu, und ich musste tatsächlich grinsen. Ich musste, verdammt noch mal, grinsen.

»Also, wie ist eure Stimmung, Leute?«, schrie Dave. Wieder rastete die Menge komplett aus. Ich verkniff es mir, die Augen zu verdrehen, als ich in der ersten Reihe ein Mädchen sah, in deren Dekolleté »DAVE« zu lesen war.

»Hier ist euer nächster Song, er heißt *Bring Me Back*.«

Wieder Jubel.

Wir spielten.

Das Konzert war gut. Wir leisteten uns nur wenige Fehler, und die Stimmung hätte ich früher als fanatisch beschrieben. In winzigen Momenten fühlte ich mich tatsächlich wohl.

Als wir die Bühne verließen und die Menge draußen lautstark nach einer Zugabe verlangte, war ich schweißüberströmt. June schloss mich trotzdem in ihre Arme. Sie hatte sich das ganze Konzert angesehen, und ihre roten Wangen verrieten mir, dass sie getanzt hatte und es genoss.

Wir küssten uns. Ich vergaß, wo ich mich befand. Erst als Dave sich räusperte, hob ich wieder den Kopf.

»Zugabe«, sagte er und deutete auf die Bühne. Ich löste mich schweren Herzens von June, lief allerdings rückwärts auf die Bühne, um sie ansehen zu können. Lächelnd erwiderte sie meinen Blick. Die Menge kreischte, aber ich sah nur June. »Hier ist unser letzter Song, *The World Between Us*.«

Jubelschreie.

Mein Blick blieb bei June. Es musste komisch aussehen, wie ich die ganze Zeit zur Seite starrte, aber ich gab einen Scheiß drauf.

»*We were a soul in two bodies …*«

Selbst von der Bühne aus konnte ich sehen, wie Junes Augen sich mit Tränen füllten.

»*Know each other better than ourselves …*«

Die Menge kreischte die Zeilen mit. June wischte sich über die Augen. Ich wollte nicht weitersingen, ich wollte zu ihr rennen, sie in die Arme schließen, sie küssen und niemals wieder loslassen.

»*But now, the world lies between us …*«

Carla schlug auf ihr Schlagzeug, und die anderen setzten mit ein. Die beste Stelle im Song. Was hatte ich mich damals gefreut, als wir es endlich genau so hinbekommen hatten, wie ich es mir vorgestellt hatte. Den Song jetzt zu Ende zu spielen, kam mir allerdings vor wie eine Qual, ich wollte nur noch runter von dieser Bühne.

Ich spielte die letzten Akkorde.

Ich zwang mich, ein letztes Mal ins Publikum zu sehen. »Tausend Dank!«, rief ich. Die Menge tobte. Dave sagte auch noch etwas, doch da war ich schon unterwegs. Ich rannte regelrecht auf June zu. Sie kam mir auf halbem Weg entgegen, schlang die Arme um mich, und ich küsste sie.

Es war der größte Fehler, den ich hätte begehen können.

Kapitel 29

Die Geräusche um uns herum verstummten. Es gab nur noch mich und June. Bis mich jemand heftig von ihr wegriss.

Ich sah auf und traf Daves Blick. Ich kniff die Augen zusammen und funkelte ihn an. Sein Kopf nickte in die andere Richtung. Ganz langsam drehte ich mich um und starrte in Tausende Gesichter. Das Licht im Zuschauerraum war angegangen, und es war gespenstisch still, all diese Menschen starrten mich an, mich und June.

Stumm starrte ich zurück. Nur langsam sickerte die Erkenntnis in mein Bewusstsein.

Diese Menschen starrten June an.

Ruckartig drehte ich mich zu ihr um. Ihre Augen waren aufgerissen, ihr Blick auf die Menge gerichtet. Ihr gesamter Körper war angespannt, und ihre Unterlippe zitterte.

Leben kam in die Menge. Die Leute grölten. Flüche wurden ausgestoßen. Beleidigungen und Freudenrufe wurden uns an den Kopf geschleudert, und die meisten der Beleidigungen richteten sich gegen June. Ihre Hände krampften sich um meine.

»Runter«, hörte ich Dave sagen. Er packte meinen Arm und zerrte daran. »Runter von der Bühne.«

»Schlampe!«, rief jemand.

June wurde bleich.

Wie hatte ich so dumm sein können?

Wieso hatte ich nicht gecheckt, dass wir uns noch auf der Bühne befanden?

Dave zerrte inzwischen an uns beiden.

Endlich kam Leben in meine Beine, und wir brachten June von der Bühne. Sobald sie die vielen Menschen nicht mehr sehen konnte, kam Bewegung in ihren Körper. Während im Hintergrund noch immer Beleidigungen gerufen wurden, zog sie ihre Hand aus meiner und rannte los.

Ich rief ihren Namen, aber sie blieb nicht stehen und war schon bald in einem der Gänge verschwunden.

»Fuck«, stieß ich aus. Ich nahm die Beine in die Hand und sprintete hinterher. Die anderen folgten mir.

Wir fanden sie nicht. Dafür rannte ich irgendwann in einen Körper hinein.

»Kian.« Die Stimme meiner Mutter schnitt die Luft in tausend Einzelteile. Grob packte sie meine Hand und zerrte mich mit sich. Obwohl ich wild um mich fuchtelte, schaffte sie es irgendwie, dass ich ihr bis zu dem Aufenthaltsraum, in dem wir vor dem Konzert rumgehangen hatten, folgte.

Die Vorband saß hier.

»Na, das war mal eine Show«, begrüßte mich einer der Gitarristen. Er deutete auf den Fernseher, von dem aus er das Konzert verfolgt hatte. Dave schnaubte. Ich ballte die Hände zu Fäusten und riss mich endlich von meiner Mutter los. Ich musste mit June reden, und zwar ohne dass irgendwelche Leute dabei waren.

»Nicht so schnell, Kian.« Meine Mutter stellte sich mir in den Weg, als ich verschwinden wollte.

»Was sollte dieser Scheiß? Jetzt haben wir wieder tagelang die Presse am Hals.«

Ich knurrte. Die Presse war mir gerade scheißegal.

»Wir müssen eine Pressekonferenz machen, am besten sofort.«

Ich schnappte nach Luft. Tickte sie noch richtig? Ich hatte gerade echt andere Probleme.

»Jetzt lass ihn doch erst mal June wiederfinden«, mischte Dave sich ein, bevor ich an die Decke gehen konnte.

Mum schnaubte. »Seit wann küsst ihr euch überhaupt?«

Das ging sie, verdammt noch mal, nichts an.

Ich antwortete nicht, sondern riss mich los, um endlich abzuhauen. Ich kam nicht weit.

»Am besten machen wir die Pressekonferenz gleich hier.«

Die Worte ließen mich erstarren. Langsam drehte ich mich zurück zu meiner Mutter.

»Du bist krank«, zischte ich.

Wut rauschte durch meine Adern.

Das Einzige, was ich gerade wollte, war, mit June allein zu sein, damit ich sie in den Arm nehmen konnte. War das echt zu viel verlangt?

»Mrs Winter, es ist doch wirklich nichts Schlimmes passiert«, versuchte Gage meine Mutter zu beschwichtigen.

Mum keifte. »Wie bitte?«

Daves Handy klingelte, und er zog es stöhnend aus der Tasche.

Ich konnte nicht hören, was er sagte, da Mum zu laut schrie.

»Wir werden Tausende von Fans verlieren, wenn sie denken, dass Kian eine Freundin hat.«

Gage schnaubte. »Das würde uns ja auch richtig wehtun.«

»Wir haben, verdammt noch mal, Platin«, mischte Carla sich ein. »Die tausend Fans sind echt egal.«

Dave beendete sein Telefonat und wandte sich mir zu. »Richard bringt sie nach Hause.«

Ich ließ zischend Luft entweichen. »Ich muss zu ihr.«

»Du musst vor die Presse«, entgegnete Mum.

Dave wirbelte zu ihr herum. »Es geht hier weder ums Image noch um dich, okay? Kannst du dich vielleicht einen Moment lang in June oder Kian versetzen?«

Ich hätte ihn knutschen können.

Meine Mutter schnaubte nur.

Typisch.

Ich wandte mich zum Gehen.

»Kian, du bleibst hier«, rief sie und packte mich am Arm.

Ich versuchte, mich zu befreien.

Keine Chance.

Ich fiel auf die Knie.

Meine Beine gaben einfach unter mir nach. Zitternd stützte ich mich mit den Händen auf dem Boden ab.

Gage setzte sich neben mich und schlang die Arme um meine Taille.

»Ich muss zu ihr«, flehte ich sie an. »Ihr kennt sie nicht,

ich wisst nicht, wie schlimm das für sie ist.« Tränen brannten in meinen Augen.

Gage schwieg und drückte meinen bebenden Körper an ihren. Vorwurfsvoll sah sie meine Mutter an, die ihr Handy aus der Hosentasche gezogen hatte und lautstark eine Pressekonferenz organisierte.

»Ich muss zu June«, wiederholte ich.

»Lass ihr ein bisschen Freiraum«, murmelte Gage, nicht gerade überzeugend. »Ihr solltet gerade echt nicht zusammen gesehen werden.«

»Das ist mir so egal.«

»Ich weiß, und deshalb bin ich hier und halte dich fest, damit du nicht etwas tust, was du später bereust.«

»Komm schon, Mann.« Dave hielt mir seine Hände hin. »Richard ist für sie da.«

Ich ergriff seine Hände, und er zog mich auf die Beine. Zu viert setzten wir uns aufs Sofa. Ich kramte mein Handy aus der Tasche und wählte Junes Nummer.

Sie ging nicht dran. Natürlich ging sie nicht dran. Fluchend warf ich das Handy auf den Tisch vor mir.

Ich konnte mich nicht beruhigen. Das Blut rauschte in meinen Ohren. Ich griff nach dem Handy, das ich eben erst auf den Tisch geworfen hatte, und rief Richard an, aber auch er nahm nicht ab.

»Verfluchte Scheiße.«

»Kian, beruhig dich, in ein paar Tagen erinnert sich niemand mehr an diesen Kuss, du weißt doch, wie es läuft.« Carla lehnte sich ein Stück vor, um mich besser ansehen zu können. Ich schnaubte. Es ging nicht darum.

Es ging darum, dass June gerade durch die Hölle ging. Meinetwegen.

Das würde nicht nach ein paar Tagen verschwinden.

Ich stützte die Ellenbogen auf die Knie und vergrub das Gesicht in den Händen. June durfte auf keinen Fall ins Internet gehen.

Wieder grapschte ich nach dem Handy und wählte ihre Nummer.

Sie ging nicht dran. Meine Panik wuchs. Ich hörte kaum, was die anderen sagten. Sie redeten auf mich ein, aber ich verstand kein einziges Wort.

Jemand nahm mir das Handy aus der Hand. Mum.

»Kian, wir haben in einer Viertelstunde eine Pressekonferenz, du musst aufhören zu heulen.«

Ich sah auf. Und sah nichts. Erst jetzt bemerkte ich, dass mir heiße Tränen über die Wangen liefen und mir die Sicht verschleierten.

Jemand reichte mir ein Taschentuch. Ich versuchte die Tränen zu trocknen, aber es gelang mir nicht.

Alles war zu viel. Ich wollte hier weg, an einen Ort, an dem ich mich nicht mit diesem ganzen Scheiß rumschlagen musste.

Ich verstand, warum so viele Musiker und Musikerinnen zu Drogen griffen. Diesem ganzen Druck konnte man einfach nicht standhalten.

Blitzlichtgewitter empfing mich, als ich in Daves Schatten den Raum betrat. Er baute sich vor mir auf, als wäre er mein ganz persönlicher Bodyguard.

Gage und Carla waren hinter mir, und zum ersten Mal seit Langem gab meine Band mir wieder Kraft.

Ich setzte mich auf das Sofa, das für uns bereitstand, und starrte in die Masse aus Gesichtern.

Meine Mutter stellte sich vor uns und hielt ihre übliche Rede.

Keine privaten Fragen, na klar …

Keine unangenehmen Fragen, und pro Person nur eine … Wer's glaubt.

Ich schaltete ab.

Erst als sie zur Seite trat und die Reporterinnen und Reporter alle zugleich die Arme hoben, widmete ich mich wieder dem Geschehen. Wenn auch widerwillig.

Mum nahm eine Frau in der ersten Reihe dran. Ich wappnete mich innerlich.

»Kian, was hatte es mit diesem Kuss auf sich?«

Warum hatte ich das nur erwartet?

Stille senkte sich über den Raum.

Teilnahmslos zuckte ich die Schultern. »Nichts.«

»Wer war die Frau, die Sie geküsst haben?«, fragte ein anderer Reporter.

Ich seufzte. Mum hatte mich auf diese Frage vorbereitet und mir aufgetragen, alles zu sagen, außer der Wahrheit.

»Meine beste Freundin.«

Mum warf mir einen Blick zu, der Böses versprach.

Der Reporter machte große Augen. »Gehört küssen zu Ihrer Freundschaft?«

»Nur eine Frage«, erinnerte meine Mutter ihn.

Ich schnaubte. »Ich wüsste zwar nicht, was Sie das angeht, aber: ja.«

Raunen ging durch die Menge. Ich wollte hier weg.

Das hier war mein Privatleben. Es hatte nichts mit der Band zu tun und ging niemanden etwas an.

Letzte Woche meine Haare.

Diese Woche der Kuss.

Dabei spielte es für meine Musik keine Rolle, welche Haarfarbe ich hatte oder wen ich küsste.

Die Pressekonferenz lief nicht zu Mums Zufriedenheit. Mit jeder Antwort, die ich gab, ritt ich mich weiter in die Scheiße. Dave ging irgendwann dazwischen und übernahm das Reden. Er versuchte, die Presseleute ruhig zu stimmen und ihnen möglichst vereinfachte Antworten zu geben.

Ich zählte die Sekunden, bis es endlich vorbei war und ich zu June konnte. Ich hoffte, dass sie okay war, aber mit jeder Sekunde, die ich zählte, war ich mir sicherer, dass das Gegenteil der Fall war.

Ich riss die Tür der Limousine auf und sprang aus dem Wagen. Ich hatte June seit vier verdammten Stunden nicht gesehen. Ich sprintete die Treppen nach oben und durchs Haus. Meine Zimmertür riss ich noch schwungvoller auf als zuvor die Autotür.

June war nicht da. Ich sah im Bad nach und auf der Dachterrasse. Auch dort war sie nicht. Zum tausendsten Mal an diesem Abend kramte ich mein Handy hervor und wählte ihre Nummer, noch immer ging niemand dran. Ihr Handy schien aus zu sein. Auch Richard ging noch immer nicht an sein Telefon. Ich ließ mich aufs Bett sinken und versuchte, zu Atem zu kommen.

Das konnte alles nicht wahr sein.

Mein Blick wanderte über den Fußboden, fand aber nichts, woran er sich festhalten konnte.

Er fand nichts.

Moment.

Das Handy fiel mir aus der Hand. Junes Tasche war verschwunden. All ihre Sachen, die am Morgen noch verteilt über den Boden gelegen hatten, waren weg.

»Was zur Hölle?« Ich ließ mich auf die Knie fallen und sah unter dem Bett nach, aber bis auf ein paar alte Kisten, in denen ich erste Fangeschenke aufbewahrte, und einer Menge Staub gab es dort nichts zu sehen.

Panisch sprang ich wieder auf die Füße und rannte die Treppen nach unten. Die anderen fingen mich im Wohnzimmer ab.

»Könnt ihr Richard anrufen?«, fragte ich panisch und sah auch hier unten überall nach.

»Er geht nicht dran, wir haben es gerade versucht.«

Shit. Ich tigerte durch die Zimmer. Wo zur Hölle war June hingegangen? Sie kannte niemanden außer uns in Sydney.

Wieder zog ich mein Handy aus der Tasche, und wieder ging sie nicht dran. Ich scrollte die Kontakte nach unten und blieb an Kathrins Namen hängen. Ohne darüber nachzudenken, wählte ich ihre Nummer. Sie nahm schon beim ersten Klingeln ab.

»Kian, bist du okay?«

»Nein«, antwortete ich ehrlich. »Ist June vielleicht bei dir?«

»Nein, wieso? Ich bin noch im Backstage. Hat Richard sie nicht zu euch nach Hause gebracht?«

Ich fuhr mir durch die Haare und zog heftig daran. Ich konnte den Moment spüren, als ich verzweifelte.

»Ich kann sie nicht finden.« Meine Stimme brach, und ich hörte Kathrin scharf einatmen.

»Ich bin in zehn Minuten da, okay?«

Sie legte auf, bevor ich ihr sagen konnte, dass sie nicht herzukommen brauchte.

Ich ließ das Handy sinken. Gage klopfte neben sich aufs Sofa. Ich wollte mich gerade setzen, als meine Mutter die Tür aufriss. Dad folgte ihr mit hängenden Schultern.

»Wo ist das kleine Miststück?«, zischte sie.

Schweigend sah ich sie an.

»Wo ist deine kleine Freundin?«

Ich kniff die Augen zusammen. »Hast du June gerade beleidigt?«

Mum schnaubte. Ich sah rot, oder schwarz, keine Ahnung. Auf jeden Fall stürzte ich mich auf sie, und wenn Dad mich nicht festgehalten hätte, hätte ich ihr den Hals umgedreht. Ich schwöre es.

»June trägt, verdammt noch mal, keine Schuld an diesem ganzen Scheiß hier!«, brüllte ich so laut, dass die Leute drei Straßen weiter es auch hörten.

»Kian, komm runter.« Dad zog mich ein Stück von meiner Mutter weg. »Dann kannst du ihr die Meinung sagen«, fügte er etwas leiser hinzu.

»Wenn es nach mir gegangen wäre, hätte ich heute Abend kein beschissenes Konzert gegeben!«, brüllte ich, ohne meinen Vater zu beachten.

»Hör auf, so mit mir zu reden, Kian!«, schrie meine Mutter zurück.

»Warum? Weil du meine Mum bist oder meine Managerin?«

Sie kniff die Augen zusammen.

Ich schnaubte.

»Du bist für keinen dieser Jobs geeignet.«

Schweigen legte sich über den Raum.

Ich wand mich aus den Armen meines Vaters und taumelte ein paar Schritte zurück.

Langsam drehte ich mich zu den anderen um. »Es tut mir wirklich leid«, sagte ich meiner Band. »Aber ich kann das nicht mehr.« Ich fuhr mir einmal durch die Haare und sah sie alle der Reihe nach an. »Ich werde die Band verlassen.«

Gage und Carla rissen gleichzeitig die Augen auf. Dave sah mich nur schweigend an.

»Ich weiß, dass es euch das Herz bricht, aber ich kann nicht mehr.«

Damit drehte ich mich um und verließ den Raum.

Kapitel 30

Tränenblind schlug ich die Tür hinter mir zu und wählte Ellas Nummer. Ich brauchte meine beste Freundin.

Ich war drei verdammte Stunden durch die Stadt gefahren, aber ich hatte June nicht gefunden. Ich hatte keine Ahnung, wo ich noch suchen sollte. Schon beim zweiten Klingeln nahm Ella ab.

»Was gibt's?«, fragte sie fröhlich. Ein bisschen zu fröhlich, für meinen Geschmack. »Ich hatte gerade den besten Kuss meines Lebens, willst du mich wirklich jetzt belästigen?«

Warum nur hatte ich das Gefühl, dass sie mich nachäffte?

»Hat June dich angerufen?«, fragte ich, ohne auf ihren Witz einzugehen.

»Nein, wieso?« Ich konnte sie fast vor mir sehen, wie sie sich alarmiert aufsetzte und sich das Telefon fester ans Ohr presste.

»Sie ist verschwunden, und ich kann sie nirgends finden.« Wieder brannten Tränen in meinen Augen, ich war mir sicher, dass Ella sie hören konnte.

»Okay, was ist passiert?«, fragte sie.

Keine Spur mehr von Freude.

Ich schilderte ihr die Kurzfassung.

»Ich habe eine Scheißangst um sie«, vollendete ich meine Erzählung. Ella zog scharf die Luft ein.

»Ich ruf sie an, mach dir keine Sorgen. Bestimmt braucht sie nur ein bisschen Abstand.«

»Sie hat ihr Handy ausgestellt.«

»Dann gib ihr ein bisschen Zeit.«

Ich seufzte. »Das halte ich nicht aus, Ellie.«

»Sie wird sich bei dir melden«, versprach Ella mir. »Sie kann nicht lange ohne dich.«

Ja, aber die Presse hatte von ihr erfahren.

Ella redete noch eine Weile auf mich ein. Es tat gut, ihre vertraute Stimme zu hören. Selbst über die Entfernung konnte sie für mich da sein. Dieses Privileg hatten wir in den letzten Jahren viel zu selten genutzt.

Schließlich legten wir auf, für den Fall, dass June sich melden würde. Was sie nicht tat.

Ich ließ mich aufs Bett fallen und breitete die Arme aus. Ich starrte eine Weile ins Leere. Irgendwann klopfte es leise. Ich bat die Person nicht herein, sie öffnete einfach die Tür.

Es war Kathrin.

Vorsichtig trat sie neben mich.

»Du siehst aus, als hättest du drei Tage durchgeheult.«

»Aufbauend«, kommentierte ich und rutschte nach hinten, um meinen Rücken gegen die Wand zu lehnen.

»Entschuldige.«

Sie reichte mir einen Kaffee. Erst jetzt bemerkte ich, dass sie in jeder Hand eine Tasse hielt. Ich bedankte mich, schaffte es aber nicht, zu lächeln.

»Ich habe ein bisschen rumtelefoniert und ein paar Artikel verhindert. Die meisten sind zwar schon draußen, und Fotos kursieren sowieso, aber vielleicht hat es ein bisschen was gebracht.« Sie nahm einen Schluck Kaffee. »Und ich habe alle hässlichen Kommentare über dich und June auf euren Social-Media-Seiten gesperrt.«

Ich blinzelte und starrte sie einen Moment an, ohne mich zu bewegen. Ich räusperte mich, trotzdem war meine Stimme nur ein Krächzen.

»Das hast du getan?« Ich umklammerte die Tasse in meiner Hand fester. »Für uns?«

»Klar.« Sie lächelte leicht. »Ich konnte nicht still rumsitzen und Löcher in die Luft starren.«

Ich schaffte es noch immer nicht, ihr ein Lächeln zu schenken, aber ich schaffte es, mich zu bedanken. Meine Dankbarkeit ging zwar tiefer, als dieses eine Wort ausdrücken konnte, aber ich hoffte, dass sie es auch so verstand.

»Was brauchst du?«, fragte sie vorsichtig.

»Du meinst, außer June?«

Ein Lächeln zeichnete sich auf ihrem Gesicht ab.

»Du liebst sie wirklich, was?«

»Mehr, als du dir vorstellen kannst.«

Ihr Lächeln wurde tiefer. »Du hast sie auch schon damals geliebt, oder?«

Ich konnte nicht lügen, es ging einfach nicht.

»Ich wollte schon mein ganzes Leben niemand anderen.«

Kathrin grinste. »Deprimierend, ich hatte echt mal gehofft, eine Chance zu haben.«

Noch immer brachte ich kein Lächeln zustande. »Ich hätte dir fast eine gegeben.«

Sie riss die Augen auf und lachte. »Gut, dass du es nicht getan hast.«

Ich zuckte die Schultern.

»Bleiben wir Freunde?«, fragte ich und hoffte es tatsächlich.

Wieder lächelte sie. »Der große Kian Winter bietet mir die Freundschaft an?«

Ich rollte mit den Augen. »Nee, hab's mir gerade anders überlegt.«

Als wir einschlugen, wurde die Zimmertür schwungvoll aufgerissen, und Gage kam herein. Dave und Carla folgten in einigem Abstand. Gage hüpfte zu uns aufs Bett, pflanzte sich neben mich und griff nach der Fernbedienung auf meinem Nachtschrank. Sie richtete sie auf den riesigen Flachbildfernseher an der anderen Zimmerwand, und Sekunden später war eine Verfolgungsjagd darauf zu sehen.

»Was wird das?«, fragte ich. Eigentlich hatte ich damit gerechnet, dass sie alle drei stinksauer auf mich waren und mich nie wieder sehen wollten.

Außerdem war es drei Uhr nachts.

Carla setzte sich zu uns.

»Heute Abend sind wir nur deine Freunde okay? Nicht deine Band.«

Das … könnte mir gefallen.

Gage schlang die Arme um Carla.

Dave setzte sich neben uns.

Wir sahen uns einen Horrorfilm an.

Ich wünschte mich zurück nach England. In Junes kleine WG, in der nur Superheldenfilme geschaut wurden. Hier stieß dieses Genre allerdings auf taube Ohren.

Während ich dabei zusah, wie die Zombies über die Menschen siegten, drifteten meine Gedanken ab. Wenn ich gewusst hätte, wo ich June noch suchen sollte, ich hätte es getan.

Die Zeit verging, und meine Sorge um sie steigerte sich ins Unermessliche. Ich wählte während des Films achtmal ihre Nummer. Auch beim neunten Mal war ihr Handy noch aus.

Richard ließ unverändert auch nichts von sich hören.

Langsam wurde ich sauer auf ihn. Ich war einer seiner Arbeitgeber, er konnte mich doch nicht stundenlang ignorieren.

Dave nahm mir das Handy irgendwann aus der Hand und legte es auf den Nachttisch.

»Wir hören es, wenn sie anruft.«

Die nächsten beiden Stunden, in denen wir auch Teil zwei und drei des Filmes sahen, verbrachte ich damit, das Handy anzustarren.

Es klingelte nicht.

Wir schauten bis zum sechsten Teil des Films, und ich checkte irgendwann, dass es sich um eine Serie handelte.

Draußen wurde es langsam wieder hell. Kathrin war am Fußende des Bettes eingeschlafen. Gage und Carla verbrachten schon eine ganze Weile nur noch damit, sich gegenseitig anzusehen, und Dave starrte auf den Fernseher. Ich starrte unverändert das Handy an.

Gegen sechs Uhr morgens schliefen alle, und ich beugte mich über Dave, um an das Handy ranzukommen. Natürlich hatte June mich weder angerufen noch mir geschrieben. Tief rutschte ich in die Kissen und stellte den Fernseher ab. Ich öffnete den Internetbrowser und gab meinen Namen bei Ecosia ein. Das Erste, was aufpoppte, war ein Bild von mir und June, wie wir uns auf der Bühne küssten.

Großartig.

Ich rief ein paar Seiten auf und las mir durch, was geschrieben wurde. Aus irgendeinem Grund glaubte ich, das kennen zu müssen, vor dem ich June beschützen wollte.

Die Schlagzeilen waren der reinste Bullshit.

Aus *Wir sind Freunde, ja, wir küssen uns auch mal*, was ich bei der Pressekonferenz von mir gegeben hatte, war geworden:

Aus der Traum vom Rockstar der Romantik,
Kian Winter hat Sexbeziehung

Das allerdings waren die harmlosen Seiten. Schlimm waren die, auf denen June beleidigt wurde. Hart. Jedes Wort fühlte sich an, als würde mir ein Messer in die Brust gerammt. Vor allem aber waren diese Worte nicht wahr. June war weder eine Schlampe noch besitzergreifend oder eingebildet. Wer sie kannte, wusste, dass so ungefähr das Gegenteil der Fall war.

Ich schloss den Browser und hätte das Handy am liebsten von mir geschleudert.

Ich rief die Fotogalerie auf und scrollte durch. June und Ella lächelten mir auf Bildern am Strand entgegen. Damals hatten wir alle in Pekkas Elternhaus Ferien gemacht.

Ich vermisste diese Zeit. Diese Zeit, in der keiner meiner Freunde und Freundinnen in England eine Ahnung davon gehabt hatte, wer ich war.

Pekka.

In der letzten Zeit war so viel in meinem Leben los gewesen, dass ich ihn fast vergessen hatte.

Wie es ihm wohl ging?

Ich rief unseren Chat auf und schickte ihm eine Nachricht.

Keine zwei Minuten später erhielt ich eine Antwort:

Geht mir gut. Zum Glück gibt es Sex und Alkohol, sonst wäre das Gegenteil der Fall ;)

Er lebte also mein früheres Leben.

Seufzend ließ ich das Handy neben mich auf die Matratze fallen.

Wo, verdammt noch mal, war June?

Ich konnte es nicht lassen. Wieder und wieder griff ich nach dem Handy, um ihre Nummer zu wählen. Es war fast Mittag, als ich es zum hundertsten Mal versuchte.

Wieder nahm niemand ab. Dafür wachten die anderen auf.

»Hat June sich gemeldet?«, fragte Gage, noch bevor sie die Augen richtig geöffnet hatte.

Ich schüttelte traurig den Kopf. Sie stand auf und ging

eine Flasche Wein holen, während Carla nach draußen verschwand, um eine zu rauchen.

Wir schauten die Serie weiter. Den ganzen Nachmittag. Den ganzen Abend.

Nur ab und zu ging jemand von den anderen nach unten und kam mit einem Teller Essen zurück. Ich bekam nichts herunter. Kathrin tippte immer wieder auf ihrem Handy herum und regte sich lautstark über die idiotischen Kommentare auf, die sie löschte. Sie arbeitete auch noch, als die anderen schon lange schliefen und ich zum millionsten Mal Junes Nummer wählte.

Jemand nahm ab.

Mir stockte der Atem.

Sie hatte tatsächlich abgenommen! Ich fuhr aus den Kissen hoch, hievte mich über meinen schnarchenden Bruder und war innerhalb von Sekunden auf den Beinen.

»June?«, fragte ich vorsichtig. Sie antwortete nicht. Ich konnte sie nur leise atmen hören.

Ich schlug den Weg nach oben, zur Dachterrasse, ein und wartete einen Moment. Vielleicht brauchte sie Zeit. Als ich allerdings draußen angekommen war und meine Unterarme auf dem Rand abstützte, hatte sie noch immer nichts gesagt.

»Wo bist du?«

Ich konnte ihr Zögern hören. »Zu Hause«, flüsterte sie leise. Mein Herz blieb stehen, nur um in der nächsten Sekunde achtmal so schnell zu schlagen. Der kleine naive Teil in mir hoffte, dass sie mit *zu Hause* hier meinte, vor meiner Haustür, aber im Grunde wusste ich es besser.

Unser Zuhause war nicht hier.

Sie atmete ein. »In England.«

Meine Hand krampfte sich um das Handy und presste es fester ans Ohr. »Nein«, flüsterte ich leise. »Bitte, sag mir, dass das nicht wahr ist.«

Sie seufzte. »Ich bin gerade gelandet.«

Das erklärte, warum sie nicht ans Telefon gegangen war.

»Es ist besser so«, sagte sie. Es klang nicht überzeugend. Zur Hölle, es war nicht überzeugend.

»June …« Ich suchte nach den richtigen Worten, konnte sie aber nicht finden.

Zischend atmete sie ein. »Es ist nicht gut, wenn ich da bin, ich mache alles nur noch schlimmer.«

»Du weißt, dass das nicht stimmt.«

Sie antwortete nicht.

»Du bist keine Last für mich.«

»Aber für deine Band«, entgegnete sie.

Mir kam ein böser Gedanke. »Hat Mum dich dazu angestachelt?«

»Nein«, antwortete sie, ohne zu zögern. »Ich habe Richard gebeten, mich zum Flughafen zu fahren.«

Ich sollte diesen Verräter feuern.

»Wegen des Kusses?«

Sie schwieg eine Weile. »Ja, auch deswegen.«

»Auch?«, ich ahnte Böses. »June, was ist passiert? Du würdest nicht einfach ohne Grund vor mir davonlaufen und ans andere Ende der Welt fliegen.«

Wieder Schweigen.

Ich wartete.

Sie seufzte leise.

»Diese Menschen ...« Ich konnte sie schlucken hören. »Sie haben mich angestarrt.«

Shit.

»Und es sind ziemlich heftige Beleidigungen gefallen ...« Ihre Stimme geriet ins Stocken, und mein Herz krampfte sich zusammen.

»Irgendjemand hat meine Nummer herausgefunden und mir Nachrichten geschrieben.«

Ich fluchte.

Ich brauchte sie nicht zu fragen, was in den Nachrichten gestanden hatte. Diese Beleidigungen waren wahrscheinlich härter, als die von Jase es je gewesen waren.

June zog scharf die Luft ein.

»Ich habe Panik bekommen«, flüsterte sie. »Richtige Panik, Kian, ich hatte eine Scheißangst, und irgendwie habe ich einfach gehandelt und bin in ein Flugzeug gestiegen. Ich hatte gehofft, dass es zu Hause nicht so schlimm ist, aber auch hier haben mich schon Leute erkannt.«

Tausend Messer rammten sich in meine Brust. Ich hatte so sehr versucht, ihr das Selbstbewusstsein zurückzugeben, von dem sie früher, als wir Kinder waren, nur so gestrotzt hatte, und jetzt war ich der Grund dafür, dass sie wieder zusammenbrach.

Ich war ein schlechter Freund.

»Versprich mir, dass du nicht ins Internet gehst, bevor ich bei dir bin. Ich nehme den nächsten Flieger.«

»Nein.« Ihre Stimme war nicht mehr als ein Krächzen. »Ich will nicht, dass du herkommst.«

Ich verzog das Gesicht.

»Wir brauchen einander.«

»Du musst das mit der Band hinbekommen.«

Ich schüttelte hefig den Kopf, obwohl sie es nicht sehen konnte. »Dir geht es beschissen. Mir geht es beschissen. Glaubst du ernsthaft, ich bleibe hier und lasse es uns beide alleine ausmachen?«

»Ja«, sagte sie schlicht.

Sie meinte es ernst. Sie meinte es tatsächlich ernst.

»Vergiss es.«

»Kian, wenn du zurückkommst, wirst du unglücklich werden.«

Nein. Nein, würde ich nicht. Ich würde in Olafs Café kellnern, im See baden, abends mit June in ihrem kleinen Bett liegen und verrückt werden, weil ich kein Instrument in die Hände bekäme, aber ich wäre der glücklichste Mann der Welt. Genau wie in den letzten vier Monaten.

»Ich werde die Band so oder so aufgeben.«

»Und genau das will ich nicht«, flüsterte sie. »Du hast dich nicht gesehen auf der Bühne …« Sie ließ den Satz unvollendet in der Luft hängen.

»Was soll es da denn bitte zu sehen geben?«, fragte ich genervt.

»Leidenschaft, Kian.« Ihre Stimme wurde leiser. »Lauf nicht davor weg.«

Mein Herz klopfte hart gegen meine Brust, aber ich ignorierte es.

»Ich laufe nicht weg, ich habe mich gegen sie entschieden.«

June seufzte. »Du kannst dich nicht dagegen entscheiden.«

Doch, ich konnte.

Wieder seufzte sie.

»Du erinnerst dich vielleicht nicht an diesen Moment, aber ich war dabei, als du das erste Mal in deinem Leben eine Gitarre in der Hand gehalten hast.«

Ich umklammerte das Handy fester. Ich erinnerte mich verflucht gut daran.

»Du hast von innen heraus gestrahlt. Ich konnte in deinen Augen sehen, dass es etwas Großes war.«

Ihre Stimme zitterte. »Ich erinnere mich an jeden einzelnen Moment, in dem du die Gesellschaft einer Gitarre mir vorgezogen hast. Und soll ich dir was sagen? Es hat mich ebenso abgefuckt wie glücklich gemacht, weil es *dich* glücklich gemacht hat.«

Ich konnte vor mir sehen, wie sie lächelte.

»Es war schrecklich zu sehen, dass du nicht mehr auf dieselbe Weise strahlst, wenn du jetzt eine Gitarre ansiehst.«

Ich zog scharf die Luft ein. »Was tue ich jetzt?«

»Du siehst die Gitarre an und denkst an all die Verpflichtungen, die damit verbunden sind, du siehst sie an und hörst die Worte deiner Mutter in deinem Kopf … Aber damals in der Nacht im Probenraum wurde mir eine Sache klar. Du hast zwar zugelassen, dass sich ein Schatten über das legt, was du liebst, aber du liebst es noch immer.«

Sie atmete hörbar ein. »Es war nur ein winziger Moment, aber in diesem Moment hast du die Musik wieder in dein Herz gelassen.«

Treffer versenkt. Meine Hand, die das Telefon hielt, zitterte.

Sie hatte den Moment gesehen, der auch mir so sehr in Erinnerung geblieben war.

In ihren Worten steckte so verflucht viel Wahrheit, dass es wehtat. Die Musik hatte ihre Arme fest um mich gelegt, sie würde mich niemals loslassen, egal wie weit ich laufen würde. Selbst in England hatte sie mich im Griff gehabt.

Diese Band war meine Leidenschaft, und erst jetzt kapierte ich, dass ich eine wichtige Sache übersehen hatte, als ich sagte, ich würde sie verlassen:

Es würde nicht nur die Band zerstören, sondern auch mich.

»Kian?«, fragte June vorsichtig. »Bist du noch dran?«

Mein Atem ging stockend, und ich schnappte nach Luft. Es war, als hätte diese Erkenntnis mir allen Sauerstoff genommen.

»Hör zu«, murmelte June. »Denk in Ruhe darüber nach, und dann reden wir noch mal, okay?« Sie holte Luft. »Und egal, was du tust, steig auf keinen Fall in einen Flieger, bevor du den ganzen Mist geklärt hast.«

»June«, sagte ich und wandte mich vom Geländer der Dachterrasse ab. »Ich muss los.«

Ich lief zur Treppe. »Ruf bitte Ella an, und lass dich von ihr in den Arm nehmen, bis ich es wieder tun kann.«

»Sie steht neben mir.« Ich konnte das Lächeln in ihrer

Stimme hören. Zu meiner Überraschung musste ich auch grinsen.

»Ihr seid böse.«

Damit legte ich auf und stopfte das Handy in meine Hosentasche. Ich sprintete die Treppe regelrecht nach unten. Meine Bandkolleginnen und Dave schliefen noch, kein Wunder, es war mitten in der Nacht. Ich rüttelte sie wach.

»Kian«, Gage setzte sich verschlafen auf. »Alles okay?«

Ich schüttelte den Kopf.

»June ist in England.«

Sie riss die Augen auf, und auch alle anderen drei sahen mich erschrocken an. »Oh«, formten Carlas Lippen.

»Ich muss mit euch reden«, sagte ich. »Jetzt.«

Ich hatte fest vor, alles zu verändern, was nötig war.

Vier Gesichter sahen mir stirnrunzelnd entgegen. Dave verschränkte die Arme vor der Brust.

»Ich kann so nicht weitermachen«, stieß ich aus und ließ mich zu ihnen aufs Bett fallen. »Ich bin es leid, die Musik zu hassen.« Ich seufzte. »Es ist beschissen.«

»Weißt du, was beschissen ist?«, unterbrach Dave mich. »Dass du die Band verlassen willst.«

Anscheinend hatte er seinen Ärger nur zurückgehalten.

»Wir sind nichts ohne dich«, bestätigte Carla.

»Ich kann die Band nicht verlassen, verdammt.«

Es wurde still in meinem Zimmer. Die anderen starrten mich an.

»Okay«, setzte Carla gedehnt an. »Und du schlägst hier was genau vor?«

Ich holte tief Luft und sah alle der Reihe nach an.

»Wir brauchen ein neues Management.«

Wieder Stille.

»Ihr könnt eure Mum nicht feuern«, wandte Carla ein.

»Und warum nicht?«, blaffte ich zurück.

»Leute, beruhigt euch.« Gage rutschte auf dem Bett so weit zurück, dass sie ihren Rücken gegen die Wand lehnen konnte. »Sprich weiter Kian, was brauchst du?«

Ich schloss eine Sekunde die Augen. »Jemanden, der oder die nicht auf den Profit aus ist. Keine Zukunftspläne mehr. Ich will wieder Musik machen, weil ich es liebe, nicht, weil ich es *muss*.«

Dave zog die Augenbrauen zusammen und sah mich missmutig an.

»Das ist ziemlich unrealistisch, findest du nicht?«

»Dave.« Gage rollte die Augen. »Wir haben längst ausgesorgt. Wenn wir wollten, könnten wir aufhören.«

»Aber ich will nicht aufhören«, flüsterte ich. Als ich dieses Mal den Kopf hob, hatten sich die Mienen meiner Band verändert. Selbst Kathrin lächelte mich liebevoll an. Gage grinste.

»Schön«, motzte Dave los. »Abgesehen davon, dass es schwer wird, Mum davon zu überzeugen, dass wir sie nicht mehr brauchen.« Er runzelte die Stirn, als würde er darüber nachdenken, ob seine Worte zu hart klangen. »Wen willst du einstellen?« Er stand vom Bett auf und schritt im Zimmer auf und ab. »Wenn wir ihr niemanden vorschlagen, wird sie ihre Nachfolgerin oder ihren Nachfolger wählen.«

Ich blähte die Wangen auf. Daran hatte ich noch gar nicht gedacht. Sie würde jemanden aussuchen, dem oder der sie permanent auf die Finger schauen konnte. Fieberhaft überlegte ich. Auf all den Konzerten hatte ich viele Managerinnen und Manager kennengelernt, aber mir wollte niemand einfallen, die oder den ich gern an unserer Seite gehabt hätte.

»Was ist mit ihr?« Carla deutete auf Kathrin, die die Augen aufriss. »Du hast doch gesagt, du managst Bands.«

Ich starrte die beiden an.

Natürlich.

Dass ich nicht selbst darauf gekommen war! Kathrin war als Einzige souverän geblieben. Sie hatte die Kommentare gesperrt und sich um Junes Wohl gesorgt.

»Du wärst perfekt«, murmelte ich.

Kathrin räusperte sich.

»Aber mein Leben ist in England.«

Ausdruckslos sah ich sie an. »Meins auch.«

Freudlos hob sie einen Mundwinkel.

»Dann ziehen wir eben nach England.« Gage lächelte.

Dave fuhr ruckartig zu ihr herum. »Habt ihr sie noch alle?«, rief er.

»Erstens werden wir Kathrin ganz sicher nicht einstellen. Sie hatte nämlich mal was mit Kian.« Er fuhr sich durch die kurzen dunklen Haare. »Und zweitens werde ich ganz sicher nicht zurück nach England ziehen.«

Ich schnaubte. »Kathrin ist mehr als qualifiziert, sie kennt das Musikgeschäft, und dass wir was miteinander hatten, ist lange vorbei. Wir sind Freunde.«

Dave hob eine Augenbraue.

Klar, in seiner Welt passte das nicht zusammen.

»Davie, June ist viel cooler als Kathrin, Kian wird nichts mehr mit ihr anfangen«, klinkte Gage sich ein. Dave grummelte.

Kathrin schnaubte. »Ich kann euch hören, ihr Arschlöcher.«

Sie wäre so perfekt für diesen Job, dass es mir in der Brust wehtat.

»Wir finden jemand anderen«, murmelte Carla. »Ich bin auch nicht dafür, dass wir nach England ziehen.«

Jetzt sprang auch ich vom Bett auf. »Wenn Mum bleibt, gehe ich.«

»Du gehst doch sowieso«, schnauzte Dave mich an.

Es stimmte. Ich hatte nicht vor, in Sydney zu bleiben. Junes Studium ging noch mindestens ein Jahr, und vermutlich würde sie selbst danach nicht nur wegen mir nach Sydney ziehen wollen.

Ich rieb mir über das Gesicht und schüttelte den Kopf.

»Du kannst June und die Band nun mal nicht unter einen Hut bekommen.«

Ich fuhr herum und starrte Dave an. Ich presste meine Kiefer aufeinander und schluckte hart.

»Wenn das so ist«, antwortete ich eiskalt, »wähle ich June.«

Scheißegal, dass June gerade vor mir davonlief. Scheißegal, dass sie am anderen Ende der Welt war. Ich würde sie immer wählen.

Ich ging zur Tür und knallte sie hinter mir zu.

Es war mir auch egal, dass June wollte, dass ich die Band wählte.

Kapitel 31

In dieser Nacht konnte ich nicht schlafen. Ich wälzte mich im Bett herum und fand keine Ruhe.

Schon die zweite Nacht ohne Schlaf.

Genervt sprang ich auf und griff nach einer Jogginghose. Ich lief die Treppen nach unten, nahm mir eine Wasserflasche aus dem Kühlschrank und ging in den Probenraum. Ausnahmsweise zitterte keins meiner Körperteile, als ich meine Gitarre in die Hände nahm.

Ich holte auch mein Notizbuch aus dem Regal und setzte mich mit beidem auf den Boden. Dorthin, wo June mich gehalten hatte.

Ich schlug das Heft auf und blätterte zur letzten Seite.

Ich schnappte nach Luft, als ich sah, was ich vor wenigen Tagen geschrieben hatte.

Es war gut.

So gut.

Ich spielte den Song ein paarmal, um ihn zu verbessern.

Wie immer hatte ich bei den Akkordwechseln übertrieben und musste sie verringern.

Und dann kam mir eine neue Idee.

Meine Hände bewegten sich von selbst. Malten Noten und Wörter in das kleine Buch.

Ich starrte darauf.

And again,
I'm trying to
drown my worries
in music,
that kind of music
which destroyed my soul

Ich hatte geglaubt, es verstanden zu haben, als June mir die Meinung gesagt hatte. Aber ich verstand es erst jetzt.

Ich würde mich selbst verlieren, würde ich die Musik verlieren. Denn zu spielen reinigte meine Seele.

Instrumente waren nicht meine Feinde, sondern meine Liebhaberinnen.

I'm running from the shattered tears
try to let them behind
but now I know
there is no future without them

Die Worte flossen nur so aus mir heraus, und mit jedem einzelnen fühlte ich mich etwas leichter, als würde ich endlich wieder freier atmen können.

June hatte absolut recht gehabt. Ich würde ohne die Musik nicht glücklich werden, und auch nicht ohne meine Band.

Ich taufte den Song *Shattered Tears*, genau wie den ersten Song auf unserem ersten Album.

Ich schlug die nächste Seite auf, war wie im Rausch.

Ewig saß ich so da, bis ich vier grobe Songgerüste hatte. Ich blätterte durch das kleine Heft und lächelte.

Ich musste tatsächlich lächeln.

Was stimmte nicht mit mir?

Das Einzige, was jetzt noch fehlte, waren die anderen Instrumente. Der typische *Shattered-Tears*-Sound. Ich sprang auf und sprintete die Treppen nach oben. Es war mir egal, dass es draußen noch dunkel war und wahrscheinlich mitten in der Nacht. Ich rüttelte zuerst Dave aus dem Schlaf. Er schlug um sich und traf meinen Arm. Lachend zog ich an seinem. »Davie, komm schon, Mann, steh auf.«

Nuschelnd erkundigte er sich nach der Uhrzeit. Schulterzuckend ließ ich ihn los.

»Ist doch egal, steh auf und geh in den Probenraum, ich muss noch die anderen wecken.«

Kerzengerade setzte er sich auf.

»Du hast geschrieben?«, fragte er und sprang aus dem Bett. Angewidert wandte ich den Blick ab. Mein Bruder hatte die abstoßende Angewohnheit, nackt zu schlafen.

Ohne Kommentar verließ ich den Raum und sprintete nach oben. Gage und Carla lagen eng umschlungen in ihrem Bett, und auch sie waren nicht erfreut, mitten in der Nacht geweckt zu werden.

»Bitte.« Ich zog an Gages Arm. »Ich habe geschrieben.«

Als wäre das ein Codewort, schossen sie aus den Kissen und starrten mich einen Moment sprachlos an.

»Nicht wahr?«, fragte Gage atemlos.

»Doch, los zieht euch was an.«

Ich verließ den Raum und ging die Treppen nach unten. Ich hatte die unterste Stufe noch nicht erreicht, da holten die beiden mich ein, und Gage sprang auf meinen Rücken. Grinsend schlang ich die Arme um ihre Beine und trug sie huckepack nach unten. Sie küsste meine Wange.

»Kian Winter, habe ich je erwähnt, wie sehr ich dich liebe?«

»Leider ja.«

Sie lachte, und ich setzte sie zurück auf den Boden. Dave war schon im Probenraum. Er hielt mein Notizbuch in der Hand und starrte darauf.

»Das hast du nicht gerade eben, ohne Schlaf, einfach so geschrieben, oder?« Fassungslos schüttelte er den Kopf.

Gage stieß einen Schrei aus und klatschte Carla ab. »Ich wusste, dass du es noch kannst«, verkündete sie, ohne auch nur einen Blick in das Heft geworfen zu haben. Dave verdrehte die Augen und gab mir meine Notizen.

»Dann mal los.«

Ich hängte mir meine Gitarre um die Schultern, und Vorfreude kribbelte in meinen Adern. Ich hatte lange nicht mehr mit diesem Gefühl gespielt, es presste mir einen Moment die Luft aus der Lunge.

Ich spielte ihnen alle vier Songs vor. Zeigte ihnen die Stellen, die ich noch verändern oder perfektionieren wollte, und fragte sie nach ihren Meinungen. Als ich den Song *Shattered Tears* spielte, fing Gage an zu heulen. Sie warf sich in meine Arme und schniefte in mein T-Shirt.

»Kian, habe ich erwähnt …«

»Ja«, antwortete ich lächelnd. »Ich habe dich auch lieb.«

Niemand von uns ging in dieser Nacht zurück ins Bett. Wir verloren uns in der Musik.

Es war, als wären wir in der Zeit zurückgereist. Zu dem Punkt, an dem mir die Musik alles bedeutet hatte, an dem sie mein bester Freund und mein Anker gewesen war.

Ich hatte keine Ahnung, wie spät es war, als die Tür zum Probenraum aufging und Kathrin und Richard hereinkamen.

»Den Sternen sei Dank«, stieß sie aus.

Zum ersten Mal seit Stunden ließen wir von unseren Instrumenten ab. Wir waren alle vier schweißüberströmt.

»Habt ihr eigentlich eine Ahnung, wie spät es ist?«, fragte Richard und ließ sich erschöpft auf die Couch fallen.

Wie gesagt. Nein.

»Fünf Uhr abends.« Kathrin seufzte. »Wir suchen euch seit dem Morgengrauen.«

Stirnrunzelnd wechselte ich einen Blick mit Dave. Er zuckte die Schultern.

»Schalldichte Wände können echt ein Nachteil sein«, maulte Richard. »Meine Leute haben fast die ganze Stadt nach euch durchforstet.«

Gage brach hinter mir in Gelächter aus. »Wir sind eine Band, Richard, und da kommen Sie nicht mal auf die Idee, in unserem Probenraum nachzusehen?«

Er zuckte mit den Schultern. Ich empfand keinerlei Mitleid.

Mein Magen knurrte, und zwar ziemlich laut. Kein Wunder wenn es fünf Uhr nachmittags war, hatte ich den ganzen Tag noch nichts gegessen.

Gages Lachen wurde lauter. Auch ich musste lächeln. Früher hatten wir so oft die Zeit beim Spielen vergessen.

Carla warf mir einen so langen Blick zu, dass ich von einem Bein aufs andere trat, weil ich keine Ahnung hatte, was er bedeutete.

Wir entschieden uns dafür, nach oben zu gehen, um etwas in unsere Mägen zu bekommen. Ich lehnte mich gegen die Theke, während Kathrin den riesigen Kühlschrank öffnete und uns aufzählte, was der Caterer heute Morgen geliefert hatte.

»Du kannst jetzt gehen«, wandte ich mich an Richard, der noch immer neben uns herumstand.

»Quatsch.« Carla ließ sich am Esstisch nieder. »Sie können mit uns essen. Setzen Sie sich doch.«

»Nein, kann er nicht«, sagte ich angesäuert und nahm den Teller Sahnepilze entgegen, den Kathrin mir gab. »Er hat June gehen lassen, ich teile ganz sicher nicht mein Essen mit ihm.«

Richard zog den Kopf ein und entschuldigte sich mehrmals. »Sie wollte es unbedingt, ich habe wirklich versucht, sie davon abzubringen.«

Klar. Hatte aber nicht gereicht.

»Es wird nie wieder vorkommen.«

Nein. Denn June würde nicht zurückkommen.

Wortlos ging ich zum Tisch und setzte mich.

»Er meint es nicht so, setz dich, Richard«, fiel Dave mir in den Rücken. Ich funkelte ihn an, als er sich mir gegenüber fallen ließ.

Idiot. Noch nie was von Brüder-Zusammenhalt, oder wie auch immer der Mist hieß, gehört?

»Kian, möchten Sie wirklich, dass ich gehe?«

Ich sah auf und grunzte. Ich hatte diesen Bodyguard viel zu gern. Er hatte mir schon viel zu oft den Arsch gerettet. Seufzend schüttelte ich den Kopf.

»Setzen Sie sich«, maulte ich und griff nach meiner Gabel.

Ich saß Carla gegenüber, und sie sah mich noch immer mit diesem merkwürdigen Blick an.

Ich warf die Gabel zurück auf den Tisch, ohne auch nur einen Bissen genommen zu haben.

»Was ist?«, fuhr ich sie an.

Carla lächelte gequält. »Ich könnte es nicht ertragen, wenn du uns verlässt.«

Ich versteifte mich und zwang mich, lässig die Schultern zu zucken. »Ich könnte es nicht ertragen, June zu verlassen.«

Carla schüttelte leicht den Kopf. »Ich weiß, und es ist egoistisch von mir, dich vor diese Entscheidung zu stellen. Ich komme mit nach Bath.«

Dave fuhr herum. »Es ist egoistisch von Kian, von uns zu verlangen, nach England zu ziehen«, schnauzte er sie an.

Carla kniff die Augen zusammen. »Dave, was hält dich hier?«, fragte sie herausfordernd.

Dave schnaubte. »All unsere Freunde sind hier.«

Ich ahmte sein Schnauben nach. »Welche? Deine Bettbekanntschaften, deren Namen du nach einer einzigen Nacht vergisst?«

Dave kniff die Augen zusammen, schwieg aber.

Gage mischte sich ein. »Es ist doch ganz einfach, Dave.«

Sie warf ihm einen Blick zu. »Entweder Sydney und keine Musik, oder Bath *und* die Musik.«

Dave presste die Kiefer aufeinander und erdolchte Gage mit seinem Blick.

»Ich muss mich entscheiden? Warum entscheidet Kian sich nicht?«

»Weil Kian June liebt.«

Daves Antwort war nur ein Schnauben. Vermutlich hatte er in Sydney verlernt, wie es war, wenn man jemanden liebte. Wirklich liebte.

Ich startete einen Versuch, es ihm zu erklären. »June rangiert auf derselben Höhe wie die Musik für mich.«

Er rollte mit den Augen. »Toll«, fauchte er.

»Dave, wir sind vier gegen einen.« Carla sah ihn durchdringend an. »Gib dir einen verdammten Ruck.«

»Wer sagt, dass Kathrin dabei ist?« Er kniff die Augen zusammen.

Kathrin lachte auf. »Shattered Tears, die berühmteste Rockband der Welt, fragt mich, ob ich ihre Managerin werden will. Glaubst du ernsthaft, da würde ich Nein sagen?«

Dave ballte die Hände zu Fäusten.

Wieder lachte sie. »Im Ernst, wie viel würde ich verdienen? Millionen?«

Dave verdrehte die Augen. »Mehr als genug.«

Kathrin nickte nur. »Mehr, als ich mir jemals erträumt hätte, wahrscheinlich.«

»Es geht hier aber nicht ums Geld«, sagte ich. »Sondern darum, dass wir jemanden brauchen, der wir vertrauen können und die nicht eine solche Nummer abzieht wie meine Mutter, wenn mal etwas schiefläuft.«

Kathrin wurde wieder ernst und nickte sofort. »Klar, das habe ich verstanden.«

»Wir müssten dir zu hundert Prozent vertrauen können«, stimmte Carla mir zu.

Kathrin sah uns der Reihe nach fest in die Augen. »Das könnt ihr.«

Sie räusperte sich. »Nehmen wir mal an, ich wäre eure Managerin, würdet ihr mir auch vertrauen?«

Ich nickte sofort. Kathrin hatte niemals ein Versprechen gebrochen. Sie wartete auf das Nicken der anderen, erst dann fuhr sie fort.

»Meine erste Maßnahme wäre nämlich, euch eine Menge Dinge zu raten.« Sie sah dabei vor allem mich an. »Auch als Freundin, unabhängig davon, in welcher Stadt ihr wohnt.«

Ich schluckte hart.

»Das Erste wäre – und, Dave, bitte raste jetzt nicht gleich aus – für eine Weile keine Konzerte und Interviews zu geben, sondern euch allein auf die Musik zu konzentrieren und wieder zueinanderzufinden.«

Dave schnaubte.

Kathrin fuhr unbekümmert fort. »Nur nebenbei Dave, England wäre perfekt dafür. Dort seid ihr noch nicht so bekannt wie hier.«

Sie holte ihr Handy aus der Tasche und tippte darauf herum. »Ich habe gestern aus Langeweile mal recherchiert.« Sie hielt mir das Handy unter die Nase. Ein Haus war darauf zu sehen.

»Es gibt ein Haus, etwas außerhalb von Bath, es würde euch zwar ein Vermögen kosten und wäre kleiner als das hier, aber …« Sie warf mir einen bedeutungsschwangeren Blick zu. »Es läge am See.«

Mein Herz raste. Am See. Ich könnte endlich wieder jeden Morgen schwimmen gehen und müsste meine eine Leidenschaft nicht für die andere aufgeben.

»Es gehörte einer sehr berühmten Band. Es gibt Probenräume und ein Aufnahmestudio.«

Das war nicht wahr. Sie hatte das alles herausgefunden, obwohl wir sie noch nicht mal eingestellt hatten?

Diese Frau war der Hammer.

Wir sahen Dave alle gleichzeitig an. Er träumte schon lange von einem eigenen Aufnahmestudio.

»Ihr Arschlöcher«, murmelte er.

Ich verkniff mir ein Grinsen.

»Ich will da nicht hinziehen«, motzte er weiter.

Kathrin sah ihn eindringlich an. »Willst du Kian wirklich allein gehen lassen, jetzt, wo ihr gerade wieder an neuen Songs arbeitet?«

»Uns«, verbesserte Gage und lächelte mich an. Carla nickte zustimmend. Tränen brannten in meinen Augen. Gage griff über den Tisch hinweg nach meiner Hand und drückte sie kurz. Dann wandte sie sich wieder Dave zu.

»Ich bin sicher, dass es genug attraktive Gitarristen gibt, die dich ersetzen könnten.« Sie neckte ihn nur. Wir alle wussten, dass wir als Band auf keine und keinen von uns verzichten konnten. Schon gar nicht auf Dave. Er spielte mit einer Präzision wie kein Zweiter.

Dave knurrte und murmelte Flüche vor sich hin.

»Ich hasse euch«, stieß er leise aus.

Ich grinste. Wir hatten ihn überzeugt.

»Nur wenn ihr mir versprecht, dass es nicht für immer ist.«

Ich sprang auf und drückte Dave einen Kuss auf die Wange.

»Danke, Davie.«

»Du mich auch, Arschloch«, murmelte er.

Alles war beim Alten. Alles würde gut werden.

Gage stieß Kathrin mit der Schulter an. »Willkommen im Team.«

Ein Lächeln schlich sich auf mein Gesicht.

»Dann müssen wir jetzt nur noch mit Mum reden«, sagte ich, und noch während ich diese Worte aussprach, wurde mir bewusst, dass diese kleine Tatsache all die rosigen Aussichten in die Tiefe ziehen konnte.

Kapitel 32

Ich hatte Dave noch nie so nervös gesehen. Er saß neben mir und verschränkte die Hände ineinander, um niemandem zu zeigen, dass sie zitterten.

»Setzt euch«, bat ich unsere Eltern.

Kathrin saß zu meiner anderen Seite, Carla und Gage uns gegenüber. Meine Eltern setzten sich neben sie.

Ich sammelte mich. Mir war die unangenehme Aufgabe zugeteilt worden, den Anfang zu machen. Schließlich war das hier auch meine Schuld.

»Also …«, beeilte ich mich zu sagen. »Ihr habt ja gemerkt, dass es in letzter Zeit nicht besonders gut lief.«

»Gelinde ausgedrückt«, kommentierte meine Mutter und verschränkte die Arme vor der Brust, mein Vater lächelte mich an, um mich zum Weitersprechen aufzufordern.

»Ich hatte keine Freude mehr an der Musik, und das hat man der Band angemerkt.«

Ich wechselte kurz einen Blick mit Dave, dann einen mit Kathrin. Sie nickte mir zu.

»Deshalb haben wir vor drei Tagen beschlossen, einige Dinge zu ändern«, sagte ich und sah meiner Mutter fest in die Augen. Ich würde ihren Protest nicht zulassen, egal wie laut er werden würde.

»Diese Änderungen fangen bei euch an.« Ich pausierte meine Rede kurz, um Luft zu holen. »Das liegt nicht daran, dass wir euch nicht lieben oder euch nicht mehr um uns haben wollen.« Ich wechselte einen kurzen Blick mit Dave, der das Gesagte mit einem Nicken bestätigte.

»Wir würden euch nur bitten, von dem Posten als Manager und Managerin zurückzutreten.«

Meine Mutter riss entsetzt die Augen auf.

Dad lächelte. Immerhin.

»Wir möchten euch bitten, nur noch als Eltern für uns da zu sein, denn diese Rolle habt ihr in letzter Zeit vernachlässigt, obwohl wir sie viel dringender brauchen.«

Ich atmete aus. Ich hatte es ausgesprochen. Jetzt gab es kein Zurück mehr.

Meine Mutter atmete scharf ein, und ich wappnete mich. Doch Dad kam ihr zuvor. »Dieser Meinung seid ihr alle?«, fragte er.

Wir nickten. Auch wenn Dave es nur gequält tat.

»Dann werden wir das selbstverständlich respektieren.«

Ich traute meinen Ohren nicht. Das war viel zu einfach.

»Spinnst du?«, keifte meine Mutter ihn an.

Doch nicht so einfach.

»Wer soll sie vertreten, wer soll es regeln, wenn sie mal wieder Scheiße gebaut haben und die ganze Pressewelt vor unserer Haustür steht?«

Ich räusperte mich. »Dafür sitzt Kathrin hier.«

Tief holte ich Luft. »Sie wird unsere neue Managerin werden.«

Mum musterte Kathrin. »Deine Sexfreundin?«, fragte sie.

Ich ballte die Hände zu Fäusten.

»Du hast doch gewollt, dass sie herkommt und wir uns *entspannen.*«

»Kian«, unterbrach Dave mich.

»Mum«, sagte er dann vorwurfsvoll. »Kathrin ist keine *Sex*freundin, sie ist eine lange Freundin der Band, außerdem arbeitet sie bei einer Plattenfirma und managt bereits Bands, sie kennt das Geschäft also besser als gut.«

Ich blinzelte.

Dave verteidigte unseren Plan?

Mum schnaubte. »Und ich kenne mich nicht aus, oder was?«

»Natürlich tust du das.« Dave knirschte mit den Zähnen. »Aber, wie gesagt, wir möchten, dass du wieder unsere Mum wirst, darin warst du früher viel besser.«

Ihre Augen wurden glasig. »Ich kann euch doch nicht im Stich lassen.«

Dad legte einen Arm um sie. »Du lässt sie nicht im Stich, Schatz, du bist weiterhin für sie da, du musst dich nur nicht mehr mit dem ganzen Verwaltungskram rumärgern.«

Für einen kurzen Moment sah ich wieder die alte Mum in ihr. Die, die mich abgöttisch geliebt hatte. Aus irgendeinem Grund änderte ich meine Sichtweise.

»Wir werden dich auf keinen Fall aus unserem Leben ausschließen, wie ich es die letzten Monate getan habe«, versprach ich ihr.

Sie schniefte. »Ich wollte doch immer nur das Beste für euch.«

»Das wissen wir.« Dave streckte eine Hand über den Tisch und nahm die unserer Mutter in seine. »Aber im Moment ist das Beste für die Band, wenn Kathrin unsere Managerin wird.«

Ich rechnete Dave diese Worte hoch an. Sehr hoch.

»Werde ich gerade von meinen eigenen Söhnen gefeuert?«, Lachfältchen bildeten sich um Mums Augen. Ich hatte sie seit Jahren nicht mehr lachen gesehen.

Dave ließ ihre Hand los und lehnte sich zurück. »Jap.«

Ich warf ihm einen warnenden Blick zu, doch er ignorierte ihn.

»Ich würde mich freuen, wenn Sie mich ein bisschen einweisen würden«, meldete Kathrin sich zu Wort. Mum lächelte schwach. »Warum nicht.«

»Du stimmst zu?«, fragte ich ein wenig außer Atem.

»Ja, wenn es das Beste für euch ist.«

»Ist es«, bekräftigte ich noch einmal.

Sie lächelte mich an, als wäre eine Last von ihren Schultern genommen worden. Vielleicht hatte diese ganze Verantwortung sie einfach erdrückt.

»Was sind die anderen Änderungen?«, fragte Dad, der sichtlich zufrieden schien.

»Wir werden nach England ziehen.« Ich sprach langsam, als könnte es die Worte abschwächen. Was es natürlich nicht tat. Unsere Eltern rissen gleichzeitig die Augen auf.

»Wir werden erst mal ein Jahr Pause von der Öffentlichkeit nehmen.«

»Und keine Konzerte geben«, fügte Dave hinzu.

Mum stutzte.

»Arbeitet ihr an einem neuen Album?«

»Mehr oder weniger ja.«

Sie lächelte zaghaft.

»Wie lange wir in England bleiben, steht noch nicht fest, aber für dieses eine Jahr auf jeden Fall.«

Das hatten wir in den letzten drei Tagen zusammen beschlossen. So war ich einem Plan für die Zukunft entkommen, und Dave hatte nicht das Bild vor Augen, dass wir für immer bleiben würden.

Waren wir feige? Vielleicht.

Mum fasste sich ans Herz.

»Das ist beschlossen«, fügte Dave hinzu. »Ihr habt also keinen Einfluss darauf.«

Ich lächelte ihm dankbar zu, denn ich wusste, dass er sich wünschte, jemand hätte Einfluss darauf.

»Oh, Mensch …«, war alles was Mum herausbrachte.

»Ihr werdet uns nicht verlieren«, sagte ich, weil ich die Panik in ihren Augen sah.

»Ich bin stolz auf euch«, verkündete Dad.

Ich grinste ihn an.

»Und ihr«, er wandte sich an Gage und Carla. »Ich rechne es euch hoch an, dass ihr Kian zuliebe ans andere Ende der Welt zieht.«

Die beiden wechselten einen liebevollen Blick.

»Wir können uns ja keinen liebeskranken Frontsänger leisten, und außerdem kommt meine eigene große Liebe ja mit.« Carla strahlte, und mir wurde warm ums Herz.

Ich hatte die beiden so unfassbar gerne.

Mum keuchte. Zweifelnd sah sie zwischen Gage und Carla hin und her. »Deine große Liebe?«, fragte sie fassungslos.

Dad lachte auf. »Komm schon, Caro, erzähl mir nicht, dass du das nicht gemerkt hast?«

Jetzt starrten wir alle Dad an. »Erzähl du mir nicht, dass *du* es gemerkt hast!«, sprach ich schließlich aus, was wir alle dachten.

»Sorry.« Dad lächelte die beiden an. »Aber es war nicht zu übersehen.«

Carla und Gage strahlten. Ich war sprachlos. Mein Dad verfügte über wirklich gute Menschenkenntnis. Ich dachte an unser Gespräch im Flur zurück und musste lächeln. Ich hatte ihn wirklich gern.

»Dave ist der Einzige von uns, der Single ist«, sagte Carla.

Dave rollte mit den Augen. »Glaub mir, Carl, das wird auch für immer so bleiben.«

Ich streckte die Arme über den Kopf und bewegte meine Hüften. Shattered Tears gab eine Party für ihren engsten Freundeskreis und die Mitarbeiter und Mitarbeiterinnen.

Eine Abschiedsparty.

Die Hälfte unserer Roadies und Tontechniker und Tontechnikerinnen würde aufhören, da sie hier bei ihren Familien bleiben wollten.

Kathrin hatte allerdings schon Nachfolger und Nachfolgerinnen angeheuert. Für eine Band von unserem Bekanntheitsgrad war das nicht besonders schwer gewesen.

Ich hatte schon ein paar Bier intus und tanzte ausgelassen. Ab Morgen würden wir anfangen, das Haus in Kisten zu packen und diese nach England zu schicken, und schon in drei Tagen würde ich June endlich wiedersehen. Ich konnte nur hoffen, dass sie sich genauso sehr darüber freute, wie ich es tat.

Gage schlang die Arme um meinen Hals und rieb ihre Hüften an meinen. Lachend hielt ich sie fest. Nicht ohne mich vorher nach Carla umzusehen. Als ich sie neben uns entdeckte, wie sie mit meinem Bruder tanzte, grinste ich. Der Song, der aus den Boxen dröhnte, neigte sich dem Ende zu und wurde durch einen anderen ersetzt. Einen Moment bewegte ich mich nicht. Dann grölten wir alle vier los.

»Yeah!«, schrie ich Gage ins Ohr. »Let's go«, brüllte sie gemeinsam mit dem Leadsänger von Self Deception.

Unsere musikalischen Fähigkeiten flogen dahin, aber es war egal.

Es zählte der Moment.

So oft hatten wir diesen Song gehört, so oft hatten wir ihn gecoveret. Wir liebten ihn so sehr, dass wir uns die wichtigste Zeile daraus tätowiert hatten.

Dieser Song war unser Song. Wir lösten unsere Zweisamkeit auf und fielen uns zu viert in die Arme.

»I eat and I sleep and I rock and repeat …«

Ab jetzt wieder.

Wir würden wieder Musik machen und die Zeit darüber vergessen.

Ohne Verpflichtungen.

Ich war frei.

»*Dear Diary, I'm addicted to the beat* …«, brüllten wir die Zeilen, die auf unseren Armen standen. Wir reckten sie wie Sieger und Siegerinnen in die Luft und stießen sie aneinander.

Dieser Song verband uns.

Er ließ uns unsere Leidenschaft teilen.

Hier mit meiner Band in den Armen, dem Song in meinen Ohren und seinem Beat in meiner Brust fühlte ich mich wieder lebendig.

Ich war wieder stolz darauf, ein Rockstar zu sein.

Ich war schweißnass vom Tanzen und stank nach Alkohol. Das Handy in meiner Hosentasche summte. Ich zog es heraus und entfernte mich ein Stück von der Tanzfläche.

»Kian«, flüsterte eine mir nur allzu bekannte Stimme am anderen Ende. Sie klang panisch. Ich rannte durch den Flur zur Gartentür und schlug sie hinter mir zu. Die Geräusche wurden ein wenig leiser, und ich presste mir das Handy fester ans Ohr. »June, was ist los?«, fragte ich.

»Ich werde verfolgt.«

Oh Shit, sie war in Panik.

»Ich bin heute Morgen aus dem Haus gegangen, und dann sind mir zwei Reporter gefolgt, ich wollte sie abschütteln, aber es hat nicht geklappt, und jetzt sind sie hinter mir und sprechen mich bestimmt gleich an …«

»June, langsam«, unterbrach ich sie. Mein alkoholvernebeltes Hirn arbeitete nicht mehr so schnell.

»Ich hab Schiss, sag mir, was ich tun soll.«

»Hey, June, keine Angst, okay? Versuch dich zu beruhigen.«

Ich verfluchte es, dass ich nicht bei ihr sein konnte. Ich verfluchte es, dass sie nach all dem Pressescheiß immer noch in dieser WG wohnen musste, in der die Sicherheitsvorkehrungen ein Witz waren.

»Wo bist du?«, fragte ich und hatte mich schon wieder zum Gehen gewandt, um Kathrin zu finden.

»Im Park, an dieser Ecke, wo wir früher immer gespielt haben.«

Ich atmete ein und wieder aus. Im Park?

Dort war nichts und niemand.

Doch dann fiel mir wieder etwas ein.

»June, versteck dich in dem Busch.«

Sie atmete hörbar aus. »Clever«, murmelte sie.

Der Busch sah von außen dicht bewachsen aus, aber wenn man sich auskannte, dann wusste man, wo ein kleines Schlupfloch war, das ins Innere führte, wo ein großer Hohlraum war.

Ich grinste.

»Ich hab Angst«, sagte sie leise, während es im Hintergrund raschelte.

Ich fluchte leise. June müsste zwanzig Stunden in diesem Busch sitzen, bis meine Sicherheitsleute oder ich bei ihr wären.

»Es ist alles meine Schuld«, fluchte ich und stieß die Tür nach drinnen auf. Ich stürzte mich zurück in die Partymenge, wo ich eine Weile brauchte, bis ich Kathrin finden und ihr das Problem schildern konnte.

»Ruf die Sicherheitsmenschen von deinen Bands an«, endete ich.

Sie zog ihr Handy aus der Tasche. »Ich kann es gerne versuchen.«

Ich presste mir mein eigenes Handy ans Ohr. »Ist noch alles okay?«

»Nein.« Ich konnte hören, wie nah sie den Tränen war.

»Ich kann das nicht, Kian.« Ihre Worte bohrten sich wie Stacheln in mein Herz.

»Ich bin zu schwach dafür.«

Ich schloss die Augen und rieb mir über die Brust, aber der Schmerz wollte nicht vergehen.

»Das stimmt nicht«, flüsterte ich.

»Sind die Reporter noch da?«, fragte ich, als sie nicht antwortete.

»Ich kann nichts sehen.«

»Wo ist sie?«, fragte Kathrin. Ich nannte ihr den Ort. Kathrin sprach noch eine Weile in ihr Telefon, dann legte sie auf. »Sie werden noch eine Viertelstunde brauchen.«

Ich sagte es June, die nicht gerade glücklich darüber war.

Ich ging wieder nach draußen. Kathrin folgte mir, und ich war ihr unendlich dankbar dafür.

»Wir haben Mum gefeuert«, berichtete ich June, während ich mich auf die Treppenstufen setzte. Ich wollte sie ablenken.

»Was?« Ich konnte es vor mir sehen, wie sie die Augen aufriss.

»Jaa«, sagte ich gedehnt. »Bitte, hass sie dafür nicht, aber Kathrin ist jetzt unsere Managerin.«

Schweigen.

»June, ist es okay für dich?«

Sie seufzte. »Da sie mir gerade den Arsch rettet, kann ich sie wohl nur mögen.«

Kathrin, die sich so dicht neben mich gesetzt hatte, dass sie anscheinend mithören konnte, lachte auf. Ich grinste.

»Hundert Pfund, dass ihr in einem Jahr Freundinnen seid.«

»Vergiss es«, kam es vom anderen Ende.

»Komm schon, Pekka und ich sind doch auch Freunde.«

»Wer ist Pekka?«, fragte Kathrin flüsternd.

June hörte sie trotzdem. »Jemand, auf den Kian schrecklich eifersüchtig ist.«

Kathrin lachte. Ich nicht.

»Witzig«, kommentierte ich trocken.

»Ein bisschen«, kam es von June.

»Ich erhöhe auf zweihundert Pfund.«

Irgendwie bekamen wir die Viertelstunde rum.

»Da kommt jemand«, flüsterte June irgendwann panisch.

Kathrin nahm mir das Handy aus der Hand. »Sieht er gefährlich aus, hat ein Nirvana-T-Shirt an und ganz viele Tattoos auf den Armen?«

»Ja.«

»Dann ist das Ven, er ist der Bodyguard von Losing Gravity und hilft dir.«

Kathrin stellte auf Mithören und hielt das Telefon zwischen uns.

»Sind Sie June?«, fragte eine tiefe Stimme.

»Wie viele seid ihr?«, fragte Kathrin.

»Drei«, antwortete Ven. Anscheinend hatte June ihm ihr Handy überlassen.

»Wie viele Reporter sind da?«

»Keiner mehr.«

Ich atmete so erleichtert aus, dass ich kurz Sterne sah.

»June, hörst du mich?«, fragte ich.

»Ja.« Ihre Stimme klang irgendwie verzerrt.

»Alles wird gut, okay? Ich komme bald zurück nach England.«

»Kian, das will ich nicht.«

»Hör auf, mich anzulügen.«

Sie stöhnte. Es raschelte, wahrscheinlich verließen sie den Busch.

Ich redete weiter auf sie ein, bis June mir mitteilte, dass sie jetzt in einem Auto sitzen würde. Kathrin wechselte noch ein paar Worte mit Ven, der June nach Hause bringen sollte.

Ich nahm ihr das Telefon noch einmal ab.

»Ven, bitte bleiben Sie für die nächsten drei Tage bei June, Sie können auf der Couch schlafen, ich werde Sie gut bezahlen.«

Ven willigte ein, und das beruhigte mich wenigstens ein bisschen.

Noch drei Tage, redete ich mir ein, als ich auflegte.

In drei Tagen konnte ich sie wieder in meine Arme schließen.

Kapitel 33

Noch nie in meinem Leben war ich so nervös gewesen. Vor keinem einzigen Konzert. Dieses war das, was alles verändern würde.

Shattered Tears gab das offiziell letzte Konzert vor der einjährigen Pause. Tausende Fans waren gekommen. Ich hörte sie schon jetzt kreischen.

Ich sah mein Spiegelbild an und lächelte. Ich war tatsächlich wieder hier in England. Wir waren in Bristols größter Showhalle zu Gast. Aber nicht deswegen war ich so nervös, sondern weil June hier sein würde und weil ich ihr etwas zu sagen hatte, vor diesem riesigen Publikum.

Fünfzehn Tage hatten wir uns nicht gesehen. Genug Zeit, um zu begreifen, dass ich nicht ohne sie leben konnte.

»Das wird schon«, sagte ich zu meinem Spiegelbild, das endlich wieder aussah wie ich. Ich hatte meine Locken wieder braun gefärbt, und es kam meiner natürlichen Haarfarbe sehr nah.

Bis zu Beginn des Konzerts waren es noch mindestens drei Stunden. Ich hatte also noch alle Zeit der Welt.

Ich trocknete mir die Hände ab und verließ das Bad. Im Gehen zog ich mein Portemonnaie aus der Hosentasche und nahm ein Foto heraus. Das Bild zeigte June und mich als Kinder. Sie hatte es mir damals geschenkt.

Ich strich über die beiden Wörter, die June über unsere Köpfe geschrieben hatte.

Bevor dieses Konzert losging, musste ich ganz dringend noch etwas erledigen.

Ich durchquerte die Gänge bis zu dem Parkhaus, in dem unsere Autos standen.

Der Fahrer öffnete mir die Tür, und ich bat ihn, mich zu einem Tattoo-Studio zu fahren.

Die Menge draußen tobte. Kathrins Bands waren als Vorbands aufgetreten und hatten den Saal aufgeheizt.

Meine Hand wanderte an meine Brust. Die frisch tätowierte Stelle schmerzte zwar noch, aber ich konnte einfach nicht aufhören zu lächeln. Heute Abend würde hoffentlich alles gut werden.

»Bereit?«, fragte Dave und lächelte mich an.

Oh ja, ich war mehr als bereit.

Der Countdown begann.

Gage schlang die Arme um meine Taille und drückte mich an sich. »Viel Glück, du Rock-Ikone.«

Grinsend löste ich sie von mir. »Ebenfalls.«

Wir betraten die Bühne. Dave, Gage und ich stellten uns gegenüber von Carlas Schlagzeug auf. Wir spielten die ersten Töne, und Licht flutete die Bühne. In dem Augenblick drehten wir uns zum Publikum um. Die Menge rastete aus, als wir den ersten Song performten.

Ich sah ins Publikum. Zum ersten Mal seit Jahren versuchte ich nicht mehr, ihm auszuweichen. Ganz vorne war ein Stehbereich abgesperrt worden. Er war von Bodyguards umstellt und gerade so hell beleuchtet, dass wir die Menschen, die dort standen, von der Bühne aus erkennen konnten. Ich hatte es mir so gewünscht, und der Wunsch war mir erfüllt worden. Ich lächelte meinen Eltern zu. Grinste Simon und Ella an, die wild tanzten, und riss die Augen auf, als ich auch Pekka und Kate sah. Hammer, dass die beiden hier waren. Dann ging es ihnen gut! Mein Lächeln wurde noch breiter. Junes Freundin Sirah und auch Betty waren da. Jake und Toni tanzten miteinander. Mein Lächeln wurde kurz getrübt, als ich Jase erkannte, erhellte sich aber sofort wieder, als ich sah, dass Ms Louis und Olaf miteinander tanzten. Auch Junes Mum war da. Sie stand neben meinen Eltern und strahlte mich an.

Als Allerletztes sah ich zu June, und als ich ihren Blick einmal aufgefangen hatte, konnte ich ihn den ganzen Abend nicht mehr loslassen.

Sie sang mit, tanzte, lachte, weinte.

Sie so bei den Songs, die ich meist über sie geschrieben hatte, zu sehen, war das berauschendste Gefühl, das ich jemals empfunden hatte. Ich konnte es kaum erwarten, von dieser Bühne runterzukommen und sie in die Arme zu schließen und dass, obwohl ich es wieder genoss, hier oben zu stehen.

Meine Aufregung hatte sich gelegt; erst gegen Ende des Konzerts, als wir die Bühne verließen, kam sie mit einem Schlag zurück. Jetzt kam der Teil, vor dem ich Schiss hatte.

Dave grinste und drückte seinen verschwitzen Körper an meinen. Draußen verlangte die Menge nach einer Zugabe.

»Viel Glück«, wünschte er mir. Ich schob ihn beiseite und griff nach einer Wasserflasche, deren Inhalt ich herunterstürzte.

»Danke«, krächzte ich.

Wir ließen das Publikum ein wenig zappeln. Wie immer würden wir *The World Between Us* als Zugabe spielen, aber heute gab es noch einen Song als Bonus.

Wir betraten die Bühne zum zweiten Mal, und die Menge rastete komplett aus. Selbst unsere Freunde hatten sich in kreischende Fans verwandelt.

»Unser nächster Song ist der, weshalb ihr wahrscheinlich hier seid«, sagte ich und umklammerte das Mikro so fest, dass meine Fingerknöchel weiß hervortraten. »Aber er ist nicht einfach nur ein Hit.«

Die Menge tobte. Mein Name wurde mehrfach gekreischt. Ich suchte Junes Blick und hielt ihn fest.

»Die Bedeutung dieses Songs geht tiefer, als ihr euch jemals vorstellen könnt.« June hatte die Hände vor ihren Mund gelegt und kämpfte mit den Tränen, dabei hatte ich doch gerade erst angefangen.

»June«, sagte ich und ließ eine kleine Pause.

»Ich möchte nicht mehr, dass die Welt zwischen uns liegt.«

Ich lächelte sie an. Eine einzelne Träne lief ihre Wange hinunter.

Ich liebte diese Frau.

»Ich habe diesen Song damals in erster Linie für mich geschrieben, um mit allem fertigzuwerden, aber heute Abend …« Ich lächelte wieder. »Singe ich ihn nur für dich.«

Carla schlug ihre Drumsticks gegeneinander, und wir spielten. June kam an den Rand der Bühne und streckte wie ein Groupie die Hände nach mir aus. Lächelnd spielte ich noch zwei Takte und legte die Gitarre dann ab. Ein Roadie kam auf die Bühne, um sie entgegenzunehmen.

Wir konnten diesen Song auch ohne meine Begleitung spielen. Ich wollte June berühren. Ich ging in die Hocke, nahm ihre Hand in meine und legte das Mikro an die Lippen.

»We were a soul in two bodies …«

Aus einem dummen Reflex heraus griff ich ihre Hand fester und zog sie zu mir auf die Bühne. Sie lächelte und schien sich nicht im Geringsten unwohl zu fühlen. Ich musste all meine Willenskraft aufbringen, um das Mikro nicht fallen zu lassen und sie in meine Arme zu schließen. Ich zog sie an ihrer Hand ein wenig näher zur Mitte der Bühne. Dave und Gage grinsten sich an.

»But now the world lies between us …«

June sang die Worte leise mit. Ich zog sie näher, legte den freien Arm um ihre Taille und lehnte mich so weit vor, dass nur noch das Mikro unsere Gesichter trennte. Ich nahm die Zuschauer nicht mehr wahr. Ich nahm nicht wahr, wie oft sie meinen Namen kreischten und wie laut sie schrien. Ich sah nur noch June. Ich hatte nur noch Augen für sie. Sie sang mit, und da das Mikro ihr so nah war, hörte man es im ganzen Saal.

Sie zitterte zwar und hatte Tränen in den Augen, aber sie stand, verdammt noch mal, vor einem Tausendmenschenpublikum und sang.

Sie würde nie mehr Panik vor einem Vortrag haben.

Und auch nicht davor, mit Fremden zu reden. Vielleicht würde es ihr noch immer unangenehm sein, denn Narben ließen sich nicht so leicht abspülen, aber sie würde keine Panik mehr empfinden.

Jetzt heulte auch ich.

June lachte, als sie meine Tränen sah. Während ich sang, hob sie eine Hand, um sie aufzufangen.

»Now I know how close we were …«

Ihr Blick war so liebevoll, dass ich es nicht mehr aushielt. Ich wollte sie küssen, aber der Song dauerte noch mindestens eine Minute. Eine Minute, in der ich mich zurückhalten musste.

Als wir gemeinsam die letzten Worte sangen, ließ ich das Mikro schon sinken, um ihr näher zu kommen. Von lautem Gejohle begleitet, klammerten wir uns aneinander und unsere Lippen trafen sich.

Erst als Dave sich lautstark ins Mikro räusperte, lösten wir uns wieder voneinander. Ich grinste. Und heulte. Durch die Menge zu unseren Füßen ging ein Lachen, woraufhin sie wieder zu johlen begannen.

Ich konnte nur June ansehen. Es war unglaublich, wie sehr wir uns verändert hatten, seit ich damals wieder vor ihrer Haustür gestanden hatte.

»Wir schaffen das«, murmelte ich leise und hielt das Mikro dabei so weit von uns entfernt, dass uns niemand im Saal verstehen konnte. »Diese Kommentare werden dich nicht fertigmachen.«

Sie lächelte leicht. »Ven hat mir beigebracht, wie ich mich davor schützen kann.«

Ich riss die Augen auf. »Hat es geholfen?«

Sie lächelte und nickte. »Er war früher Therapeut.«

Sie holte tief Luft. »Ich kann jetzt damit umgehen.«

Drei Tage. Und sie war wieder an sich selbst gewachsen.

Ich blinzelte.

»Sieh an, der große Kian Winter heult«, schniefte sie grinsend.

»Ja«, gab ich zu und strahlte. »Sieh dich an, du stehst vor einem Publikum und singst. Ich bin so stolz auf dich.« Ich küsste ihre Stirn.

»Du hast deine Leidenschaft wiedergefunden.« Sie legte ihre Hände an meine Wangen. »*Ich* bin stolz auf *dich*.«

Ich war verloren. Meine Tränendrüsen öffneten sich bis aufs Letzte.

»Ich habe es ernst gemeint, dass ich nicht mehr ohne dich sein möchte, June.«

Sie lächelte den Boden an. Ich berührte ihre Wange, damit sie mir wieder in die Augen sah. »Die Band wird nach England ziehen.«

June riss die Augen auf und starrte mich einen Moment lang blinzelnd an.

»Auch wegen Kathrin, und weil wir hier nicht so bekannt sind.«

Sie schüttelte leicht den Kopf. »Hast du etwa Zukunftspläne gemacht, Kian?«

Ich konnte mein Grinsen nicht verhindern. »Sieht so aus.«

»Ziehst du mit in unser Luxushaus?«, fragte ich hoffnungsvoll.

Ein Strahlen breitete sich auf ihrem Gesicht aus.

»Wenn wir mein kleines Bett mitnehmen, in dem es so eng ist, dass man sich gegenseitig halten muss, um nicht herauszufallen?«

Ich konnte mir nichts Schöneres vorstellen.

»Mit dem größten Vergnügen.«

Sie kam ein Stück näher. »Ich liebe dich, Kian.«

Lächelnd hob ich das Mikro an meine Lippen.

»Ich liebe dich, June.«

Die Menge rastete aus. Langsam war es wahrscheinlich Zeit, die Show zu Ende zu bringen.

»Leute«, wandte ich mich wieder ans Publikum, ohne den Arm von Junes Taille zu nehmen.

»Wie ihr ja alle wisst, wird Shattered Tears eine kleine Pause von der Öffentlichkeit nehmen …«

Ich wechselte kurz einen Blick mit Dave. »Aber was ihr nicht wisst, ist der Grund dafür.«

Carla hatte doch tatsächlich die Frechheit, meine Ansprache mit einem Trommelwirbel zu untermalen.

»Wir werden an einem neuen Album arbeiten.«

Das war's. Die Menge zu unseren Füßen war nicht mehr zu beruhigen. Ich musste meine nächsten Worte trotz des Mikros laut schreien.

»Ich darf schon jetzt verkünden, dass es den Titel *Back to the Roots* tragen wird.«

Junes Hand, die um meine Hüfte lag, krallte sich in meine Seite. Ich fing kurz ihren Blick auf.

»Niemals«, flüsterte sie leise.

Oh doch.

»Dieses Album wird vor allem für mich ein sehr besonderes.«

June schmiegte sich an mich, und mein Lächeln wurde breiter. Ich wusste schon jetzt, dass das neue Album besser als alles, was wir zuvor rausgebracht hatten, werden würde. Es würde nämlich einen ganz besonderen Song enthalten.

»Heute Abend werden wir euch einen kleinen Vorgeschmack geben«, rief ich ins Mikro, und das Grölen in der Halle wurde lauter.

»Wir spielen den ersten Song des neuen Albums«, verkündete ich. Die Menschen zu meinen Füßen kreischten. »Vielleicht werdet ihr diesen Song nicht so gut finden wie unsere anderen, was daran liegt, dass es ein alter Song ist.«

»Oh, Kian«, keuchte June neben mir.

»Viel Spaß mit einem Song, der genauso heißt wie die zauberhafte Frau neben mir.«

Damit begannen die anderen zu spielen. Schweren Herzens ließ ich June los und nahm meine Gitarre wieder entgegen. Ich hatte diesen Song auf Gitarre geschrieben und wollte ihn nicht ohne spielen. Ich trat einen Schritt vor und steckte das Mikro wieder in den Ständer. June stieg von der Bühne zurück in den Zuschauerraum und strahlte mich von da aus an.

Ich spielte.

»Every single year in June …«

Ich hielt ihren Blick, während ich sang.

»I'm singing that song …«

Nicht nur in Junes Augen standen Tränen, auch in meinen, aber ich musste sie zurückhalten. Singen und weinen war nie eine gute Kombination.

Als ich zum ersten Mal den Refrain sang, sang June mit. Sie hatte den Song nur ein einziges Mal gehört und sich trotzdem den Text gemerkt. Mein Herz machte einen Sprung.

Sobald ich fertig war, gab ich die Gitarre wieder ab. Während der tosende Applaus durch die Halle schallte, sprang ich zu meinen Freunden und meiner Familie in den Zuschauerraum. Ich hob June hoch, wirbelte sie herum und küsste sie. Innerhalb von Sekunden war ich von meinen Freunden umringt. Auch die anderen der Band waren mit nach unten gekommen. Gage und Carla kreischten, und ich ahmte sie nach, wir fielen uns alle in einer riesigen Gruppenumarmung in die Arme und grölten.

Das hier war das Rockstarleben, das ich immer gewollt hatte.

Endlich war ich angekommen.

Kapitel 34

»Die Schlagzeilen sind der Hammer.« Grinsend hielt Gage uns eine Tageszeitung unter die Nase. Die After-Show-Party gestern war ein Riesenerfolg gewesen. Wir waren noch immer ein bisschen benebelt. June lehnte sich gegen meine Brust, und ich zuckte zurück, da die Stelle mit dem neuen Tattoo noch schmerzte. Trotzdem schlang ich die Arme fester um ihre Taille.

»Hau raus.« Carla ließ sich neben mich fallen, eine Bierflasche in der Hand.

»Kian Winter beweist, dass er mehr als ein Sexgott ist …«

Gage nahm eine weitere Zeitung vom Tisch.

»Rockstar in love: Kian Winter gesteht Sandkasten-Freundin seine Liebe.«

June lachte. Ich grinste ebenfalls. Gage nahm die dritte Zeitung von dem Stapel, auf dem ungefähr fünfzehn lagen.

»Sänger mit weichem Herzen: Kian Winter zieht für seine große Liebe zurück nach England.«

Obwohl ich jede einzelne Zeitung dafür hasste, dass sie über mich geschrieben hatte, lächelte ich. Ausnahmsweise standen mal keine Lügen über mich in der Presse. June legte ihre Hände auf meine.

Wir saßen in ihrer alten WG. Schon bald würde keine und keiner von uns mehr hier wohnen, außer Simon. Pekka und Kate zogen weg, und die Band würde in das neue, schicke Haus etwas außerhalb von Bath ziehen. Zusammen mit June und Kathrin.

Unsere Eltern waren heute Morgen schon zurück nach Sydney geflogen, wo sie auch weiterhin leben würden.

»Ich muss los.« Jase erhob sich vom Sofa. »Meine Schicht fängt in sieben Minuten an.«

»Mach's gut«, kam es von allen Seiten. Ich ignorierte ihn. Ich verstand nicht, warum er hier war, und ich verstand nicht, weshalb June es zuließ.

Sie löste meine Hände von ihrem Körper und erhob sich ebenfalls. »Kian und ich bringen dich noch zur Tür.«

Taten wir das?

Interessant.

Diese Frau hatte großes Glück, dass ich sie liebte. Widerwillig erhob ich mich.

An der Tür verabschiedete June sich mit einer Umarmung von unserem ehemaligen Freund. Ich knirschte mit den Zähnen.

June sah mich an. »Kian, ich habe ihm verziehen, könntest du das auch tun?«

Ich schnaubte. Dieser Mensch hatte sie fast zerstört. Dieser Mensch hatte ihr das Leben zur Hölle gemacht. Aber dieser Mensch war auch mein bester Freund gewesen. Und ich kannte ihn gut genug, um zu wissen, dass er alles bereute.

Jase seufzte: »Na komm schon, schlag mich, damit du mir endlich verzeihen kannst.«

»Auf keinen Fall.« June packte meinen Arm und zog mich zurück.

»Drei Mal«, verlangte ich.

»Zwei«, sagte Jase und biss die Kiefer aufeinander.

Ich zog die Augenbrauen zusammen. »Okay.«

Jase stöhnte. »Bring es hinter dich.«

June schüttelte verächtlich den Kopf. »Nein, Kian, vergiss es.«

Sosehr ich diese Frau auch liebte, das hier verstand sie nicht.

»Ich bin stärker geworden«, warnte ich Jase, als ich mich von June losmachte. Sie versuchte sofort wieder, nach meiner Hand zu greifen. Ich ließ sie nicht.

»Kumpel, ich habe es verdient«, entgegnete Jase.

Ich wartete nicht, bis er sich vorbereiten konnte, sondern schlug zu. June rang nach Luft. Jases Kopf flog zur Seite. Ich schlug noch mal zu, sodass er nach hinten taumelte, dann ließ ich von ihm ab. June packte meinen Arm, als befürchtete sie, ich würde noch mal ausholen.

Jase blutete aus der Nase, aber er lächelte, als er uns wieder ansah. Mit der einen Hand wischte er sich das Blut ab, die andere streckte er mir hin. »Freunde?«

Ich schlug ein. »Freunde.«

»Ihr Arschlöcher.« June schnaubte.

Ich schlang die Arme um sie. »Freu mich schon auf das, was nach den Beleidigungen kommt.«

Sie boxte meine Schulter und machte sich los, um in der Küche zu verschwinden. Als sie wieder auftauchte, reichte sie Jase Taschentücher und einen Eisbeutel.

»Kannst du behalten«, sagte sie.

Jase grinste schief. »Bis bald.« Damit drehte er sich um und lief die Treppe nach unten.

Ich drehte mich zu June. Sie öffnete den Mund, um etwas zu sagen, aber da wurde die Tür zum Flur geöffnet.

»Was geht hier ab?«, fragte Pekka. »Eine Schlägerei ohne mich?«

Grinsend schüttelte ich den Kopf. »Schon vorbei.«

Pekka rollte die Augen.

»Kate und ich müssen los, sonst verpassen wir die Fähre.«

Wie aufs Stichwort tauchten alle anderen im Türrahmen auf.

June zog einen Schmollmund, ließ mich los und klammerte sich an Pekkas Hals.

»Du darfst nicht gehen«, jammerte sie. Lächelnd nahm ich Pekkas Reisetasche, damit er June nach unten tragen konnte. Draußen setzte Simon sich hinters Steuer seines Wagens. Er würde Pekka und Kate zum Bahnhof fahren.

»Ich werde dich auch vermissen«, versprach Pekka June, die sich noch immer an seinen Hals klammerte.

»Wirklich traurig, dass wir nie wieder Sex haben werden.« Er strich ihr eine Haarsträhne hinters Ohr. Kate gab ihm einen Schlag auf den Hinterkopf.

»Nein, das finde ich überhaupt nicht schade«, kommentierte June. Pekka stieß ein Lachen aus.

June löste sich von ihm, um sich von Kate zu verabschieden. Ich gab Pekka seine Tasche und schloss ihn kurz in die Arme.

»Mach's gut.«

Pekka klopfte mir auf den Rücken.

»Schreib gute Songs.«

Ich lächelte. Das würde ich tun. Ganz sicher sogar.

Was nun folgte, war eine filmreife Abschiedsszene. Alle zogen Pekka und Kate in ihre Arme. June heulte, und auch ich fand es traurig, die beiden davonziehen zu lassen.

Sie würden in die Niederlande ziehen, Pekka war anscheinend zu seinen Wurzeln zurückgekehrt. Oder so was in der Art.

»Kommt uns besuchen«, sagte Kate, als die beiden ins Auto kletterten. Wir versprachen es, und Simon startete den Motor.

Sie fuhren davon.

Ella und June seufzten gleichzeitig. »Ich werde sie so vermissen«, murmelte June leise. Ich küsste ihren Scheitel und zog sie fester in meine Umarmung.

Manche Dinge konnte man einfach nicht ändern.

»Das ist das letzte Mal in diesem Raum.« Anzüglich hob ich die Augenbrauen.

»Na, zum Glück nehmen wir das Bett mit«, sagte June, während sie mir mein T-Shirt über den Kopf zog. Ich hielt die Luft an. Ihr Blick wanderte fast automatisch zu dem Tattoo, das noch mit Folie bedeckt war. Sie riss die Augen auf und trat noch näher an mich heran.

»Was ist das?«, fragte sie atemlos. Ihre Finger berührten die Haut neben der Folie.

Vorsichtig zog ich sie ab. Junes Augen füllten sich mit Tränen, als sie die zwei winzigen Worte las.

»Für imer«, hauchte sie. Meine Mundwinkel hoben sich.

»Für imer.«

»Das ist meine Handschrift«, stellte sie fest. Ich legte die Arme um ihre Taille und nickte. Ich hatte es den Tätowierer genau so stechen lassen, wie June es damals auf dieses Foto geschrieben hatte.

»Wann hast du es machen lassen?«

»Vor der Show.«

Sie schüttelte den Kopf, aber ein Lächeln erschien auf ihrem Gesicht.

»Du bist verrückt«, murmelte sie.

Oh ja. Verrückt nach ihr.

»Warum hier?« Ihre Hand strich über mein Brustbein. Ich legte meine Hand auf ihre und überlegte eine Sekunde, ob ich ihr die Wahrheit sagen wollte oder nicht, aber dann lächelte ich.

Sie war June. Sie würde jede meiner Lügen durchschauen.

»Über meinem Herzen«, murmelte ich.

Es war um sie geschehen. Ich konnte es in ihren Blick sehen.

Unsere Münder fanden sich, und keine zwei Sekunden später gesellte sich auch ihr T-Shirt zu meinem auf den Boden.

Als wir auf dem Bett landeten, waren wir schon lange nackt.

»Ich werde übrigens ein Studium anfangen«, teilte ich

ihr mit. Sie ließ eine Sekunde von mir ab, um mich zu mustern.

»Nur zum Spaß. Ich werde mit Sirah ihre Seminare zu Songwriting besuchen.«

Junes Lächeln wurde zu einem Strahlen.

»Ich habe einen Praktikumsplatz.«

Ich riss die Augen auf. Noch keinen Ton hatte sie mir davon erzählt! Es bedeutete, dass sie ihre Wunschseminare im nächsten Jahr belegen konnte, dass sie ihrem Traum ein Stück näher gekommen war.

»Wir sind angekommen, oder?«, murmelte sie leise.

Oh ja, das waren wir.

Wir waren nicht nur angekommen. Wir kannten einander auch wieder. Wir hatten wieder gelernt, die Gedanken und Gefühle der und des anderen auf hundert Meter Entfernung zu lesen.

Wir waren wieder eine Seele in zwei Köpern.

Und wir würden es sein.

Für imer.

Epilog

June

Mein Herz hämmerte gegen meine Brust, als ich dieselben Worte wie Kian sang. Da unten waren Tausende von Menschen, die mich anstarrten, aber ich blendete sie aus.

Es ist egal, was andere über mich denken.

Ich wandte Vens Techniken an und lächelte leicht.

Das Kribbeln, das durch meine Adern fegte, ließ mich zum ersten Mal erahnen, wie es sich für Kian anfühlen musste, auf dieser Bühne zu stehen. Er öffnete mir seine Welt. Er ließ mich eintreten und legte mir seine Seele offen.

Wie früher.

Für uns beide bedeutete dieser Moment etwas Großes.

Die Kraft des Songs war zum greifen nah.

Die Worte erreichten mein Herz.

Hier oben auf der Bühne überwanden wir unsere Ängste und wurden wieder zu uns selbst.

Zusammen.

Kian und Junes Playlist

June – Shattered Tears

The World Between Us – Shattered Tears

The Rest Of Time – Shattered Tears

Bring Me Back – Shattered Tears

In Your Room – Halestorm

Private Parts – Halestorm

The Last Of The Real Ones – Fall Out Boy

Favorite Record – Fall Out Boy

Everything I Didn't Say – 5 Seconds of Summer

Save You – Simple Plan

Perfect – Simple Plan

Eat Sleep Rock Repeat – Self Deception

Lass sie gehen – Casper, Ahzumjot & Portugal. The Man

Born For This – Paramore

Only One - Yellowcard

Sing For Me – Yellowcard

You And Me And One Spotlight – Yellowcard

Hey, Soul Sister – Train

Falling Down – This Wild Life

Who Says You Can't Go Home – Bon Jovi

Scars on This Guitar – Bon Jovi

Always – Bon Jovi

Danke

Es ist ein unbeschreibliches Gefühl dieses Buch endlich in den Händen zu halten, sodass ich gar nicht versuchen mag es in Worte zu fassen, doch da ich nichts wäre ohne die Menschen die mich auf dieser Reise unterstützt, begleitet, motiviert zu mir zugelächelt haben (und ich ziemlich gerne Danksagungen am Ende von Büchern lese ;)), möchte ich ihnen hier den Raum widmen der ihnen gebührt.

Ihr alle seid großartige Menschen und ich danke euch von Herzen!

Als allererstes meiner wundervollen Agentin Sophie Riess und dem gesamten Team der Literaturagentur Beate Riess. Danke dass ihr meinem Manuskript eine Chance gegeben und mich bei Korrekturen unterstützt habt. Ich danke Katharina Marie Lindner, meiner einzigartigen, zaubertollen Lektorin! Du hast meine Geschichte so viel besser gemacht und letzte Verwirrungen herausgestrichen, danke für deine Ehelichkeit, dass die weiblichen und männlichen Formen drinbleiben durften und all die Witze im Lektorat. Ich saß so oft laut lachend vor meinem Laptop! <3

Außerdem danke ich dir von Herzen für deine Geduld bei der Covergestaltung und dafür, dass dir meine Meinung wichtig ist!

Ein dickes Danke mit Handkuss an das gesamten Team bei Oetinger! Nicht nur als Autorin, sondern auch als Leserin, ihr zaubert wundervolle Bücher! Danke das meine Geschichten im selben Verlag, wie all meine Kindheitsheld*innen Zuhause sein dürfen!

Ich danke meinen wundervollen Testleserinnen:

Patricia Majaura, die mein Manuskript als aller erste gelesen hat und erstmal alle Rechtschreibfehler korrigiert hat, Küsschen gehen raus an dich!

Lara, die June und Kian als erste genauso geliebt hat wie ich und mich durch ihre Freude über diese Bücher immer wieder motiviert hat!

Tamara Kress, die die Geschichte Stück für Stück auseinandergenommen und wieder neu zusammengesetzt hat. Danke für den regen Schreibaustausch und deine wundervoll langen E-Mails!

Ihr seid großartig und ohne euch wären June und Kian nicht da wo sie heute stehen.

Marikka Pfeiffer, deine Unterstützung ist grenzenlos! Danke für Exposé Korrekturen und die monatlichen Anstöße! Du schaffst einen geschützten Raum, in den ich immer wieder gerne zurückkomme!

Fr. Lekow, meiner Deutschlehrerin, die mich unterstützt und motiviert hat und in meinen Texten viel mehr gesehen hat als ich selbst. Ohne Sie wäre mein erster Gedichtband nie erschienen.

Jan-Marc, meinem Tanzlehrer der 10. Klasse, der mich bat niemals mit dem Schreiben aufzuhören.

Mama, danke für deine Unterstützung, deine Rechtschreibkorrekturen und dafür, dass es dir wichtiger ist, dass ich meine Träume verfolge, als dass ich etwas Vernünftiges studiere.

Ich liebe dich!

Oma, weil du mein größter Fan bist! Und stolzer als ich selbst, auf diese Bücher!

Ich danke Peer, der sich damals in einem Jahr so viel veränderte wie Kian in sieben. Du warst die Inspiration für die ersten Sätze dieses Buches ;)

Mein größter, hochhaushoher, riesigster, nicht in Worte zu fassender Dank geht an Lina und Anselm.

Danke dass ihr an mich glaubt, mich unterstützt und mit mir lacht!

Lina, danke für Tage im Garten und dafür das du genauso ausgerastet bist wie ich als ich erst eine Agentur und dann einen Verlag fand! Ich tanz so gerne verrückt mit dir aus der Reihe und träume von einer gemeinsamen Zukunft!

Anselm, danke für deine grenzenlose Liebe, für Wanderungen durch die Berge und Pfannkuchen am Morgen, fürs

Testlesen und Korrekturen, für den Raum zum Schreiben den du mir schenkst und einfach dafür, dass du immer für mich da bist!

Ich danke allen Menschen von Tanzkurz, weil ihr einfach König*innen seid! Meine Worte bei euch sicher sind und ich bei euch die ZEIT vergesse! Kabäm!

Luci, nur mit dir sind Gespräche so tief wie klare Sternenhimmel! Und Tänze voller Freiheit!

Danke für deine Freude an meine Worte!

Ida Leetz, ohhh Ida, was wäre ich ohne deine Kunst? Danke für all die Farben und Linien in die du meine Worte verwandelst!

Te mando abrazos y besitos!

Isabelle Glück, danke für den zauberhaften Schreibaustausch! Ich bin unglaublich stolz darauf, dass du dich getraut hast zu veröffentlichen!

Marie Döling, Julia Kleemayr, Marie Franz und Amely Wernitz für Gespräche und Austausch übers Schreiben!

Ron der SLB Potsdam für seine Unterstützung!

Ich danke all den Schriftsteller*innen die mich inspiriert und motiviert haben.

Besonders Adriana Popescu durch deren Buch Ein

Sommer und vier Tage, ich mir sicher war, sowas will ich auch schreiben.

Ich danke dir liebe*r Leser*in, dass du meinem Buch eine Chance gegeben hast und es sogar bis zur Danksagung geschafft hast ;)

Und zu guter Letzt weiß ich mit Sicherheit, dass ich irgendjemanden vergessen habe, das tut mir unendlich leid, deshalb bitte fühl dich angesprochen und schreibe deinen Namen in dieses Feld ....

Abrazos!
Jette

Leseprobe aus

Julie Chapel
Hard to say I love you

Kapitel 1

29. September

Ich habe viele Talente. Ich kann einen Zauberwürfel in elf Sekunden lösen, freihändig Rad fahren, Skulpturen aus Handseife schnitzen, Delfingeräusche nachmachen, Mandarinen nach Mikamuki-Kunst schälen, mit nur einem Strich einen Schwarm Flamingos zeichnen, auf einer Karotte Flöte spielen, Moby Dick aus Dollarnoten falten und jeden der einhundert wichtigsten Romane der Literaturgeschichte anhand eines Satzes, irgendeines Satzes, identifizieren. All so was halt.

Absolut kein Talent, ein Anti-Talent sozusagen, habe ich für diese eine Sache: das Schreiben.

Bei aller Liebe für das geschriebene Wort überlasse ich diese Kunst den Menschen, die dafür geboren wurden. Entweder hat man dieses Talent oder eben nicht. Ohne lebt man sicher auch ruhiger, ist zufrieden mit einem Nine-to-five-Job und muss nicht schauen, wie man mit dem angeborenen Segen drei bis vier Blueberry Muffins pro Woche verdient.

Manche behaupten, jeder könne schreiben. Ist die Idee da, müsse man sich nur auf den Hosenboden setzen und losschreiben, je abgefahrener desto besser, und für den Schliff gibt es das Lektorat. Meiner Meinung nach braucht es aber nicht nur eine interessante Story, sondern auch ein Gespür für die Sprache, für den richtigen Ton, den Klang, den Rhythmus, für die Leichtigkeit und die Schwere, die Belanglosigkeit und den Wert. Wer das Talent des Schreibens hat, kann die Neugier im Dunst der Langeweile wecken und die Abenteuerlust in der Enge des Alltags.

Das Schreiben ist eine Kunst wie das Malen, das Komponieren, die Comedy und das Schauspielen. Hätte jeder das Talent dazu, wäre es keine Kunst mehr. Es wäre gewöhnlich. Daraus entstehen würde eine mit Fast Food vergleichbare Fast Art, an die sich in zweihundert Jahren kein Mensch mehr erinnert.

Als ich zehn war, habe ich eine Art Tagebuch geführt. Aber ich habe meine Erlebnisse der Tage nicht so festgehalten, wie sie sich tatsächlich ereignet haben, sondern wie ich sie hätte erleben wollen. Ganze dreizehn Tage habe ich das getan. Nachdem meine Mutter das Buch gefunden und gelesen hatte, habe ich es geschreddert. Ich hatte nur für mich geschrieben, eben nicht, um andere zu unterhalten oder, wie in Moms Fall, aufzuregen.

Ich habe mir nie gewünscht, schreiben zu können. Was zum Teufel habe ich also hier verloren?

Ich bin umgeben von Erstsemestlern, die entweder glauben, schreiben zu können, oder davon überzeugt sind, es in anderthalb Monaten zu lernen. Wie ich studieren sie

Englisch als Master. Mehr als dreihundertfünfzig Studienanfänger wurden in diesem Jahr für das Englischstudium zugelassen. Jetzt sind wir nur zweiundzwanzig. In einem Seminarraum der Mason Hall, wo die meisten Kurse stattfinden, haben wir uns versammelt.

Professor Carter, die den Workshop »The Mood of Indian Summer« leitet, hat gerade in die Runde gefragt, welche Schreiberfahrungen wir haben. Eine Studentin, mit der ich vor zwei Stunden noch im Shakespeare-Kurs gesessen habe, erzählt, dass sie seit der Grundschule Gedichte über ihre Katzen schreibt, und wird dafür höflich ausgelacht. Danach geht es los:

Chefredakteur der Schulzeitung, freie Mitarbeit bei den Ann Arbor News, mehrfacher Gewinner des Detroit Teen Poetry-Slams, erster Platz beim Short Story Contest, zehntausend verkaufte Exemplare des Self-Publishing-Romans, zweihundertfünfzigtausend Follower auf einem Fan-Fiction-Blog.

Schau mal, ob du ein Talent fürs Vom-Erdboden-verschluckt-Werden hast, ächzt der Spott in mir. Ich rutsche auf dem Stuhl ein bisschen tiefer, damit mich Professor Carter nicht anspricht und in die Verlegenheit bringt, die Katzengedichte zu toppen und mein Dreizehn-Tagebuch zu erwähnen. Obwohl?! Vielleicht würde sich das Problem so von allein lösen. Vielleicht schmeißt sie mich dann raus.

Am Englischinstitut der University of Michigan, die man hier in Ann Arbor nur U of M nennt, ist Professor Carter eine Art Star. Zwei ihrer sechs Romane haben Auszeichnungen eingeheimst. Sie ist Assistenz-Professorin für

Kreatives Schreiben. Ihre Kurse sind rappelvoll, auch dieser Zusatzkurs, für den es Extra-Credits gibt. Es ist daher gut möglich, dass sie mit einem Untalent wie mir keine Zeit verplempert.

»Kannst du mal aufhören, so herumzuzappeln?«, flüstert Stella und wirft mir einen genervten Blick zu. »Du machst mich nervöser, als ich sowieso schon bin.«

Meine Mitbewohnerin Stella ist in zweien meiner drei regulären Kurse, die ich neben der obligatorischen Basic-Vorlesung für meine fünfzehn Semester-Credits belege. Jeden Dienstag und Donnerstagmorgen steht für Stella und mich Storytelling »Von Dickens zu Dexter« auf dem Programm. Montags und mittwochs sind wir bei Shakespeare. Dieser Kurs aus dem Bereich Literatur vor 1700 wird Erstsemestlern wärmstens empfohlen. Dementsprechend viele bekannte Gesichter sehe ich jetzt wieder, aber nur wenige Namen sind bisher hängen geblieben.

Stella linst zu Elijah, dem Grund allen Übels. Seit einem Monat, ziemlich genau seit dem Semesterbeginn Ende August, rackert sie sich schon an ihm ab. Praktisch in der Sekunde als er ihren Stift, der heruntergefallen war, aufgehoben und ihr gegeben hat, hat sie sich in ihn verliebt. Der Stift ist inzwischen so etwas wie ein Heiligtum. Sie schreibt ausschließlich damit. Als sie herausgefunden hat, dass Elijah diesen Workshop besucht, hat sie sich dafür eingeschrieben. Und mich gleich mit, um nicht allein zu sein.

Ich hätte einfach Nein sagen sollen, aber ich wollte Stella den Gefallen tun. Ich mag sie. Ich habe das Gefühl, wir werden von Mitbewohnerinnen zu Freundinnen. Für Stella scheint das eine selbstverständliche Entwicklung zu sein. Für mich ist es etwas Besonderes. Freunde sind schwer zu finden.

»Er tut so, als wäre ich nicht da«, wispert sie. »Vorhin, nach Shakespeare, sind wir zusammen aus dem Raum gegangen, und ich habe ihm gesagt, dass wir uns im Workshop sehen. Er fand das cool. Warum ignoriert er mich jetzt?«

Ich könnte auf meinen umfangreichen Wissensschatz zugreifen und ihr verschiedene Optionen vorstellen, warum Männer Frauen ignorieren. Aber dieses Wissen habe ich ausschließlich aus Romanen, und das Gefühl solchen Frustes kenne ich nicht einmal. Ich bin zwar oft ignoriert worden, aber nie auf diese Weise. Ich war auch noch nie verliebt. Lässt man Phillip Pirrip, Sherlock Holmes, Sir Lanzelot, Huckleberry Finn und Mister Darcy einmal außen vor. Es ist also besser, wenn ich die Klappe halte. Ohnehin sollten wir Professor Carter zuhören.

»Sie werden lernen, Geschichten fesselnd zu erzählen«, sagt sie mit bedeutungsschwangerer Stimme. »Das können große Themen sein, aber auch vermeintlich unscheinbare. Es geht um Gefühle. Um Ihre Gefühle.« Lächelnd schaut sie in die Gesichter ihrer Zuhörer. Wie in einem Gottesdienst schweigen wir alle andächtig und warten auf mehr. Die Prof wendet sich den vier Personen zu, deren Anwesenheit mich schon hat rätseln lassen.

»Ich habe mir Unterstützung geholt. Nick, Gloria, Daphne und Jordan studieren inzwischen im siebten Semester. In meinen Kursen gehören sie zu den Besten des Jahrgangs, daher bin ich überzeugt, dass sie Ihnen wunderbare Coaches sein werden.«

Die Studentin mit dem Selfpublishing-Roman meldet sich zu Wort: »Also lernen wir gar nicht von Ihnen?«

Ein paar andere stöhnen und schütteln die Köpfe. Professor Carter ignoriert das und antwortet: »Wir arbeiten in Gruppen. Nur so sind intensive Arbeit und individuelle Entwicklung möglich. Natürlich werde ich die meiste Zeit da sein, von Gruppe zu Gruppe gehen und zuhören. Außerdem lese ich Ihre Arbeiten. Zur Halbzeit und am Ende des Workshops, am fünften November, werde ich sie einsammeln.«

Damit übergibt sie das Wort an die vier Studenten.

Daphne macht den Anfang. Sie arbeitet neben dem Studium als Kolumnistin für die Detroit Free Press und glaubt zu wissen, worauf es beim kreativen Erzählen ankommt. Mit Freude will sie uns dieses Wissen vermitteln. Sie erntet freundlichen Applaus.

Gloria zählt ein paar Autoren auf, deren Werke sie bewundert, und ist gespannt auf die kreative Zusammenarbeit mit uns. Sie erntet freundlichen Applaus.

Nick hat Humor. Er erzählt von seinen ersten Texten, die heute in einer Schublade verstauben, die er sich nicht einmal mehr zu öffnen traut. Seiner Ansicht nach kann man nur lernen, gute Texte zu schreiben, wenn man regelmäßig schreibt, auch schlechte Texte. Er erntet freundlichen Applaus.

Jordan ist an der Reihe, doch ihm scheinen die Worte zu

fehlen. Er schiebt die Hände in die Hosentaschen, mustert uns stumm.

Stella beugt sich zu mir und will gerade etwas sagen, da macht er den Mund auf.

»Die Anklage lautet: Totschlag«, sagt er.

Ein paar Leute kichern.

Er beachtet sie nicht und fährt fort: »Die Tatwaffe ist schnell gefunden. Es sind öde Texte.«

Das Kichern wird zu einem Lachen. Mir kriecht ein Schauder über die Arme.

Jordan hebt seine Stimme über das Lachen. »Neunzig Prozent aller, die meinen, schreiben zu müssen, sind die Täter. Sie haben die Literatur auf dem Gewissen.«

Ein paar Leute finden das noch lustig. Das Lachen klingt jetzt aber eher verhalten. Vermutlich bin ich nicht die Einzige, die sich bei den Worten dieses Typen ein bisschen gruselt.

Stella murmelt: »Irgendwas stimmt mit seinen Augen nicht. Sind die zweifarbig?«

In der Tat! Nicht allein was er von sich gibt ist irritierend, sondern auch sein Blick. Der ist nicht nur zweifarbig, sondern auch so kühl und hart, dass ich ihm ausweiche, als er bei mir ankommt. Für ein paar Sekunden schaue ich auf meine Knie, dann sehe ich wieder zu Jordan hin.

Seine Haare sind dunkelblond und ein bisschen länger. Wirr fallen sie um sein kantiges Gesicht. Sein Kinn könnte eine Rasur vertragen. Er ist schlank und größer als die anderen drei.

Seine Kleidung ist schlicht. Er trägt ein schwarzes

T-Shirt mit weißem Herzfrequenz-Print auf der Brust, schwarze Jeans und schwarze Sneaker mit weißen Sohlen.

»Ich war mir nicht sicher, ob ich hier mitmachen soll«, sagt er, als das Lachen ganz verstummt. »Ich bin kein sehr geduldiger Mensch. Professor Carter weiß das.«

Bei diesen Worten wirft er ihr einen Blick zu und grinst schief. Sie schmunzelt und wiegt den Kopf hin und her.

»Wie auch immer …« Jordan stellt das Grinsen ab. »Ich habe weder Zeit für noch Lust auf langweilige Texte.«

Nimm deine Füße in die Hände und lauf!, ruft die Angst.

»Ach du Scheiße!«, raunt Stella.

Mir bleibt die Spucke weg. Wer in der Gruppe dieses Typen landet, kann sich eigentlich gleich beerdigen lassen, wenn er nicht schon einen Bestseller veröffentlich hat.

Moon Notes

Julie Chapel

Hard to say I love you

Romance

ISBN 978-3-96976-016-1

Creative Writing im Indian Summer. Während ihres Studiums nimmt Layla ihrer Freundin zuliebe an einem Creative-Writing-Workshop teil. Die Herausforderung lässt sie über sich hinauswachen: erst in Worten, dann mit ihrem ganzen Wesen. Denn ganz im Gegensatz zu ihr weiß ihr Coach Jordan, wie man über seine eigenen Gefühle spricht.

Join our community:
www.moon-notes.de